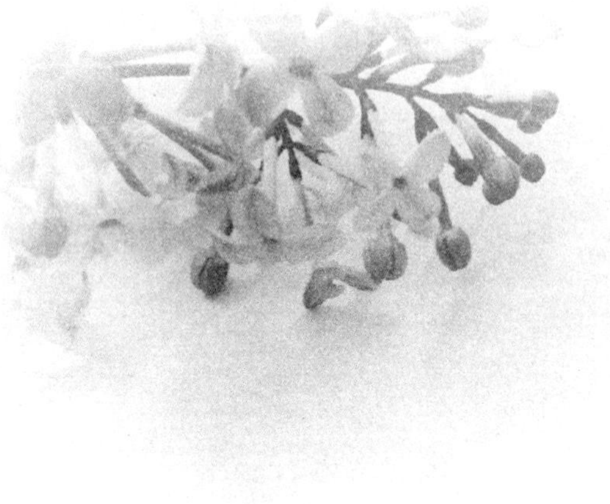

丁香花

周云朝 著
DingXiangHua

黑龙江人民出版社

图书在版编目(CIP)数据

丁香花/周云朝著.—哈尔滨:黑龙江人民出版社,
2019.1
ISBN 978-7-207-11699-4

Ⅰ.①丁… Ⅱ.①周… Ⅲ.①长篇小说—中国—当代 Ⅳ.①I247.5

中国版本图书馆 CIP 数据核字(2019)第 019653 号

责任编辑：常　松
责任校对：苗金英
封面设计：王　刚

丁 香 花

周云朝　著

出版发行	黑龙江人民出版社
	地址　哈尔滨市南岗区宣庆小区 1 号楼（150008）
	网址　www.longpress.com
印　刷	北京万博诚印刷有限公司
开　本	787×1092　1/16
印　张	12
字　数	200 千字
版次印次	2019 年 1 月第 1 版　2021 年 1 月第 2 次印刷
书　号	ISBN 978-7-207-11699-4
定　价	35.00 元

版权所有　侵权必究　　　　举报电话：(0451) 82308054
法律顾问：北京市大成律师事务所哈尔滨分所律师赵学利、赵景波

内容摘要

《丁香花》是一部以20世纪70年代末龙萨油田职工大学学生生活为题材的长篇小说。

1978年初,虽然改革开放的国家战略还没有全面实施,但有关它的讯息却早已像春风一样吹遍了祖国大地,经济复苏与快速发展已经成为全社会势不可挡的必然趋势。在这一情势下,为了满足龙萨油田企业生产发展对大量技术人才的需求,职工大学应运而生,一大批满怀激情与热望的有志青年经过严格考试、层层筛选进入了校园里,也终于圆了他们多年来的大学梦。

书中主人公张美娜是职工大学众多学生中的普通一员。她是一位有着正确人生价值观、主持正义、刻苦学习、勤奋负责、关心集体、团结同学、热心助人的好姑娘、好学生。

小说通过对几位典型人物的描写,揭示了年轻人应当具有积极向上、立志未来、发奋学习、热爱生活、诚信做人的决心与实践等良好的品行。

龙萨职工大学坐落于秀丽的珍珠湖畔,它的四周密植着高大的乔木和丛丛的丁香树。小说通过现实生活中一些细小的具体事例,突出表现了以张美娜、哈斯琪琪格、巴哈尔古丽、乌吉娜、窦媛媛、刘青海等为代表的职工大学学生们丰富多彩的校园生活。而他们胸怀远志、努力学习、热爱劳动、关心集体、乐于助人的优良品行,正如同那盛开的丁香花一样美丽动人。

小说《丁香花》中的内容纯属虚构。

目　　录

引子 / 1

第一章　梦想成真 / 3

第二章　新的生活开始了 / 27

第三章　快乐的野餐 / 50

第四章　村里着火了 / 73

第五章　场上比拼 / 95

第六章　菜地里 / 117

第七章　校园恋情 / 141

第八章　篝火晚会 / 164

引　子

　　清凉的早晨，一阵冷风吹过，张美娜顿时神情紧张起来，她仰起头望了望多云的天空，向前使劲拉了拉头上的花巾。

　　家的院子里，父亲张大山表情平静地将张美娜的行李抱到自行车架上，他就像以前在部队打背包一样，熟练地甩出一条长绳，认真用力地捆绑起来，而张美娜则拎着一网兜洗漱用品，站在旁边默默地看着父亲一人忙活。也许是第一次离家；也许是即将进入大学校园的激动，张美娜的心情难以平静，但她和父亲谁都没有说话。之后，父女俩默默地走出家的院门，并排朝龙萨油田水电工程指挥部机关大院方向走去。

　　还没有到上班时间，机关大院里多少显得有些冷清。过了会儿，陆续有拎着行李的中年男人或妇女陪着年轻人来到院子里。大人中有认识的都互相打声招呼，或摆摆手，每个人的脸上都流露出轻松和笑容，他们站在那里，默默地等待着，人群旁边停着两辆解放牌卡车。又过了会儿，一位三十多岁的男人匆匆从一栋房的房门走出来，他来到众人面前，一双双眼睛好奇地注视着他。他神情严肃地扫视了一圈，然后拿出一张纸来，大声念了二十几个人的名字，说了句，"嗯，好，都到齐了噢。"之后在他的招呼下，人们顺从地将行李集中堆放到其中一辆卡车上，然后又都自觉地爬上了另一辆卡车。见年轻人都上了车，他便对司机大声喊道："好了，可以开车了！"随即卡车便很快发动了起来。车上车下，人们互相使劲地挥舞着手臂，脸上洋溢着笑容和喜悦。张美娜和父亲挥手告别，她注意到父亲那深邃的目光中满含着期待和祝福。她懂得，那都是对自己的。

两辆卡车一前一后飞驰在油田的柏油公路上,呼啸的寒风扑打着车上每一个人,大家都含着胸,双手插在袖筒里紧紧地贴在胸前,让自己的背部迎风朝向车头。虽已是春天,但三月的风依然透着丝丝寒气,车上人包括许多女生都还戴着单位配发的狗皮帽子,也只有张美娜等少数几个女孩子扎着厚实的围巾。

由于车上人大都互不相识,所以满车的人无一人说话,车上静得令人不适。望着路两旁向后快速闪去的房屋、油井、雪原和树木,张美娜将身上的小棉袄使劲地裹紧。此刻,她那激动的心情难以抑制。她知道,"此行将是自己新生活的开始,也是一次将要改变自己命运的、新的人生旅程。自己一定要努力学习、刻苦钻研,要以优异的成绩回报对自己寄予厚望的父母、亲属和单位领导,以及同事、朋友们。"

第一章 梦想成真

    二十多分钟后,两辆卡车离开了柏油公路,开始在积雪覆盖、高低起伏的辽阔原野上疾驶。白雪覆盖的茫茫大草原上,一座座白色的油井房与周围的积雪混为一体。由各种工程车辆轧出的道路上覆盖着一层厚厚的沙土,每当车辆走过时,后面往往会扬起一团团的尘烟。又过了不长时间,两辆卡车相继驶进一大片森林里。一眼望不到边际的大森林,坐落着许多大小不等的土丘,如同那起伏的山峦。这个主要由榆树、杨树、柳树、丁香树和少数樟子松混交生长成的高低起伏的大森林,在辽阔的草原上给人一种神圣而又神秘的感觉。刚刚度过严冬迎来温暖春天的大森林,在阳光下萌发着新的生命和希望。林中的每棵树下,都积满厚厚的落叶和白雪,仿佛在诉说着过去绿色的故事。正是:

白雪大地依然,
春风亲吻莽原。
林木绿叶不见,
春天已在召唤。

    森林中,每棵树的树龄都有二十多年,即便站在卡车上也看不透林子外的世界。在茂密的森林里,两辆行驶的卡车显得单薄而又渺小。

    "啊呀!我的帽子被风刮掉了,快停车、快停车呀!"疾驰的车上一位中等身材、体态较胖的男生突然大声喊叫起来。

大家顺着男生手指的方向望过去,只见不远处,一顶蓝色的狗皮棉帽挂在了路旁的树枝上,随风摇荡。

"前面的人,赶快让司机停下车来,有人的棉帽刮掉了!"张美娜大声喊道。

话音刚落,车前头马上就有人使劲嘭嘭地拍打车篷。

前面的卡车很快靠路边停了下来,后面的车随即也紧跟着停在了路边。

"干吗?谁使那么大的劲?拍打个啥?"司机摇下车窗玻璃探出头来,很不高兴道,"这是谁?怎么那么笨!连个帽子都戴不住,就这还上大学!"

那个胖男生不敢吭声,他尴尬地看了一眼大家,不好意思地迅速跳下车去,一路小跑到了那棵大榆树下,然后笨拙地爬了上去。

"这小子简直太愚蠢,连个帽子都戴不住。"张美娜身旁一位高个男生小声埋怨道,"这不是耽误了大家的时间嘛!"

"就是,这大冷的天,就因为这家伙还要让别人一起陪着他。"又一位男生也很不满意地嘟囔道。

"算了,他也不想让自己的帽子被风刮掉。"张美娜小声对那位高个男生说,那个男生看了一眼张美娜,没有再说话。

几分钟后,两辆卡车经过一个近百户人家叫作幸福村的小村庄,然后开进一个由十几栋砖瓦房围成的大院里。

"真快啊!从接到入学通知到检查身体,从生产岗位再到学校报到,这总共才一个星期时间啊。"看见卡车开进了学校大院,张美娜难掩激动的心情,她心里嘀咕道,"没想到自己昨天还是生产一线的操作工人,今天就成了一名职工大学的学生了……"

突然来到陌生的地方,张美娜感觉一切都那么新鲜,她好奇地四处张望着。只见学校大院外面,围着房子长满一棵棵粗壮而又挺拔直立的大杨树,其中几棵树上还有花喜鹊用短树枝构筑的巢穴,远远看去就像堆在树顶的草垛。大院里面,沿着墙的四周种了一圈茂密的丁香树。已经生长多年的丁香树足有四五米那么高,大大的树冠向四周伸展开,形成高大的丁香树墙。两万多平方米的院子中央是一个小型体育场,体育场上立着一副用钢管焊制成的篮球架。院子西南角贴着砖房的房头建有一个烧天然气的红砖砌成的茶炉房,里面立着一个约四立方米的水套炉。另外,在院内的东南角还建有公共厕所。检查身体那天,张美娜就听指挥部技术科的人说,"这个大院儿最早是驻扎在这里的生产建设兵团的武器弹药库,石油会战开始后不久,这个武器弹药库就搬迁走了,再之后就一直作为电力工程指挥部的物资材料库。"院里和屋里,散落着许多碎砖头、破瓦片和旧报纸,还有一些长短不一的铁丝、碎木头和破木板子等垃圾。屋子棚顶和吊灯的灯头、灯线上挂着一根根沾满灰尘的蜘蛛丝;黑乎乎的墙面上,有的贴着报纸,有的贴着宣传画,还有的贴着一些库房管理方面的规章制度等。

1978年春天里的3月,注定是不平常的日子。一群来自油田生产一线的年轻人将进入新成立的龙萨油田职工大学,开始他们渴求已久的大学校园生活,也必将改变他们自己的人生。

此刻学校院子里已经站着二十多个不同年龄段的人,他们满脸笑容,在那里迎接陆续赶来报到的同学们。张美娜站在车上,她注意到迎接的人群中有三位年轻姑娘与众不同。龙萨油田的年轻人,不分男女,大都身着蓝色棉工服,裤子也多为蓝色或黑色。而这三位姑娘的衣着打扮与龙萨油田各单位来报到的年轻人有着明显的区别。她们身高都在一米六以上,全都穿黑色高跟皮鞋,其中一个穿红花格棉上衣,另一个着碎花蓝布棉大衣,还有一个穿着趟绒橘黄色的棉大衣。其次她们的发型同样也是与众不同,一个留着浓密自来卷的金黄色短发,一个留着披肩发,另一个则梳着根长辫子。三位姑娘身材苗条,靓丽可人,充满青春活力。她们三个人站成一排,微笑着向车上的人频频挥手,成为大院里一道亮丽的风景线。

"这几个姑娘可真漂亮啊!"张美娜站在车上情不自禁地小声嘀咕道,"特别是那个长着金黄色头发、高鼻梁大眼睛的姑娘尤为出众!一看就是少数民族!不知道她们仨是哪个单位来的。不过在我们这里很少看到像她们这样衣着打扮的姑娘,难道她们不是我们这里的?不管了,到底是哪儿的反正一会儿就都知道了。"

车停下后,那位三十多岁的男人便招呼着让大家赶紧下车。听见呼唤后,大家都迫不及待地跳下车来,好奇地四外走走、看看。可不大一会儿,一位戴着蓝色单呢帽的中年男人从旁边房门出来,他走到大家跟前,微笑着看了看,然后大声道:

"同学们,大家先把行李搬下来吧。"

他话刚说完，同学们便又重新向卡车聚拢过来，有几个男生急急忙忙向车上爬去。

"大家都别挤，上下车要特别注意安全啊！"戴蓝色单呢帽的中年男人大声道。

张美娜吃力地爬上行李车，车上人多，显得比较乱。张美娜从一大堆行李中找到了自己的行李，她赶紧将行李和一网兜洗漱用具拎在了手里，刚要去往车厢边，忽然身后传来一个男生和蔼的声音："这位女同学，我看你这行李挺重的，那样吧，你先下去，之后我再把行李递给你，这样会安全些。"

听到男生的声音，张美娜回头望去。她注意到，这是一位二十多岁的男生，个子高高，身材匀称，留着寸头，长着一双大眼睛。

张美娜双眼中流露出感激的目光，她微笑着说："那多不好意思，给你添麻烦了，谢谢你！"

"这点儿小事，还谢啥！"说完，男生从张美娜手中接过行李走向车厢边。

就在这时，又有几辆卡车开了进来，院子里人数不断增加，显得热闹了许多。

"大家把行李都先放在一边，现在给你们十分钟时间活动活动，去上个厕所。十分钟后你们都到我这里来集合排队，咱们要给大家分班分宿舍。"还是那位中年男人大声喊道。

"看来这位一定是学校的领导了。"张美娜小声嘀咕道。

戴蓝色单呢帽的中年男人话说完后，同学们便四下里散开来。许多同学在车上站了半个多小时，远道的甚至站了一个多小时，刺骨的寒风早已冻得大家手脚冰凉。行李放好后，大家赶忙搓搓手、跺跺脚，试图让冰凉的手脚热乎起来。同学中有原来认识的便聚在一起唠嗑，还有些同学则好奇地走进各个屋子里参观考察。眼前的校园里，散落的垃圾到处可见，有些窗户玻璃都已经破碎缺损。看着各个脏乱不堪的房间，原本兴致蛮高的同学们多少有点儿失望。但好在大家都知道，自己到这里来的主要目的是学习锻炼，所以他们很快便调整好自己的情绪，对眼前这种完全可以通过努力就能改善的艰苦环境也就不那么太在意了。

十分钟后，同学们自觉地聚拢到院子中央排好队。队伍前面有几个面对同学手举专业班级牌子的年轻人，他们中有男有女，都面带微笑地看着同学们。从他们的年龄、衣着和神态就能猜到，他们都是学校的教职员工。

第一章 梦想成真

同学们好奇地望着前面举着牌子的人,内心中揣测着自己能分到哪个班去。

"自己所从事的是变电工作,这次如能分到相关专业班学习该多好啊!"张美娜心里嘀咕道。

这时,那位戴着蓝色单呢帽的中年男人微笑着站在了同学们面前,他大声道:

"我是咱们学校的第一任校长,我叫安洪山。"

"啊,他原来是校长啊!"张美娜惊讶地小声道,"可真年轻……"旁边也有一些同学小声议论着。

"大家都安静下来。"安校长微笑着看了看大家,然后继续道:

"同学们,咱们学校刚成立不久,各方面条件还都有待完善。你们也都看到了,这屋里屋外的垃圾要清理,教室、宿舍里的墙面也要粉刷,床铺还要你们自己去组装,就连你们上课用的桌椅到现在还都没有到,指挥部生产调度的人说要从八十多公里外的林甸县拉过来。总之,我们都是学校的初创者,好多事情得我们亲自去做,这里的条件需要咱们自己来逐步改善。下面就请咱们的教学副校长李龙山同志宣布同学们所在班级、所学专业,并介绍认识各班级的班主任。念到名字的同学就去各自班级班主任那里报到,你们的宿舍也要由各自的班主任来安排。"

"看来学校教职员工的岁数都不大呀!"张美娜看着前面站着的学校领导和教职工们,她小声念叨着。

安校长微笑着继续对大家说:"过一会儿分完了班级,同学们还要去总务处买饭票,负责总务的副校长邓树仁同志会在那里接待你们的。另外,今天最重要的活动就是下午一点半大家都到食堂大厅参加开学典礼大会,同学们都要提前到达,千万别迟到啊。"

安校长讲完话后便站到了一旁,副校长李龙山从旁边走到大家面前。

"噢,原来在水电工程指挥部的机关大院里招呼大家上车的中年男人是副校长李龙山啊,校领导都这么年轻!"张美娜心里嘀咕道,"没想到这第一天的活动安排得还挺紧的呢,跟在自己单位一个样!"

学校领导刚刚布置的那几项工作很快就都落实完成了。张美娜有些抑制不住地兴奋,因为那几位漂亮姑娘居然和她一起都分到了电气自动化班。

"能跟她们几个分到一起,真是太好了!以后得问问她们是哪个单位来的,从衣着上看不像是我们这里的。"张美娜看着那几位姑娘小声道。

一个班的男生和女生都各自分在一个近一百平方米的大房间里,由于人数比较多,床铺挨着床铺,屋里显得比较拥挤。那些笨重的木床都是热情、积极的男同学们事先给组装起来的,女生们也就是在一边打打下手。给女生的床安装好后,男生们才去组装自己的木床,而女生们则忙不迭地打开行李布置起床铺来,已经铺好了的同学又去帮助别的同学一起整理。同学之间都是初次接触,虽然彼此并不相识,但却都气氛融洽,欢声笑语连绵不断。

布置好床铺,离中午就餐还有段时间,大家陆续离开宿舍来到了户外,三三两两地散起步来。

今天是学校报到的日子,张美娜特意穿上母亲亲手为她缝制的红色碎花小棉袄,下身穿一条蓝色趟绒布棉裤,一条又黑又粗的辫子直达腰间。虽然身着冬装,但依然遮挡不住她那苗条的身材。她那双大大的眼睛饱含深情,眼帘上长长的睫毛,瓜子脸上一对迷人的小酒窝,无不展示着张美娜一位年轻姑娘的无穷魅力。

张美娜主动来到三位漂亮姑娘们的跟前。"三位姐妹,我能问一下吗?你们都是哪个单位来的?以前都在一起上班吗?"

"我们三个都是克拉玛依油田来的。"留着披肩长发的姑娘回答道。

"啊!新疆来的,好远啊!"张美娜惊讶道。

"咱们同学中还有辽河油田、华北油田和胜利油田来的呢!"那位留着自来卷短发的姑娘笑着说。

"没想到你们是外油田来的!"张美娜笑着道。

"啥外不外的,油田本来都是一家人嘛!"留着自来卷金黄色短发的姑娘笑着道。

"我看你们也都整理完了,那咱就一块出去走走吧,好吗?"张美娜微笑着问。

"好啊!我们正想到这附近去转一转呢!"乍来到异乡的土地,对一切都感觉特别陌生好奇的三位新疆姑娘异口同声道。

几位姑娘兴高采烈地一起走出了学校大院。她们站在大院门口四处张望着,不知该朝哪边去。

第一章 梦想成真

校园的院门朝向偏东，一条土公路通过门前进入到茂密的林子里，曲曲弯弯地伸向远方，似乎望不到尽头。

"这四周全是密林嘛！"那个留着浓密自来卷短发的新疆姑娘说，"咱们这该往哪儿去啊？"

"这边我也是头一次来。那咱们就往那边走吧。"张美娜手指着路南边说。三个姑娘赞许地点了点头，然后几个人一同顺着土路向南走去。

这时，又有几辆卡车开进了学校院里。张美娜微笑着说：

"现在才来报到，一定是偏远地区来的。"

"就是，你们油田可真大呀！"梳着长辫子的姑娘大声道。

张美娜看着她，微笑着轻轻点了点头，然后道：

"咱们都唠了一会儿了，连对方叫啥名字都不知道，这多遗憾啊！我看咱们现在就互相介绍下自己吧。"

"对嘛，你这个建议应当立即落实！"留着披肩长发的姑娘笑着道。

几位姑娘停下了脚步，张美娜笑对大家，她大声道：

"那就我先来。我叫张美娜，苗族，老家在湖南湘西土家族苗族自治州吉首市的大山里，今年二十周岁，此前是龙萨油田水电工程指挥部变电所的一名变电工。"

"听说湘西那儿以前土匪挺厉害的呢！"梳着长辫子的姑娘说。

"是的。解放前我爷爷就是被土匪抓去山上的，后来他就被迫做了土匪，直到解放军过来后，他才逃了出来。"张美娜认真答道。

张美娜话刚说完，留着披肩长发的姑娘微笑着自我介绍道：

"我叫哈斯琪琪格，蒙古族。也就是你们听说过的二百多年前从伏尔加河流域东归来到新疆巴音布鲁克的土尔扈特蒙古部的后代。我今年也是二十周岁，此前是克拉玛依油田电力公司的变电检修工，以后你们叫我哈斯或琪琪格都行。哈斯是'玉'的意思，琪琪格是'花朵儿'的意思，你们怎么方便怎么叫就是了。"

"哎呀，咱俩可是同岁啊！"张美娜笑着说，"我是1958年7月出生的。"

"我是1958年2月出生的。"哈斯琪琪格笑着说。

"哈哈，那你是姐姐了！"张美娜拍着手掌激动地说。

"我叫巴哈尔古丽，维吾尔族，老家在新疆喀什，今年十九岁，原是克拉玛依

· 9 ·

油田采油厂的维修电工。巴哈尔古丽是'春天的花'的意思。"留着自来卷短发的巴哈尔古丽笑着自我介绍道。

"噢,你原来是维吾尔族啊!"张美娜高兴地笑着说,"你的自来卷头发可真好看,根本不用烫头发了,这得省下多少钱啊!"

"我们维吾尔族人,不论男女,多数都是自来卷头发,不过我更喜欢像你们这样的直头发。"巴哈尔古丽看着对面几位姑娘的头发笑着说,"在我们那里,有的姑娘还专门去理发店有意把自己的卷发烫成直发呢。"

"正相反,我们这里好多女同志都喜欢卷头发。你也知道的,烫个头挺贵的呢!"张美娜笑着道。

"我叫乌吉娜,锡伯族,老家在新疆伊犁的察布查尔锡伯自治县,今年十八岁,此前是克拉玛依油田电机修理厂的高压试验工。"梳着长辫子的乌吉娜笑着介绍了自己。

"哈哈!原来咱们全都是少数民族啊!真好,这可真是缘分啊!"张美娜兴奋地叫了起来。

"真是没想到啊,咱这一个班里居然有这么多少数民族同学,缘分啊!"哈斯琪琪格激动地说。

"确实是缘分啊!"巴哈尔古丽和乌吉娜同时拍着手掌笑着道。

"我们真的很感谢克拉玛依油田的领导,正是他们把这宝贵的三个上学指标全都给了我们几个少数民族职工!"巴哈尔古丽感慨地说。

"我们三个虽然同属一个油田,但在去我们油田劳资处报到之前我们彼此之间却都从未见过面……"哈斯琪琪格还没说完,乌吉娜赶忙抢过话来笑着说,"我们第一次见面还是在克拉玛依油田的劳资处呢!"

"以后能和你们几个美丽的少数民族姑娘在一起学习、生活,真的是太幸运了!"张美娜激动地说。

"刚报到就能遇见你这么热心靓丽的苗家姑娘,我们同样也很高兴啊!"哈斯琪琪格兴奋地大声道。

"就是嘛!"巴哈尔古丽笑着道。

"今天是个好日子啊!"乌吉娜同样笑着道。

"好吧,咱姐妹几个以后好好相处,就像亲姐妹一样!"张美娜笑着说。

第一章 梦想成真

"一定会的,必须的嘛!"哈斯琪琪格大声笑着道,巴哈尔古丽和乌吉娜的脸上同样绽放着灿烂的笑容。

"那你们三个是怎么来到油田工作的呢?"张美娜微笑着问。

"我们三个都是油田招工考试考上去的。之前高中毕业后都没有固定工作。"哈斯琪琪格回答道。

"那你呢?你是怎么来到龙萨油田的呀?"巴哈尔古丽问。

"噢,是这样,长话短说。我爸爸是1941年参加的八路军,打了十几年的仗。1957年从部队转业后,他被安排到了内蒙古呼和浩特市工作。后来这里发现了大油田,爸爸就调来了这里。我也是油田企业招工才参加上的工作,我下面还有一个妹妹,正在读初中。"

"你家就姐俩吗?"哈斯琪琪格问。

"对,就我们姐妹俩。"张美娜微笑着回答道。

"那一定是两个美丽的千金啊!"乌吉娜笑着道。

"是的,妹妹挺漂亮,学习也挺好的。"张美娜笑着道。

"姐妹俩如同美丽的两朵花,真幸福啊!"哈斯琪琪格笑着道。

几个人一同向前、边走边唠,银铃般的嗓音和欢声笑语在寂静的森林里回荡着。这时,一条深入森林的羊肠小道弯弯曲曲地出现在了她们面前。

"啊呀,七公路分岔了,右边向南,左边的向东了。唉,这里还有条小道,我看咱们就走这条小道吧。"张美娜建议道。

"可以嘛,走哪里都一样的,反正这里到处都是树木。"哈斯琪琪格回应道,巴哈尔古丽和乌吉娜也都赞同地点了点头。

羊肠小道偏东深入森林,它完全被干黄的树叶和厚厚的积雪所覆盖,人走在上面软软的,像在地毯上漫步一样。

森林里并不全是乔木,在一排排高大的乔木林带之间,还种着一趟趟数个不同品种的丁香树。由于年代已久,一些榆树、杨树、柳树和丁香树的种子随风飘落在他处,并在那里扎根生长。二十多年后,在任何一片林子里,都已经看不见单一品种的树木了,它们全都成了由不同种类树木所构成的混交型的森林。

这个季节除了散栽的为数不多的松树外,林中其他树木全都是光秃秃的,干巴巴的枝条随风摇曳,森林显得没有一点儿生气。

· 11 ·

丁香花

"这片森林可真大呀！无边无际根本看不到尽头！"巴哈尔古丽惊讶地说，"在我老家喀什和我们工作的克拉玛依油田都很少能看到这么大面积的城市森林！"

"城市里面土地珍贵，哪能腾出大面积土地去种树啊！"张美娜笑着道。

"我们老家巴音布鲁克有着辽阔的草原，有九曲十八弯的开都河，还有美丽的天鹅湖，天山和额尔宾山上都长有茂密的原始森林！"哈斯琪琪格皱着眉头大声道，"遗憾的是，我们那儿的草原上几乎看不见什么树木！"

"我们老家察布查尔是个美丽的边境小城，它位于乌孙山以北、伊犁河以南。那里有大片的人工杨树、柳树林和大片的水稻田，还有奔流不息的美丽的伊犁河！尤其是距离县城五十多公里的乌孙山，那里同样有茂密的森林和高山草场。"乌吉娜说这话时显得自豪和激动，"我们那里可是鱼米之乡的塞外江南啊！"

"我们这儿的森林都是早年军垦农场职工们栽种的，主要用于防风沙！"张美娜笑着大声说，"不过我们这里生长的榆树可大都是野生的，有的长得好粗好粗呢！"

"你们这里也有风沙吗？"哈斯琪琪格不解地问。

"有啊！我们这里虽然没有沙漠，但西边的沙土地在青草没有长出来的时候，那些沙土会随风刮得漫天都是。"

"我还以为你们这里远离沙漠不会有沙尘的呢。"哈斯琪琪格微笑着道。

看着大家热烈谈论着，巴哈尔古丽又开始介绍起自己的家乡来。

"我们老家喀什是个美丽的边境城市，那可是座文明古城啊！你们知道吗？我们那里有中国最大的艾提尕尔清真寺，有著名的香妃墓，还有展现维吾尔族民居特色的喀什老城区等，简直美极了！"

"的确如此，我去过那里，喀什真的是座美丽的古城啊！尤其是那里的美食简直让人不愿离去！"乌吉娜笑着赞美道。

"其实你们这里也有自己独特的美。你们看，学校领导可真会选地方，校园周围全都是茂密的林木，一眼望不到边！"哈斯琪琪格笑着说，"要是到了夏天，鲜花儿盛开、绿树成荫，咱这里的空气一定是最清新的，负氧离子会很高很高的，最有利于健康了！"

"在这里，像这么大面积的森林还真不太多，我们这儿还是草原的面积最大。

从咱们这边越是往西人烟越发稀少,而草原却是越发辽阔。"张美娜兴奋地说,"我们这儿的草原可美了,到了夏天,草原上开满各种各样的花儿,还有野兔、野鸡、狐狸和大灰狼等动物,至于小鸟儿嘛,多得简直无以计数!"

"我们那儿的草原要比你们这里大很多,你就是骑着马走上一天甚至两三天都不会走出大草原的。"哈斯琪琪格笑着对张美娜说,"不知道你会不会骑马。在辽阔的大草原上骑马奔驰,那心情和感受简直无法用语言来描述!"

"可惜我不会骑马啊。"张美娜阴沉着脸回答道。

"我也不会骑马!"巴哈尔古丽小声道。

"你也不会?"张美娜笑着道,"我还以为就我不会呢。"

"我会,我从小就跟爸爸在草原上学会了骑马!"哈斯琪琪格大声道。

"美娜姐,没关系的,我也会骑马的。等到放假的时候,你去我们新疆,我和哈斯姐一定能教会你俩骑马!"乌吉娜看着张美娜和巴哈尔古丽认真地说。

"看来我是白在新疆长这么大了,居然连个马都不会骑!"巴哈尔古丽沉着脸道。

"没关系嘛,等放假回到新疆,咱们一块儿在草原上住上些日子,到时候学会骑马根本不是问题!"乌吉娜笑着说。

"说着容易,有没有时间还不一定呢!"张美娜微笑着道。

"就说是呢!能不能去学骑马,现在可不好说!"巴哈尔古丽大声道。

几位姑娘沿着林中小路继续向森林深处走去,林子里不时听到小鸟儿美妙的歌唱和姑娘们银铃般的欢笑声。

"现在这个季节还不是小鸟儿最多的时候,要再过段时间。到那时,南方大量的鸟儿过来后,才是最热闹的时候呢!"张美娜笑着道,"这个时候的小鸟儿都是种类不多的留鸟儿嘛。"

张美娜她们来到林中一个不太大的湖边。小湖湖面差不多有八千多平方米那么大,相连着的还有片两千多平方米的湿地。湖的四周是一圈不大的草地,草地外围生长着很多丁香树。当下冰封的湖面上满是厚厚的积雪,积雪上面密布着野兔、野鸡和狗、猫等杂乱无章的动物脚印,有的显然是新踩出的,而有的上面则覆盖着一层薄薄的灰尘,就知道是小动物们以前踩出来的脚印。这个湖的边上长满密密麻麻干枯了的芦苇和蒲草,而湿地里同样覆盖着厚厚的积雪和一个

丁香花

个大小不等的塔头(年复一年,由草本植物枯死腐烂的叶杆形成的草墩子)。

"这么多的动物脚印,看来这个森林里的野兔和野鸡还真不少啊!"乌吉娜大声道。

"这两种动物在我们这里比较普遍,到处都有,没啥稀奇的!"张美娜回应道。

"这两种动物在我们家那边也比较常见!"哈斯琪琪格笑着说。

"我们那里同样多得是!"乌吉娜回应道。

"好有意思的一个湖啊,居然坐落在茂密的森林中!不难想象,当春风吹绿大地,冰湖融化,草木一片郁郁葱葱,丁香花儿吐露着芬芳的时候,这儿的景色一定会是非常美丽啊!"巴哈尔古丽感慨道。

"你可真够动情的。你说对了,其实大自然真就是鬼斧神工。可以想象得到,春夏时节,当丁香花儿盛开了的时候,一片片、一丛丛美丽的丁香花会使这里成为花的海洋,而且森林里到处都能嗅到花的芳香。到那时,森林、湖泊、花朵、草原、蓝天融为一体,这儿简直就是一幅美丽的水墨风景画啊!"张美娜看着哈斯琪琪格她们几个自豪地说,"其实像这样美丽的地方在我们油田那可真是有的是。就在我们生活的这片大地上,有着二百多个天然湖泊,至于大草原那可是无边无际呢!"

"瞧啊!那里有一棵大榆树。"乌吉娜突然手指着湖边草丛中的一棵大榆树喊叫道。

大家顺着她手指的方向看过去,只见不远处的一片杂草丛中长着一棵又粗又大的老榆树。榆树的主干也就三四米那么高,但它的旁枝却很发达。一根根粗壮的枝条伸向四方,所覆盖的面积足有六十多平方米。

"看来这棵树还很不一般呢。你们看,它上面挂有好多的红布条子呢!"乌吉娜大声道。

"是挺奇怪的,树上挂这么多红布条!我还是头回看到呢!"张美娜也好奇道。

几位姑娘饶有兴致地来到了大榆树前。张美娜仰着头走向前去,她尝试着要抱抱那棵大榆树。

"嚯,好粗壮啊,一个人根本就抱不过来嘛!"张美娜笑着大声道。

"没事,我来了!"哈斯琪琪格一边大声喊着,一边几步跑到大榆树前,拉着张

·14·

美娜的手一起去抱大榆树。

"终于抱住了!"张美娜兴奋地说,"这家伙,非得两个人才能勉强抱得过来呀。不用怀疑,这棵树起码得有一百多年树龄了!"

"唉,你们说,这树干、树枝上怎么还系着这么多的红布条呢?"巴哈尔古丽好奇地问,"这是什么意思啊?"

"我想,这可能是一棵被人们尊为神树的大树。"乌吉娜说,"有点类似于古人的图腾标志。给树系上红布条,说明这附近地区有人时常来祭拜它,无非就是祈求神灵保佑自己或家人平平安安、事事如意罢了。在我们察布查尔县城西面也有这样的一棵老榆树,它的树枝树干上同样也系着许多红布条子。"

"说的有道理。"哈斯琪琪格赞同地说,"我们那里的草原上,主要是祭拜敖包。咱们的乌吉娜知道的还挺多呢!"

"听你们这样讲,我可是开了眼界了!"张美娜笑着说,"我看你们所了解到的知识都挺多的呢!真是'三人行,必有我师焉'!"

"我说美娜姐,你们这个湖里面有鱼吗?"乌吉娜突然转变话题大声问,"这里如果有鱼的话,味道一定能不错吧?"

"这里应该有的吧。我们这儿的湖水里差不多都有鱼。"张美娜瞪大眼睛说,"我在龙萨油田生活这么多年了,还没听说过哪个湖里没有鱼呢!"

"那这湖里都有些啥鱼啊?"乌吉娜大声问。

"我们这边的湖里最多的是鲫鱼和老头鱼。"张美娜笑着回答道。

"管它什么鱼呢,等有机会的话咱们来品尝一下,野生的鱼味道一定很香的!"哈斯琪琪格笑着说。

"放心吧,肯定会有这样的机会的!"张美娜大声道。

"到时候咱们就来个森林美味野餐!"哈斯琪琪格笑着说。

"就这么定了!"张美娜笑着大声道。

"湖面这么小,还是死水,里面的鱼能好吃吗?"巴哈尔古丽问。

巴哈尔古丽这一问,三位姑娘顿时全都不吱声了,她们瞪大眼睛盯着张美娜,等着她的回答。

张美娜看着她们,微笑着说:

"这个湖里的鱼到底啥味道,我没有品尝过,不过别处湖里的鱼我倒是觉得味道挺不错的。"

"没事吧,都是野生的,我想应该能好吃的。"哈斯琪琪格道。

"不管它,反正等到以后咱们吃了就知道了!"张美娜笑着说。

张美娜她们从大榆树旁走到了冰湖上。湖面积雪在阳光和风的作用下早已形成一层硬壳,人踩在上面如果不特意用力是不会把硬壳踏破的。

"看这样子,这里有段时间没下雪了呀!"哈斯琪琪格笑着道。

"是的,还是刚入冬那会儿下了几场大雪。"张美娜大声道。

"我来看看这湖面上的积雪有多厚。"说完,乌吉娜向林子里跑去。

张美娜她们看着乌吉娜手持一根粗树枝跑了回来。

回到大家跟前后,乌吉娜抬起右脚用力将积雪的硬壳踏破,然后弯腰将那树枝使劲戳了进去。

"嚯,差不多有一尺多厚呢。看来这一冬天,雪下得还不小啊!"乌吉娜丈量着树枝大声道。

"冬天就是应该多下雪,瑞雪兆丰年嘛!"张美娜望着乌吉娜手中的树枝笑着道。

"咱们新疆冬天的雪就挺大的。"巴哈尔古丽大声道。

"我看咱们新疆最可怕的还是大风,那个风大的,都能把毛驴车吹翻!"哈斯琪琪格笑着道。

"说了半天了,我问你们,谁知道这个湖叫啥名?"乌吉娜突然提出这个问题后,三位新疆姑娘很自然地将目光投向了张美娜。

"美娜姐知道吗?"巴哈尔古丽大声问。

"来报到之前,我听单位老师傅说咱们学校跟前的森林里有一个自然湖泊叫作'珍珠湖'。"张美娜笑着答道。

"真好听的名字啊!"乌吉娜拍着手掌大声道。

"唉,姐妹们,我顺便问一下,你们一个月工资能开多少啊?"张美娜看着三位新疆姑娘转变话题问。

"我们三个一起参加工作,所以工资是一样的,现在都是每月75元。那你呢?"哈斯琪琪格回答完后反问道。

"我可没有你们高。我一个月才45元。"张美娜回答道。

第一章 梦想成真

"啊,不会吧。咱们差不多都是同年参加工作的,工资怎么会差这么多呢?"巴哈尔古丽大声问。

"我想,可能是你们地处边疆地区的原因吧。我们这里职工中也有亲属在新疆工作的,说是在偏远边疆工作有特别津贴。"张美娜微笑着说,"算了,不说这个了。反正有个好心情、好身体,能做好自己的本职工作,实现自己想要实现的人生目标才是最重要的!"

这时,旁边一棵大杨树上,一对喜鹊叽喳的叫声吸引了姑娘们的注意。两只喜鹊一会儿用喙在巢穴旁使劲戳着,一会儿又仰起头高声鸣叫。

"春天了,喜鹊们也开始忙着修补自己的巢穴。"张美娜仰头望着那对喜鹊说,"好大的一个喜鹊窝啊!新的一年开始了,它们也要开始新的生活了!"

"是啊!又一年的春天了,我们这些人也将要在这里开始难得的大学新生活!"哈斯琪琪格望着树顶的花喜鹊感慨道。

"我们喀什有着全国最大的清真寺——艾提尕尔清真寺,穆斯林们在那里诵经做礼拜就是祈求真主的保佑,祈求新的一年里,人民都能够平平安安的!"巴哈尔古丽没有参与对喜鹊的品论,她看着树枝上的喜鹊述说起自己民族的信仰来。

"我们苗族信奉的是一种比较原始的宗教,相信鬼神的存在。哪里真的会有什么鬼神,无非是老百姓希望祈求神灵保佑,为自己和众生祈福而已。"张美娜笑着说,"算了吧,我们别再谈论什么宗教了,还是谈点儿别的什么吧!"

"说别的。我看你们黑龙江要比我们新疆那里冷多了呢!"巴哈尔古丽微笑着说。

"可不,我们那里有人有亲属在你们黑龙江,人家就说你们这里特别冷。所以来之前,吓得我们三个都去商店为自己准备了厚实的棉衣棉裤。"哈斯琪琪格笑着说。

"我们家里有亲属在辽宁,听说我要来龙萨油田学习,他们就再三叮嘱我准备什么什么样的衣物。"乌吉娜也笑着说道。

"咱们这里还不算是最冷的呢。我们黑龙江比较冷的地方是漠河,另外像呼玛、孙吴、逊克、嘉荫、黑河,都要比咱这边冷很多呢。听说还有更冷的地方,那就是离咱这儿几百公里以外的内蒙古根河县,那里的冬天通常都在零下四五十度。知道吗?五十多度呀,那是何等的冷啊!"张美娜说话时一副严肃的样子。

丁香花

"啊!"乌吉娜张大嘴巴惊异地说,"那也太可怕了,真是难以想象,岂不是滴水成冰了!"

"这你们不用担心,冬天咱又不去那些地方。再说了,如果真要去的话,那咱也得夏天去。"张美娜笑着说。

"其实我们新疆有些地方也是很冷的。"哈斯琪琪格微笑着说,"像塔城、富蕴、阿勒泰、伊犁等地,其实冬天也是很冷的!"

"我就特别怕冷。还是我们喀什那个地方好,冬天根本不怎么冷。"巴哈尔古丽微笑着道。

"你们南疆当然不会太冷了。"哈斯琪琪格笑着大声道。

"还是春天、夏天比较好,一点都不冷。我看咱这地方,当树木长出新的绿叶的时候,碧绿的湖水、茂密的森林、辽阔的草原、盛开的鲜花,那时该有多好、多美啊!"乌吉娜望着眼前冰封的湖面和干枯的树林感慨地说,"这样吧,这儿的气氛和环境有点枯燥,就由我来给你们唱一首我们家乡的歌儿吧!"

"唱歌,那好啊!"张美娜她们几位姑娘拍着手掌异口同声道。

"乌吉娜妹妹,你真棒!比我们想象的更美!"哈斯琪琪格竖着大拇指赞许道。

乌吉娜两腮泛着红晕,那长长的睫毛、大大的眼睛、浓密的黑发,无不彰显着一位美丽少女靓丽的身姿。乌吉娜一点都不紧张,只见她笑盈盈地看着大家,轻轻向前走了两步,然后深情而又认真地唱起了她们家乡的一首民歌来。

美丽的察布查尔啊,
遥望雄伟的乌孙山,
依偎在秀丽的伊犁河畔,
茂密的森林、草原,
广袤肥沃的土地,
是我们幸福的家园!

美丽的察布查尔啊,
迁徙走来的锡伯人,

勇敢戍边、辛勤耕耘,
蛮荒大地变良田,
牛羊肥、瓜果香,
是我们塞外的好江南!

美丽的察布查尔啊,
走向未来的锡伯人,
迎着清晨升起的太阳,
踏着先辈开创的路,
奋发进取永不停息,
携手创建美好的明天!

乌吉娜旁若无人地尽情歌唱着,她身心投入的歌声甜美动人、亲切朴实、细腻深情,犹如流淌不息的伊犁河水,动听感人的歌声里充满着对家乡的无比热爱。

"我们的乌吉娜妹妹,你唱的可真好啊!"乌吉娜才刚唱了没有几句,张美娜便插嘴赞美道,哈斯琪琪格和巴哈尔古丽同样激动地拍着巴掌齐声喊好。

张美娜她们几个完全被乌吉娜甜美而又动情的歌声所感染。哈斯琪琪格和巴哈尔古丽先后走向前去,面对着乌吉娜一起跳起了维吾尔族的赛乃姆舞。这种在新疆非常流行的舞蹈,动作简单明了,舞姿优美大方。虽然是维吾尔族的舞蹈,但当地许多其他民族的人也都能熟练地跳起来。张美娜以前没有学跳过新疆舞,但她天资聪颖。见两位姑娘又唱又跳,开始还只是使劲拍着巴掌的张美娜也很快走向前去学着跳起来,而且很快就学会了。

几位姑娘完全沉浸在了欢乐和幸福之中,好像这片林子今天完全属于她们似的。

就在几位姑娘快乐歌舞着的时候,突然在她们旁边传来砰的一声响。姑娘们顿时停止了歌唱和舞蹈,全都警惕地向着声音传来的方向张望过去。

"什么动静?"乌吉娜大声问。

"好像什么东西砸在地上了!"张美娜大声回应道。

"看,那边有三个'巴郎子(维吾尔语,指年轻小伙子)'往咱这儿走来了。"巴哈尔古丽手指着那边的几个男青年大声道。

几位姑娘听了巴哈尔古丽的话,都不由得朝那边望过去。她们看到有两高一矮三个男生正在朝她们这边走来。

"看哪,刚才砸到地上的是这块砖头。"哈斯琪琪格手举着一小块砖头大声道。

听说有人扔砖头,姑娘们都非常生气。

"肯定是他们中的谁干的,因为这里再没有其他的人!"张美娜看着来人气愤地说,"这多危险啊!一定不能轻易放过他们,简直太不像话!"

"就是,伤着人咋办!"哈斯琪琪格大声道。

"他们好像也是今天才来报到的,虽然不知道叫什么名,但多少有些印象!"乌吉娜大声说。

"好啊,自己同学还敢干这种事,太可恶了!"张美娜气愤地说,"哼,不能轻易饶过他们!"

三个小伙子面带微笑来到了姑娘们的跟前。

"姑娘同志们好啊!你们几个跳得简直太好了!"一位高个男生笑着道,"真是美极了!"

"你们可真会在这里享受啊,完全把自己融入了大自然中!"另一位高个男生笑着道。

张美娜一见面就认出那个最先说话的就是在卡车上帮自己拿行李的那个男生。

"你先别在那里忽悠,我问你们,你们中是谁刚才往我们这边扔砖头了?"张美娜气愤地大声问。

"哎呀,实在对不起,是我。"那位矮些的男生胆怯地走上前来回答道。

张美娜认了出来,他就是先前那个在车上帽子被风刮掉的男生。

"你'勺料子(新疆方言,意为'思想简单,行为缺乏周密计划而不计后果的大傻子')'呀,干啥往我们这里扔砖头!"巴哈尔古丽气愤地问,"砸到人咋办?"

听说是这个男生扔的,姑娘们都围了过来。见姑娘们这么激动,一同来的另外两个男生吓得站在旁边不敢吱声。

"你往我们这里扔砖头是啥意思?"张美娜愤怒地大声问。

"真的不好意思,我见你们又唱又跳的,有些激动,就想扔个砖头吓唬吓唬你们,可不是要打你们,我并没有一丝的恶意!"男生说话很歉疚的样子。

"你叫啥名?"张美娜大声问。

"噢,对不起,我叫秦玉林。"秦玉林低声回答道。

"我看你真是非常可恶,竟然做出这种蠢事来!"哈斯琪琪格愤怒地一把揪住秦玉林的一只耳朵大声骂道。

"哎呀,轻点儿,耳朵要揪掉了!"秦玉林歪着嘴巴大声喊叫着。

秦玉林被几位愤怒的姑娘围在中间轮番责骂,像只吓坏的焉巴猫,完全一副受气和委屈的样子。

"我说这几位姑娘,我知道你们也是今天来报到的,都是同学啊。"这时,还是那位高个子男生走上前来,他笑着说,"我叫刘青海,旁边这位男生叫臧羽寒。今天这个事确实是秦玉林做得不对,不过他真的没什么恶意,只是往你们旁边扔砖头,绝对不是要往你们身上扔,他要敢那么做,我俩都不能容他!"

"原来帮自己搬行李的这家伙叫刘青海啊!"张美娜心里嘀咕道。

听刘青海这么说,姑娘们的气也就多少消了一些,哈斯琪琪格这时也松开了揪着秦玉林耳朵的手。

"那万一扔偏了呢,我们本来挺快乐的!"张美娜看着秦玉林沉着脸说,"都是让你这个坏家伙给搅和了!"

"姑娘们,实在是对不起!"秦玉林深深鞠了个躬,他认真地说。"今天我错了,为了表示我的歉意和诚意,我请客!"

"呵,这个主意挺不错的!"刘青海笑着说。其他人自然也是微笑着表示赞同。

"那好啊!"巴哈尔古丽微笑着说,"没想到我们刚到这里就有人要请客,那可是挺好的事啊!"

"不过,我有个小小的要求。"秦玉林笑着说,"你们得先告诉我,才刚你们说的那个'勺料子'是啥意思?"

几位姑娘微笑着你看看我,我看看你。

"还是我来告诉你吧。"巴哈尔古丽把头凑到秦玉林跟前,神神秘秘地说,"这

'勺料子'嘛,是我们新疆当地的方言,就是放屁直打晃、吃饭淌哈喇子、白天做美梦、遇事不动脑筋、尽干蠢事的大傻子!"

听了巴哈尔古丽的解释,大家一阵哄堂大笑。

"我的天呀!你们居然把我形容成这样的一个人!这也太可怕了嘛!"秦玉林不太高兴地说,"也罢,反正今天这事儿我做得是有点蠢。"

"那你打算咋请我们啊?"张美娜微笑着问。

"我给你们每人买一根龙萨镇铁西街里做的大'麻花'。"秦玉林肯定地说。

在当时的年代里,吃粮要用粮本购买,并且在粗粮比细粮多的情况下,"麻花"是要用粮票才能购买到的。而且在一般家庭,像"麻花"这种特别的食品也是偶尔才能吃上一次。所以当姑娘们听秦玉林说要请客吃麻花,她们自然是非常乐意。

"好啊,那我们就期待着了,你一个大男人可别食言,说话要算数噢。"张美娜笑着大声道。

"那也带上我们俩嘛。"刘青海手指着自己和臧羽寒笑着对秦玉林说。

"得了吧,这可没你们两个啥事。"秦玉林微笑着说,"我今天可是点儿够背的了,扔个砖头都能给自己带来这么个麻烦事!"

"活该呀,谁叫你做坏事来着!"张美娜看着秦玉林严肃地说。

"不过你们几个女同胞也太厉害,一点儿都不温柔。"秦玉林不满地说。

"想得美!你这样做坏事谁都不会对你温柔的!"哈斯琪琪格生气地说。

"算了秦玉林,本来就是你不对,少说两句得了。"刘青海拽了一下秦玉林的衣袖大声道。

"你这都是自找的,活该呀。我俩当时不让你扔砖头,可你就是不听,非得让人家收拾你一顿你才能老实。"臧羽寒也埋怨道。

下午十三时,学员们开始陆续走进食堂大厅。大厅正面墙上挂着一条横幅,上面十几块红纸上的黑字写的是"龙萨职工大学一九七八级学生开学典礼大会"。大厅前面已经摆好一排桌子,桌上面铺着一长条土灰色的毛毯,会议桌后面摆着两排十几把木椅子。不大一会儿,在安洪山校长带领下,十多个中青年职工笑吟吟地走到了主席台前,互相谦让地纷纷坐了下来,其中前排五把椅子上分别坐着水电工程指挥部主管职工教育的副指挥王鹏云、指挥部技术教育科科长

第一章　梦想成真

向宝玉,以及职工大学的领导安洪山、李龙山、邓树仁,学员所在原单位领导和老师们都坐后排。

"同志们,同学们,我们现在开会。"因为没有麦克风,所以安洪山校长不得不放大嗓门说话。

会场上顿时安静了下来,所有人都在静静地听着台上人的发言。

安洪山校长首先介绍了主席台上的各位领导、任课教师,宣读了有关成立油田职工大学的文件。他激动地说:

"今天是我们龙萨职工大学,水电工程指挥部分校正式成立并开学的日子……我们开设的电气自动化、城市给排水、热能动力、电力系统和通信工程五个专业,都是咱们油田生产保障所需的部分重要业务……经过三年脱产学习,你们将有幸成为油田职工大学培养的第一批懂专业理论、熟悉专业技术的高级人才……'逝者如斯夫,不舍昼夜。'所以人生短暂,时光有限,希望你们能够珍惜时间、刻苦学习、认真钻研,以使自己成为对国家和油田有突出贡献的宝贵人才……"

"安校长讲得真好啊,还是知识分子领导讲话的水平高。"张美娜一边听着领导讲话一边心里嘀咕道。

这之后又有教师代表高秀娟发言。由于张美娜在这次职工大学招生考试中成绩最好,名列第一,因此,她作为学生代表也发了言。副指挥王鹏云是最后一个讲的话。

隆重的开学典礼进行了一个多小时。散会后,同学们兴致勃勃、满心欢喜地走出食堂,来到了院子里。

"咱们简直太幸运了!"从食堂大厅出来后,张美娜激动地对身旁的哈斯琪琪格、巴哈尔古丽和乌吉娜说。

"什么太幸运啊?"哈斯琪琪格看着张美娜不解地问。

"你没听安校长会上说吗?咱们后面的专业课都要请哈尔滨工业大学、吉林大学和东北电力学院等大学的教授们来讲呢!"张美娜兴奋地答道。

"噢,是说了。"巴哈尔古丽回应道。

"都是大学来的专家教授给咱们讲专业课,那咱可真是太幸运了!"哈斯琪琪格激动地回应道。

"安校长还说了,咱们这些学员文化课基础普遍不太好,所以要先给咱们补习两个月的高中数、理、化课呢。"乌吉娜接过大家的话说道。

"可不嘛,咱们都是1976年前的高中毕业生,那时的学校里,教学不是很正规,咱们根本就没有学到多少东西。"张美娜沉着脸说,"开大会前听副校长李龙山说,咱们招生考试的题其实并不难,可大家的成绩却普遍不太好。"

"可不是嘛,其实补一补课真的很有必要,否则以后的专业课学起来指不定会多难应对呢!"哈斯琪琪格接话道。

说到补课,张美娜感触道:

"说实话,招生考试前,多亏我分别参加了我们指挥部开办的英语、电子培训班,自己也抓紧时间复习了高中数、理、化等,要不然的话,我很可能考不上职工大学呢!"

"1976年以后,企业都开始重视文化、科技知识培训了。"哈斯琪琪格微笑着说,"我们来之前也都参加过类似的培训补习班。"

"现在年轻人学习的热情真高啊!"张美娜激动地说,"我们这里的培训班全都是夜间上课,去的人特别多,你要是晚去了,连个座位都没有,只能站着听讲!"

正当姑娘们热烈谈论着的时候,只见十几辆装满桌椅的解放牌卡车一辆接一辆地开进了大院里。

"哇,这么多车啊!"张美娜惊讶道。

"桌椅这么快就拉来了!"哈斯琪琪格和巴哈尔古丽、乌吉娜同样惊讶地喊叫道。

看到桌椅拉来了,同学们都很激动,纷纷从宿舍、教室里跑出来。

"桌椅终于拉来了,我们可以坐在教室里学习了!"同学们兴奋地你一言我一语地大声谈论着。

在学校领导组织下,全体同学齐心协力,将桌椅一套套地搬到自己的教室里仔细摆放好。

"真是有些腰酸背疼啊!"张美娜笑着问哈斯琪琪格她们,"你们怎么样?"

"确实感到有些累。"哈斯琪琪格敲着自己的后背笑答道。

"主要是平时很少干重体力活的原因。"巴哈尔古丽微笑着说。

"咱们女生平时太缺少锻炼了。"乌吉娜大声道。

"其实最累的还是人家男同学们。"张美娜笑着说,"要不是这些男生,光靠咱们女同学,两天都不一定能卸完、布置完这些桌椅。"

"学校领导不是说嘛,等到四五月份天暖和些了,还要把教室和宿舍的墙面进行粉刷呢,那个活儿比搬桌椅更要付出体力。"哈斯琪琪格大声道。

"无所谓了,要想咱们生活学习的环境更加美好,付出任何努力都是值得的!"张美娜笑着大声道。

又过了一会儿,在班主任孟雪娇招呼下,同学们第一次坐在了自己的教室里,他们还没来得及擦干头上、脸上的汗水,孟雪娇便从外面匆匆地走进了教室,准备主持召开开学后的第一个班会。

体态偏瘦的孟雪娇老师,扎着一把短发辫,她大眼睛、长睫毛,面色红润,说话总是笑盈盈的。今天,她上身着件暗红色的小绿格对襟棉袄,下身着蓝布棉裤,脚蹬一双黑色趟绒布的平跟棉鞋。

"你看,咱们的班主任老师可真漂亮啊!"张美娜小声对身旁的哈斯琪琪格道,"听说孟雪娇老师还会拉小提琴呢!"

"就是,能有这么漂亮而且又有才华的老师做咱们班主任,真是太幸运了!"哈斯琪琪格激动地小声道。

班会上,孟雪娇老师面带笑容地首先介绍了自己。原来,三十五岁的孟雪娇老师毕业于东北电力学院,来职工大学前是水电工程指挥部电力研究所的一名电气工程师。

孟雪娇老师的经历令同学们无比羡慕,大家几乎是瞪大眼睛、屏住呼吸听完了她的自我介绍。

"孟老师这么年轻就早已是大学生和工程师了,而且她放弃在长春市优越的工作生活环境,毅然来到了条件艰苦的龙萨油田,她可真是了不起啊!"听着孟老师的自我介绍,张美娜心里面非常羡慕。

孟雪娇介绍完自己后,同学们也都挨个介绍了自己。大家情况都差不多,来职工大学前都是生产一线操作岗位上的工人。

班会上,大家一致推选张美娜为班级的团支部书记,职工大学招生考试中成绩同样比较突出的刘青海为班长。

会后,每名同学领取了自己的教科书。大家陆续走出教室,兴奋、自豪和快乐的表情挂在每个人的脸上。

　　这个掩映在密林中的寂静大院里一下子突然来了帮风华正茂的年轻人,由此惊动了附近幸福村和南六采油队的乡亲、职工们。有些休班在家的职工,以及家中的老人和小孩都好奇地纷纷来到学校的院子里。他们东看看、西望望,从而意识到,这些大学生的到来,将会使原本寂静的林子从此不再寂寞。

第二章　新的生活开始了

清晨,还未从刚刚步入职工大学的激动心情中平静下来的学子们,早早就起了床,他们几乎一夜都没怎么睡觉。对于他们来说,一切都是那样新奇、那样令人期盼。当张美娜和哈斯琪琪格等几位姑娘怀揣激动的心情刚一走出宿舍门口来到院子里时,立刻被眼前奇异的景象震撼住了。透过薄雾,大家看见,学校院子里,那一圈原本还只是条条枯枝的丁香树,此刻已是银装素裹,如同晚春里正在盛开着的美丽的丁香花。再往校园外面看去,展现在大家面前的,完全是一个洁白、梦幻般的童话世界。只见原本不被人们所瞩望的树木、枯草的枝条和叶片上已经全都包裹上一层厚厚的霜花。大家睁大双目望着远近的森林、草原,简直如同那峰峦叠嶂的雪山和冰雪覆盖着的莽原。

"噢!看,多么神奇美丽的雾凇啊!"张美娜双臂举过头顶,兴奋地大声喊了起来,一时吸引来周围同学们喜悦的目光。

"太漂亮了!简直如同神奇的童话世界啊!"哈斯琪琪格同样激动地喊叫道。

"真是美极了啊!在我们喀什很少能见到这样美丽的景象!"巴哈尔古丽兴奋地跳起了双脚,使劲挥舞着两只手臂。

看着眼前美丽的景色,张美娜情不自禁地大声吟诵起来:

万树枯枝迎春风,
夜来大雾不再等。
雾凇拥得银花琛,

寒春赏花不是梦。

"真棒,美娜,你可真是一个大才女啊!"哈斯琪琪格和几位女生几乎异口同声赞美道。

"哈斯姐,你们可别这么夸我噢,到时候我该找个地缝钻进去了!"张美娜看着哈斯琪琪格她们笑着道。

"美娜姐,你不必谦虚。这么好听的诗歌可不是谁都能马上作出来的!"巴哈尔古丽笑着道。

张美娜望了望四周美妙的景色,然后兴奋地来到一棵高壮的丁香树旁,她轻轻地摇了下树干,刹那间,一团团的霜花如同高山上奔涌而下的瀑布,洒落在几位姑娘的头上和身上,引得大家一阵惊叫、欢笑。

"真没有想到,咱们才刚刚入住学校,就能有幸目睹到这美丽的雾凇!"张美娜激动地说。

"雾凇是最为迷人的景象之一,春秋时节,在我们那里,特别是在伊犁河畔,就能看到这样美丽的奇景!"乌吉娜微笑着大声道。

"我们家乡有时也能看得到雾凇!"哈斯琪琪格自豪地说,"草原就如同一张看不到边际的白色毯子!"

"真是一个洁白的冰晶世界啊!"巴哈尔古丽激动地说。

"我们这里,有人把它叫作雾凇,也有人把它叫作树挂。"张美娜仰头笑着说,"春天和秋天里,这样美丽的奇景经常会出现!"

"只可惜,等到太阳一出来,这么美丽的景色就要消失掉。"乌吉娜噘着嘴说,"要能始终留住这奇妙的雾凇该多好啊!"

听乌吉娜这么讲,张美娜笑着说:

"妹妹,那可不行呀。如果那样的话,森林和草原就该不干了,因为它们不能把显示生命与美丽的绿色奉献给大自然了。"

张美娜说完话,再次引起一阵咯咯的笑声。

"我们还待在这里干啥,走哇,趁着太阳还没有升起来,咱们赶紧到森林里去,一块儿享受这短暂美好的时光吧!"张美娜激动地大声招呼道。

张美娜话音刚落,立刻有十几个男女同学积极响应,大家无比兴奋的心情溢于言表，一路欢笑着走出了学校大院，走进那童话般的森林雾凇世界，尽情享受这神奇而又美丽的北国奇异风光。

薄雾在微风下，轻柔地飘浮在白色的森林里，缓缓地向着同一个方向移动着。同学们仰着头，转着圈地张望着，欢快地使劲拍着手掌。少许霜花受到空气震动后从树顶飘落下来，女孩子们马上张开手掌去接住那些洁白的霜花，然后又向对方的脸上、头上扬去，森林里不时响起同学们那串串银铃般的欢笑声，如同那些天真可爱的孩童。

"嘻，只可惜呀，咱们连个照相机都没有，不能记录下这美妙的时刻，多么遗憾啊！"乌吉娜叹着气说。

"来报到的时候，就该借个照相机一块儿带来，嘻，没想到啊！"张美娜遗憾地说，"现在再怎么后悔都来不及了！"

"谁能想到今天会有雾凇呢！"哈斯琪琪格仰头看着洁白的树挂说。

"没关系，我的好妹妹，别忘了，咱们在这里要学习三年呢，一定会有好多机会留下这美丽的景象！"张美娜搂着乌吉娜的腰兴奋地说，"我以前跟别人学习过如何洗相片，到时候照了相咱自己洗，这能省不少钱呢！"

"你可真够厉害的，连照片都能洗！"哈斯琪琪格赞许道。

"这有啥嘛，你要想学，也一样能学会的！"张美娜笑着说。

"第一次在黑龙江看到如此美丽的雾凇，下次写信时，要告诉家里人，让他们也高兴高兴！"巴哈尔古丽笑着道。

"你这个办法好，我也要写。我要告诉家里人，这里有茂密的森林、辽阔的草原、碧绿的湖水、美丽的雾凇，还有亲密的老师和同学，省着他们老是惦记。"乌吉娜大声道。

"你这分明是想象嘛，现在树叶还没长出来，湖面还都冰封着呢！"哈斯琪琪格看着乌吉娜笑着道。

"没关系，我是期盼那些美丽景色早些到来！"乌吉娜笑着道。

"这儿的景色确实是非常美丽，不过，你们龙萨油田这地方连个楼房都没有。辽阔的大草原一望无际，这里一个村庄，那里一个村庄的，看上去就跟农村差不多，哪里像个城市的样子嘛。如果不是有这么多油井房的话，人家一定会认为这里就是农村，或者牧区。"巴哈尔古丽微笑着道。

"而且这里的平房看上去也不比我们家乡的平房好到哪里去,甚至还不如我们那儿的住房好呢!"乌吉娜笑着说。

"现在比以前可好多了,最起码原来职工住的那种干打垒房子基本没有了。"张美娜解释说,"不过你们一定要相信,社会是进步的,以后肯定会比现在变得更加美好,哪能老是住这样的房子呢!"

"就是,哪个城市也不是最开始就建有楼房的,乌鲁木齐最早也都是平房嘛。"哈斯琪琪格辩解道。

"我们这里,生产区和生活区大都建在一起。这样,上班到单位,下班回到家,走路就可以,非常方便。"张美娜笑着道。

"走路上下班,这确实挺方便的。"哈斯琪琪格笑着说。

"恐怕这就是你们这儿的一大特色了!"巴哈尔古丽道。

"你说得太对了。居民住宅区布局是为了方便工作、方便生活,这就是我们这儿的一大特色!"张美娜笑着道。

这时,天空中飞来几只花喜鹊,它们叽叽喳喳地在森林上空不停地盘旋、飞腾、欢叫着,似乎也被这美丽的雾凇世界所吸引和震撼。

"你们看啊,就连花喜鹊都陶醉在这美丽的雾凇世界里了!"张美娜望着空中的喜鹊笑着道。

"看来鸟儿的情感也很丰富啊!"哈斯琪琪格仰着脸笑着道。

"说不定是被咱们这些同学的欢笑声吸引来的呢!"乌吉娜仰着脸笑着道。

张美娜她们在银白色的森林里跳跃着、欢笑着。微风下,时不时地飘落下些许的霜花,大家在朦胧的晨雾中尽情享受着美好时光。巴哈尔古丽和乌吉娜趁人不备,一起踹向身旁的一棵大杨树。刹那间,瀑布般的银白色霜花从空中飘落下来,弄得树下每一个人从头到脚都如同披上了件白色的长袍。同学们手指着巴哈尔古丽和乌吉娜,一边责备着,一边欢叫、跳跃着,大家轻轻拍打着头顶上的霜花,蹦跳着跑开去。

"好你们两个坏家伙,简直坏透了!"哈斯琪琪格一边捂着头跑开去,一边指着巴哈尔古丽和乌吉娜笑着骂道。

看着同学们如此开心,几个男生也调皮地挨着个儿地去踹那些树干。一时间,在同学们的四周,那从天而降的霜花顿时形同连续不断的雪雾,如同冬季里那铺天盖地的鹅毛大雪。

这是一个令人难忘的清晨。在这个银白色的森林里，同学们见证了奇异的情景，并收获了童真般的快乐和喜悦。虽然美好的时光总是那样短暂，但这欢乐和幸福的奇遇将会永远铭刻在同学们的记忆中。

今天是开课的第一天，同学们早早就带着书本来到了教室里，每个人的脸上都流露出不需要掩饰的快乐和期待。

"昨天晚上我根本没有睡好觉，就听你们这帮家伙没完没了唠嗑了。"秦玉林打着哈欠嘟囔道。

"你少说了？"臧羽寒板着脸道。

"大家彼此不熟悉，忽然来到一个陌生的环境，又都伴随着对自己未来的美好憧憬，肯定都很兴奋，自然有说不完的话，应当理解的嘛。"刘青海笑着道。

"你现在困吗？"张美娜小声问同座的哈斯琪琪格。

"一点儿都不困。"哈斯琪琪格小声回答道。

"看来大家都是一样兴奋啊，兴奋大了劲也就不感觉困乏了。"张美娜笑着道。

上完两节课后，全校师生都整齐地排列在广场中央，随着大喇叭播放的熟悉的乐曲跳起了广播体操。这是开学后第一次做操，每个人都很兴奋，大家认认真真地做完了八节广播体操中的每一个动作。

"今天这几节课你们都听懂了吗？"下课后，张美娜在教室门外的丁香树旁小声问哈斯琪琪格她们三位来自新疆的姑娘。

"噢，不是都能听得懂。普通物理学感觉有些抽象、难懂。"哈斯琪琪格皱着眉头回答道。

"高中物理跟化学扔得时间太长，差不多快忘光了，现在有的听起来感到很生，有点儿费劲。"巴哈尔古丽刚说完，乌吉娜就接过话说，"可不嘛，我感觉咱们老师讲得实在太快，有些根本就跟不上。"

"这才第一天上课啊，以后如果跟不上可咋办啊！"巴哈尔古丽担心道。

"就是，感到挺吃力的！"乌吉娜皱着眉头说。

"都一样，我也有同感。看来不下点儿大功夫是不可能学好的，咱就共同努力吧！"张美娜笑着说，"一定要坚持住，坚持就是胜利！"

"说得对,既然来了,就得好好学!"哈斯琪琪格大声道。

"只要我们付出艰苦的努力,就一定会见到甜美的微笑!"张美娜双手捧着自己的脸颊笑着说。

"美娜姐说得真好。咱们一定要好好努力,多下些功夫,争取取得好的成绩!"巴哈尔古丽笑着大声道。

"肯定会努力的,只是这基础实在是差得太多!"乌吉娜板着脸道。

"我记得昨天的开学典礼大会上,安校长就说过,油田领导对职工大学工作非常重视,所安排的任课老师全都是来自油田生产一线从事技术工作的专业人员,并且全都是大学本科学历。这些从生产一线来的老师,他们的专业理论知识、技术水平,以及实践经验都是非常丰富的,可都是难得的优秀师资。"张美娜滔滔不绝地说,"我从今天老师讲课过程就看得出,他们课讲得都很认真,重点和难点把握得也很好,就连板书都设计得非常规范。有这么优秀的教师给咱们上课,那可是咱们的荣幸啊!如果这还学不好的话,那一定是咱们学生自己的原因了。不过我想,即便一时学不好也不必有太大压力,只要咱们以后多问问老师,向周围学习好的同学多请教请教,下课后自己再多看看书,多练习练习,相信咱们一定会学好的!"

"你基础比我们好多了,以后可得多帮帮我们啊。"哈斯琪琪格看着张美娜说。

听到哈斯琪琪格这样讲,张美娜态度认真地说:

"哈斯姐,这还用说,咱们肯定会互相帮助的。其实你们并不清楚,说起文化课基础来,我认为咱们大家水平实际都差不多少。1976年前咱们上学的那些年里,学校教学受到影响,大家都没怎么学好。你们不知道,上职工大学前,当我翻出自己上中小学时的那些课本来看的时候,简直把我吓了一大跳!"

"吓了一大跳,怎么了?"哈斯琪琪格瞪大眼睛问。

"当时我一看每章后面的那些个习题就蒙了,完了,根本没有几道题能做得出来。你说,这能不吓我一大跳嘛!"张美娜沉着脸道。

"我跟你的情况几乎完全一样,那些年里本来学得就不怎么好,后来又扔了那么多年,我真是费了好大劲才考上这个职工大学呀!"哈斯琪琪格摇着头说。

张美娜看了眼满操场的人,转过头后道:

"我当时也是下了好大功夫去复习。那时,白天上班身上都要带上本书,只要有时间就看上一会儿,晚上差不多都要学习到半夜才睡觉。后来我还参加了指挥部开办的几个文化课补习班,如果不是这样的话,我根本就不太可能考上职工大学。所以,通过这件事我就体会到,我们所做的任何努力都必须是认真、真实的,因为任何完美的结果都不是靠虚假的作为所能得到的!"

"当时接到领导让我参加龙萨职工大学招生考试通知时,我特别高兴,但当我翻出自己上中学时用过的书本时,我的眼睛一下子大了。原来这满书本根本就做不出几道题来,基础太差,急得我满嘴起大泡,几乎失去参加招生考试的信心了。最后还是在单位领导、我的父母和同事朋友们的积极鼓励支持下,我才坚定起信心,开始刻苦复习,如不然的话,我根本就不大可能考上职工大学。"哈斯琪琪格沉着脸说,"如果那样的话,我也就没有机会与你们在一起了!"

"我当时跟你一样,也是特别着急。当时文化基础简直太差了。今天听老师讲课,其实有的我也不是很明白。"张美娜点着头说。

"一时不明白不怕,就怕以后都学不明白,如果那样的话,可就糟了!"哈斯琪琪格担心道。

张美娜看着哈斯琪琪格,她严肃地说:

"不至于吧。我说哈斯姐,咱啥也别说了,如今咱得珍惜这来之不易的上学机会啊。你知道吗?我们这批参加招生考试的有近千人,可录取来的才几百人呀。所以,咱们在学习上一定得明白是为了企业发展而学,是为了实现自身的理想和人生价值而学。因此,在学习上,咱必须刻苦用功,互相帮助、共同努力。如此的话,相信咱们一定能学好的!"

"你说得对,咱到这里干啥来了,不就是来学习的吗。不好好学,谁都对不起!"哈斯琪琪格严肃地说。

"听你俩这么一说,我还真又增添了一份自信。咱能考上职工大学本身就足以证明,虽然咱以前基础不太好,但只要刻苦努力,就一定会如愿以偿!"巴哈尔古丽微笑着大声道。

听了大家的谈话,乌吉娜原来板着的脸也终于露出了笑容。

职工大学地处偏远,没有专门的锅炉房提供暖气,教室、宿舍取暖和食堂做饭全都是依靠天然气。好在这里距离南六采油队比较近,两个单位关系也比较好,所以供应学校的天然气还是比较充裕的,而且还是免费使用。教室里采用的是地龙取暖,沿着墙根一圈建造了地下烟道,在中厅烧火,烟气经过地下烟道后排出,这样就达到了取暖的目的。开学后,这项烧火的工作主要是由五个班的班干部们轮流负责。班干部们都很自觉,也很负责,使得同学们能够在温暖的教室里学习,学校领导也很满意。

开学后第二周的早上,第一节是康宇飞老师的高等数学课。下课后,哈斯琪琪格在教室外休息时对张美娜说:

"像你们这里用'地龙'取暖的方式,我还是第一次看到呢。"

"挺有意思吧!"张美娜微笑着道。

"确实挺稀奇的。你知道吗,在我们牧区,住平房的一般是烧炕取暖,在草原上住蒙古包的是用一个铁炉子,烧晒干了的牛马粪便做饭和取暖。"哈斯琪琪格认真地说,"你们这里的人可真有办法!"

"在油田开发最初的十几年里,我们基本上都是利用烧炕或炉子取暖,但现在,每一个小区里基本都是烧锅炉集中供暖了,不过做饭还都是烧免费的天然气。"

"你们这里可真好,用水、用电、用气都不要钱,而且坐交通车也不要钱。"乌吉娜用羡慕的语气说。

"确实挺好的。如果能一直这样就好了。"张美娜微笑着说。

"好像不会吧,哪能一直什么都免费使用呢!"哈斯琪琪格笑着说。

"大家都知道,这种免费使用不可能一直延续下去,迟早要收钱的。不过人们还是希望能多免费用几年,免费使用谁不愿意呀!"张美娜笑着说。

"现在职工收入这么低,如果这也收费、那也收费的话,生活将会很紧张的。"哈斯琪琪格微笑着道。

"是的,肯定会挺困难的。"张美娜笑着道。

第二节高等数学课,康宇飞老师在讲了一会儿"三元线性方程组"后,当场留了几道习题让同学们在课堂上做。张美娜很快做完了三道题,然后她探过头去,关心地看着同桌的哈斯琪琪格做题,个别地方她会向哈斯琪琪格说出自己分析理解的意见。很快,哈斯琪琪格也完成了那三道题。

"美娜,这个高等数学课我听起来感觉有点儿吃力,挺抽象的。"哈斯琪琪格小声对张美娜说。

"一样,咱们都是第一次接触高等数学,我也同样感到挺难学的。"张美娜小声对哈斯琪琪格说,"不过我觉得,咱们首先得听懂和理解老师课堂上讲的那些个概念性的东西,然后再多看看书,多做些题,还可以问问其他同学,这样应该能学好的。"

"我看不少同学开始坐在那里看书,这说明他们也都做完了题,同学们都挺厉害呀!"哈斯琪琪格感慨道。

"没啥好奇怪的,大家学习多用功啊!"张美娜同样深有感触地道。

学校开始上课后的一段时间里,因为大部分课时要用来给学生们补课,所以像高中的"数学""物理"和"化学"课讲得都比较快一些,有时老师一次课就能讲完一章,而像大学的"普通物理""英语"和"高等数学"等新课,则都讲得相对慢一点儿。

很多同学基础比较差,老师有时讲得又快些,这样就使得一些原本基础较差的同学感觉有些跟不上进度,学习起来有些吃力,从而流露出厌学的不良情绪。好在各班班主任发现后都能及时召开班会,从个体的人生观和价值观入手,讲明刻苦学习与个人进步,以及人才培养与企业发展之间的关系,积极鼓励大家要立志未来、刻苦学习。由于思想工作及时到位,学生中的不良情绪很快得到安抚和消除,从而使广大学员端正了学习态度,信心满满地投入到学习中去。

开学已经一个多月了,学校每周都会组织考试。在几次摸底考试中,张美娜他们班六门课平均下来,居然有一多半的同学有一或两门不及格,其中更为可怕的是,竟然还有三分之一的人六科全都不及格。这几次考试的成绩,让学校的领导非常惊讶和担忧。

"这些学生的基础怎么会这么差呢?简直没有想到哇!"领导班子会上,教学副校长李龙山沉着脸说,"如果这样下去的话,咱这教学工作还怎么进行呀!"

"这也难怪嘛。其实并不是我们的学生笨,而是1976年前那特殊的十年里,学校教学秩序相对比较混乱,学制和教学内容也都被大大压缩。大家也都知道,那时的初中学两年、高中也是学两年。你们想想啊,在那种情况下,当时的学生们能学到多少东西啊!"校长安洪山皱着眉头说,"我是这样想的,教学计划肯定是不能变的,该补的课还要继续认真地去补,文化课基础不打好是不行的。另外我看,下一步我们还得加强对学生们的课后辅导力度……"

这段时间正是丁香花盛开的时节,校园内外到处都能看得见美丽的丁香花,空气中也散发着花的芬芳。但由于学习所带来的压力,许多同学对这些美丽的鲜花并未有多大的兴趣。

"好了,你们都别哭了!这几次没考好,不是还有以后嘛!"上午学校公布了开学不久后的几次摸底考试成绩。午饭后,在校大门外浓绿、密实的树林边,张美娜耐心地劝说着新疆来的三位姑娘。

"开学快两个月了,学校几乎天天都有小测验,每周还要统一组织一到两次摸底考试,我差不多都快要崩溃了!"巴哈尔古丽皱着眉头道。

张美娜看着巴哈尔古丽小声道:

"其实老师讲完一部分就测验,就是想了解下咱们学习的效果,以便于调整安排好下步教学工作,这都是为了咱们好。当然,这样天天测验谁都会有压力的。"

"来这儿之前,我们油田人事处的领导再三嘱咐我们三个,'一定要珍惜这次去龙萨职工大学学习的机会。要刻苦努力、好好学习。'可现在,哪承想学成了这个样子,我们回去怎么向领导和同事们交代啊!"哈斯琪琪格抹着眼泪道。

"怎么可能老是这个样子嘛。只要肯努力,学习成绩肯定会越来越好的!"张美娜大声道。

"感觉老师讲的记不住多少,老好忘咋办呢?"乌吉娜嘟囔道。

"就得多看、多练、多想,这样反反复复地学,就能记牢、弄懂老师讲的那些知识了。"张美娜微笑着道。

这一会儿大家一直在讨论学习的事,气氛多少有些紧张。为此,张美娜想缓解下紧张的情绪,她建议道:

"我说咱们别老待在这一个地方。走,咱们进林子里呼吸点儿新鲜空气去吧。"说完,她便催促着姑娘们一起踏上了森林小道。

森林显得异常宁静,只是偶尔传来几声小鸟儿的鸣叫声。张美娜之所以招呼大家到森林里去,就是想转移话题,不让大家再去讨论考试的事,缓解一下压力。她笑着道:

"你们看,这里多么安静、多么美丽啊。绿色的森林、粉白色的丁香花、清新的空气。你们再仔细闻一闻,还能嗅到浓烈的丁香花的芳香味呢!"

"每次测验的成绩都不够理想,考得太差了,真丢人!"巴哈尔古丽似乎不为森林美景所吸引,她揉着眼角又说起考试的事来。

"完了,看来今天咱们是离不开考试这个话题了。"张美娜安慰道,"这丢啥人呀。我说姐妹们,你们何必给自己这么大的压力嘛,我看你们几个学习上已经够努力的了。再说了,你们三个也没有谁有哪个学科不及格嘛,只不过分数稍微低了点儿而已,干吗都这么难过呢!眼浅路短,心大路宽。这才刚开始,只要坚持不懈,刻苦努力,咱们一定都会取得好的成绩的!"

"嗐!道理咱都懂。但我想,虽然都及格了,但那个成绩也实在是太低了。说不定还是人家老师特意照顾我们几个,所以批卷时对我们网开一面呢。"哈斯琪琪格继续哭诉道。

"我们的成绩要都像你那样好,也就不会难过了!"巴哈尔古丽挽着乌吉娜的手,看着张美娜小声道。

"你们几个也真是的,咋能这样想呢?从事严谨教育教学工作的老师,怎么可能会故意给你们打高分呢?再说了,这不过是任课老师自己组织的一些小的考试嘛。老师不是都说了吗,就是想检验了解下开学以来强化补课的效果,为进一步搞好教学工作提供一些参考依据。没想到,这居然会给你们造成这么大的压力!"张美娜手搭在哈斯琪琪格的肩头大声说,"咱们几个天天都在一起,我们互相帮助,多交流,多去向老师和学习好的同学请教,我敢保证,咱们以后肯定能够取得比这几次更好的成绩!"

"太谢谢你啦!从来到这儿你就一直关心着我们几个!"哈斯琪琪格望着张美娜深情地说。

"谢啥嘛,咱们是同学,又是好朋友,如果再说谢谢那就太见外了。其实你们在日常生活和我的团的工作方面也没少帮助支持我。你们忘了吗?咱们入学后开展的第一个共青团的活动,就是3月5日开展的那个学雷锋活动日。那时大家还都不太熟悉,正是你们几个首先站出来积极响应,从而带动了更多人积极参加到活动中来,当时让我好感激啊!"张美娜笑着说,"一个人要想做好一件事情,除了自己必须付出的努力外,朋友们的帮助与支持同样也是必不可少的。所以,咱们同学、朋友之间,谁帮谁做了点儿什么,那都是应该的,不用那么客气!"

"话虽然是这个理,但你为我们所做的,怎能不让我们心存感谢呢!美娜姐,是你让我们几个身在异乡的人感受到了家的温暖!我们就是要说感谢!这样心里面才能感到有所平衡!"乌吉娜深情地看着张美娜道。

"行了,你们这么说,让我感到很惭愧。其实生活中,大家互相帮助、互相关心、互相温暖,都是应该做的,谈不上什么谢谢。因为这对于任何人来说,都是一种需要,是同学或朋友之间建立互信的基础。"张美娜谦虚地说。

"美娜姐总是这么谦虚!"巴哈尔古丽拉着张美娜的手道。

"好了好了,你们不要再夸我了,也别再抹眼泪了。本来挺漂亮的姑娘,小心给哭丑了,到时候该嫁不出去了!"张美娜开玩笑道。

"道理其实大家都懂得,只是没有考好,这心里面咋的也不好受!"乌吉娜叹口气说。

张美娜搂过乌吉娜微笑着说:

"我们都明白,生活中谁都会遇到挫折的,但不能因为遭受到挫折就屈服,就认输。生活和工作中,越是不顺,就越要保持良好的心态,也就是要有好的心情。因为心情好,生活才会充满阳光;因为心情好,工作学习才会有干劲;因为心情好,才会成就自己美好的未来!所以,任何时候,无论发生了什么,我们都要尽快适应,尽快调整好自己的心态,时刻保持阳光乐观的良好情绪!"

听了张美娜的一席安慰话后,哈斯琪琪格她们三个你看看我、我看看你,脸上露出了些微的笑容。

就在几位姑娘专心唠嗑的时候,刘青海手里拿着个篮球,和臧羽寒、秦玉林等五六个男生从学校方向走进了森林。他们一边走、一边唠,远远就看见了几个女生在那里抹眼泪。

"你们看,那几个来自新疆的女生不停地擦眼泪,好像挺伤心的。一定是今天公布考试成绩后她们觉得自己考试没考好,所以才伤心难过。"刘青海边走边肯定地说。

"女生们的心理承受力还是不行啊!"臧羽寒笑着道。

"她们也太在意考试成绩了,这算个啥呀。"秦玉林笑着说。

"我就不相信你真的不在意考试成绩。走,咱们过去看看吧,也好安慰安慰她们!"刘青海大声说。

很快,几个男生就来到了张美娜她们跟前。

"哎呀妈呀,啥事还能让你们几个大美女掉下眼泪来,简直与这里的美丽景色一点儿都不相称。不就这么几次小小的考试吗,没考好也不至于这样啊!我六科都没及格,都还没哭呢。难道你们害怕有谁打你们的手心板不成?"秦玉林抢先说了话。

刘青海狠狠地瞪了秦玉林一眼。

"你在那里瞎说些啥,就不能说点儿好听的!"

见刘青海批评自己,秦玉林没说话。

其他几个男生也都没有吱声,他们只是表情平静地朝张美娜她们几个礼貌地点了点头。张美娜也同样朝那几个男生点了点头,然后双眼狠狠瞪着秦玉林,她大声呵斥道:

"秦玉林,说的啥话,你快一边去!"

见刘青海瞪自己,张美娜又发这么大的火,秦玉林自知刚才的话在时机上有点欠妥,他小声道:

"诸位,我真的没啥恶意,只是随便说说而已嘛。"

"随便说说,有你那么说的吗?你这分明是在讥讽、嘲笑!"张美娜大声道,"好几个男生在这里,人家都不说啥,就你在这里胡乱说话!"

听张美娜这样讲,臧羽寒用手指头狠狠地戳了秦玉林头一下。

"批评得好,这小子就是欠收拾!"

秦玉林狠狠地瞪了臧羽寒一眼。

张美娜和哈斯琪琪格她们几个全都愤怒地看着秦玉林。见此情景,秦玉林吐了下舌头,不敢再吱声,主动站到了一边。

看见气氛有些紧张,刘青海很想打破这种僵局。他往前轻轻走了一小步,语气平和地说:

"秦玉林这个人心眼直,说话也直,大家别太在意。你们听我说,如果是考试没有考好的原因,其实咱们根本没必要有这么大的压力,几次小考试证明不了什么。其实我们几个考得也不怎么样。我想,只要大家好好找找原因,以后加倍努力,我就不相信还能学不好!"

"你看人家刘青海说得多好,再看看你秦玉林,连个话都说不好。"张美娜瞪着秦玉林大声道。

"咱们不管是男生,还是女生,由于那个特殊年代已知的原因,其实大家的文化课基础都不太好。所以,这几次没有考好也算正常。再说了,成绩偏低也是比较普遍的现象,我们不必太在意。"刘青海微笑着说。

"我们女生有点儿爱面子,所以考试没考好压力大,心里会比较难受,掉几滴眼泪也属正常。但这个时候需要的是别人的关爱和理解,而不是讥讽。"张美娜瞪着秦玉林语气生硬地说。

"秦玉林这小子,他就这样,一贯不好好说话!"臧羽寒摸着秦玉林的头笑着说,"就该好好收拾收拾这家伙!"

"你得了吧,别在这里落井下石了好不好!"秦玉林瞪了眼臧羽寒反驳道。

张美娜看着大家平静地说:

"考试只是了解学校教学和学生学习情况的一种方式而已。咱学校里有这么多好老师教我们,还有许多热心的同学,大家互相帮助,自己再多付出些努力,相信肯定能学好的!"

秦玉林感觉自己因为一句话引得大家不太高兴,也让自己显得挺尴尬,所以,张美娜刚把话说完,他便急切地说:

"我先前的话虽然没有什么恶意,但我知道说得确实不太合适,我在这里向各位说一声对不起,请原谅!"

看见秦玉林态度诚恳,张美娜微笑着说:

"秦玉林还算是好样的,敢作敢为,像个男人。这件事已经过去了,我们都是同学,谁也不会太在意的。"

针对这段时间摸底考试的实际情况,学校稍微放慢了教学进度,增加了教师课外辅导的时间,还安排个别男教师值班,利用晚自习时间给学生辅导。同时,还在职工大学学生中找了几位1966年前的高中毕业生同学,让他们参与到为广大同学补习中学各学科课程的教学活动中来。另外,又在学生中广泛成立互帮互助学习小组。张美娜主动与三位来自新疆的姑娘组成了一个学习小组。

几次摸底考试过后,同学们开始端正学习态度,积极主动地将压力变动力,学习上更加用功,投入的精力也更多。课堂上,大家认真听讲,积极提问;放学后,在教室、院子里,在宿舍、树林中,在湖边、大树下,到处可见学生们捧着书本学习讨论的身影。他们刻苦学习的行为表现还吸引和感动了上下班路过学校的采油工和村里的老人,以及中小学学生们,他们无不投来羡慕和敬佩的目光。他们说:"还从来没见过这么用功学习的年轻人呢,看来我们的时代真是进步了。"

眼看着五一国际劳动节快要到了。在这一个多月里,南来的候鸟日日夜夜、一群群鸣叫着飞向遥远的北方。此刻的油田大地上早已经披上新绿,森林和学校院子里的丁香花也早已开放了好一段时间。粉红色和白色的丁香花一簇簇、一团团开满了枝条,整个森林和院子里都散发着沁人心脾的花香。森林里、草原上,每时每刻都能听得见各种小鸟儿美丽悦耳的歌唱。大地复苏,春天的森林、草原和湖泊无不展示着勃勃生机和无限的魅力。

晚饭后,张美娜和班级的文艺委员窦媛媛,以及哈斯琪琪格她们三位来自新疆的姑娘拿着书本一起来到了林中的湖水边。

"唉,我说美娜,你怎么还拿了本小说呢?"哈斯琪琪格发现张美娜手里拿的并不是学校发的书本后,她惊奇地问道。

"小说,什么小说?"说着,窦媛媛从张美娜手里拿过了那本书。她看了后,大声道:"《牛虻》,好家伙,学习这么紧,你还有精力看小说呢!"

看到两位的样子,张美娜微笑着道:

"瞧你们两个大惊小怪的。今天作业不多,我晚饭前就做完了。另外,这本书我借来都快两个星期了,这不着急要还人家嘛。"

"这可是本好书,我以前看过。"哈斯琪琪格大声道。

"确实是本好书,我以前也看过。"窦媛媛也笑着道。

"窦媛媛,以后如果有好书别忘了让我也看看啊。"张美娜笑着道。

西天的阳光照射在平静的湖面上,细细的波浪泛着耀眼的波光。湖边的芦苇和蒲草发出的新芽也早已挺出了水面。在与湖水紧相连的湿地里,长嘴巴的鸟儿在长满水草的泥水中走走停停,认真地寻觅着食物。不远处的草丛中,时不时地传来鹌鹑那沙哑而又滑稽的鸣叫声。几只小蜥蜴在裸露的沙土地上快速地跑来跑去。敏捷的小燕子在湿地边不停地衔起泥巴一趟趟飞去飞回,野鸭则成双成对地在湖水里游来游去,枝头的喜鹊更是喳喳地叫个不停。

张美娜她们坐在湖边开始静静地看起书来。一小时后,巴哈尔古丽第一个站了起来。

"我这腰都坐酸了。"

"我的右腿也有点发麻。"乌吉娜大声道。

"咱们休息一会儿吧。"哈斯琪琪格建议道。

"对,咱们就沿着那条小路往前走,想看书的话就再找个地方,反正这里适合学习的地方有的是。"张美娜大声道。

大家对哈斯琪琪格和张美娜的建议全都表示赞同。于是,姑娘们全都站立起来,踢踢腿,伸伸胳膊,然后沿着森林中的小路向前走去。

"看,多么茂密的森林,多么平静的珍珠湖水,多么漂亮的丁香啊!"张美娜挥着双手兴奋地喊叫道。

"这里真的是太美了!"巴哈尔古丽手舞足蹈地原地转了一圈,她兴奋地说,"你们看啊,湖畔周围尽是茂密的森林和一团团、一簇簇盛开了的丁香花。整个森林里都飘散着丁香花的芬芳,多香啊,多美啊!"

"真是美丽的风光啊!"哈斯琪琪格大声道。

张美娜站在被森林和丁香树环抱的珍珠湖边,深情地朗诵起歌颂丁香树的诗歌来:

冰雪严寒,迎风挺立。
春暖大地,花絮如期。
花容如雪,娇艳至极。
万丛丁香,芬芳飘溢。

"好,好诗!美娜真不愧为我们大学的美丽才女!"哈斯琪琪格和其他姑娘们都兴奋地拍着手掌同声喊道。

"真是美丽无限啊,正如美娜姐诗中描绘的那样!"窦嫒嫒高兴地喊道。

"真的是神奇而又梦幻般的美景啊!这要是有个照相机该多好呀!"乌吉娜大声说,"咱们要能在这儿照个相寄回家里去,相信爸爸妈妈同样会非常高兴的!"

"你别说,我家里还真的有一个旧的135照相机,只可惜没有带来。"巴哈尔古丽遗憾地说。

"没关系,等哪天我去借一个来。"张美娜语气肯定地说,"咱们一定要好好地照几张相,留下些值得回味的美好记忆!"

"姐妹们,放心吧,我也能借到。"窦媛媛笑着说,"我爸的同事家里就有一个120的照相机。"

"等到放假回家再返校时,我一定要把照相机带来。"巴哈尔古丽大声道。

张美娜她们几位姑娘沿着林中弯弯曲曲的小道,一边欣赏着森林美景,一边继续谈论着学校的事。

"你们都注意到了吧?咱学校的这些老师多好啊!为了给咱们补课、上好课,他们经常一连几天都不回家,真是令人感动啊!"张美娜感慨地说,"咱能遇见这些好老师,可真是咱们的福气啊!"

"可不嘛,人家孟雪娇和高秀娟两位女老师家的孩子都还小,可为了咱们学习,她俩有时也和男教师们一样住在学校给咱们辅导功课,男老师们就更别说了!"哈斯琪琪格激动地说,"咱们的这些老师呀,真是太敬业了!"

"就是嘛,学校的这些老师们真的是太好了,难得啊!"巴哈尔古丽和乌吉娜也表达了同样的情感。

"我想你们也都注意到了,咱们班里那几个已经结过婚,并且都有了两三个孩子的哥哥姐姐们,他们起早贪黑地刻苦学习,个个都那么用功!"张美娜感慨道,"他们那种对学习执着努力、坚持不懈的态度和精神真是值得咱们学习效仿啊!"

"这些个老大哥、老大姐确实是好样的,真是挺敬佩他们的!"哈斯琪琪格深有感触地说,"你看他们,一方面要学习,另一方面还得照顾好家里的事情,确实挺不容易的!"

"这几个哥哥、姐姐刻苦钻研的精神实际上是给大家树立了榜样,学校领导还经常表扬他们呢!"张美娜微笑着说。

这时,一只灰色的野兔突然被姑娘们走路和说话的声音所惊起,它一蹿一跳地奔向远方,很快就消失在茂密的森林里。

"好大的一只野兔啊!"乌吉娜大声喊叫道。

"这没什么好奇怪的。什么野兔、野鸡的,在我们这边,那可是多得很呢!"窦媛媛看着野兔消失的方向笑着回应道。

"我们那边草原上野兔和狼比较多,我们一般很少有人去抓。不过到了秋天,当地人会去捉土拨鼠,把土拨鼠的肉切成小块晾干了备用。"哈斯琪琪格微笑着道。

几位姑娘在森林里一直不停地走着,她们边走边唠,欢声笑语回荡在林间。就在不知不觉中,她们已经走了很远的路。

"啊,咱们这不是走出森林了嘛!哎呀,绿色大草原多么开阔、多么美丽呀!"哈斯琪琪格惊讶地感叹道,"我们巴音布鲁克草原上的草可没有这么高,它们好像永远都长不高!"

"你们看啊,映入我们眼帘的居然是一望无际的绿色大草原啊!"张美娜手指着远方激动地说,"每当到了夏季,我们都会约上几个小姐妹一同到草原上采黄花菜、摘野韭菜花、挖野菜回家当菜吃。草原上野杏树也很多,再过段时间就可以摘野杏了!"

"野杏好看,但不怎么好吃,又苦又涩。"窦媛媛笑着说,"不过野杏的花可是非常美丽!"

"你们听说过新疆伊犁的果子沟吗?"乌吉娜大声问。

窦媛媛瞪大眼睛摇了摇头。

"我从书里看到过。"张美娜微笑着说,"以前别人借给我一本《蒙古秘史》,那里面就曾提到过新疆的果子沟。果子沟两边高山耸立、森林茂密,山坡草场上长满各色鲜花,如同一幅美丽的山水画!"

哈斯琪琪格笑着说:"我读初中时和爸爸妈妈去伊宁的姑姑家就走过果子沟,亲眼看见沟谷两侧的山坡上长着很多的野生苹果树。"

"早就听说过伊犁河谷风光无限,只可惜我没有机会去。"巴哈尔古丽沉着脸道。

"参加工作时,爸爸妈妈领我去了趟乌鲁木齐,当时坐了好几天的汽车呢。我们从果子沟口进入伊犁河谷,我们差不多走了三天。虽然路途遥远,路也不怎么好走,但那里的风光可是如同人间仙境啊!"乌吉娜滔滔不绝地大声道,"真是怪得很,那个沟里怎么会有那么多的野生苹果树!"

"真是令人神往的地方,果子沟我将来一定要去的。不过我觉得咱们眼前要做的是,等到天气再暖和些,青草再长高点儿的时候,咱们一定要到草原上好好玩玩!"巴哈尔古丽兴致蛮高地说。

"你们这里能骑马吗?"乌吉娜看着张美娜问。

"马倒是有,这里每个指挥部的家属管理站都有马,但不是用来骑的,只是用来拉车。"张美娜回答道。

"嗐,那太遗憾了!"乌吉娜看着远方叹着气说。

"你们这里挺怪的,这么大的草原怎么不能骑马呢?"巴哈尔古丽不解地问。

"其实不奇怪,因为我们这里是矿区,而不是牧区。"张美娜认真地说,"如果想要骑马的话,只能去油田西边的杜尔伯特蒙古族自治县的牧区去。"

"那,啥时有时间咱们去一趟嘛。"哈斯琪琪格笑着说。

"恐怕去不了。"张美娜严肃地说,"根本就没有车去那里的草原。听大人们说,那边离咱们这里还挺远的呢。坐火车也只能到达县城,再想去草原上就不那么方便了。"

已经是四月末了,天气温暖、气候宜人,绿色大地焕发着勃勃生机。此时,白天的气温一般都比较高,特别是中午时分,穿着毛衣会感觉热得受不了,不过到了晚上依然会感觉比较凉。由于昼夜温差较大,哈斯琪琪格她们三位新疆来的姑娘一时适应不了,三个人几乎同时感冒发烧,不思饮食。

听说三位女同学生病,校长安洪山和班主任孟雪娇都急忙赶到宿舍来看望。孟雪娇还送来治疗感冒的药,安洪山特意安排食堂给她们三个做病号饭。

看见三位来自新疆的小姐妹生病,同宿舍的同学们都纷纷送来自己携带的药品。药品虽然不少,但唯独缺少退烧药。张美娜急得像热锅上的蚂蚁,大中午她独自跑到了村子里,来到刘善水老师傅家,前几天她还来借用过人家的缝纫机。

"刘叔叔,你家有退烧药吗?"张美娜敲过门,刚迈进一只脚就急切地问道。

"怎么了小张?"刘善水大声问。

"哎呀,我们有同学感冒了,发烧可厉害了呢。我去过卫生所,人家那里现在暂时没有退烧药,药得明天才能进来。你家要有退烧药赶快给我点!"

"唉,这个药我家现在还真的没有!"

"啊,那可咋办呢?"

"你别急,我给你找点现成的东西,保证好使。"

说完,刘善水走进他家外屋地,在厨房里用刀切下几根大葱根,拿起半块生姜,又从他家的破脸盆里拔了几根自己种的香菜。

"小张,我跟你说啊,这些个东西要配上红糖才好用,可是我家里现在没有。不过没事儿,你稍等下,我去隔壁邻居家里看看,很快就会回来。"说完,刘善水开门快步走了出去。不大会儿,他攥着几小块红糖走了进来。

"这些东西拿回去后,你把它们洗干净,然后放到搪瓷盆里烧开,再放进红糖。等凉凉后就让她们喝下去,要多喝。去试试吧,很管用的。"

"刘叔叔,太感谢了!"

"噢,你等等,还有个方法。你回去再找几个热水袋,里面灌上热水后,放在她们后背叫作'大椎'的地方,同时用热毛巾捂住她们每个人的脚心。就这么反复地做,同样很有效果,我给我家孩子用过多次了,这些土办法挺管用的呢。"

"刘叔叔,你太厉害了!谢谢了啊!"

"别说外道话了。你们帮我家小孩子辅导课程,还经常给我忙些家务,最应该感谢的是你们!"

跟刘善水道别后,张美娜急急忙忙赶回宿舍去。

临近"五一",高中补习阶段课程接近尾声,大学新课的内容逐步增加,同学们普遍感受到学习的压力。

"现在咱们学习太紧张,有时跟不上进度,感觉有些吃力。"晚上在宿舍里,巴哈尔古丽一边洗漱、一边对同在旁边洗漱的张美娜等几位姑娘说。

"可不,紧张得连睡觉都想着学习呢。昨天夜里,窦媛媛说梦话说的都是做题的事。"哈斯琪琪格看着窦媛媛笑着说。

"啊,我还说梦话?"窦媛媛瞪大眼睛问。

"说梦话的可不止窦媛媛一个人,其实咱们屋里每天晚上都有好几个人说梦话。"张美娜也笑着说。

"咱这边说梦话算啥,人家对门的男宿舍里天天夜里打呼噜,那个声音实在是太大、太大。"乌吉娜微笑着说。

"将来哪个姑娘要是嫁给一个呼噜声如此大的男人,那她这辈子就别想睡安稳觉了。"巴哈尔古丽笑着道。

"这谁都不好说,说不定巴哈尔古丽将来就会找到一个呼噜声特别大的男生呢!"窦媛媛的话刚一说完,立刻引来一阵哄堂大笑。

"窦媛媛你胡说个啥嘛!"巴哈尔古丽笑着说,"我看你将来找一个会打呼噜的正合适。到时候你们一个说梦话,一个打呼噜,那晚上你们家里才热闹呢!"

巴哈尔古丽的话同样引得女生们哈哈大笑。

正当姑娘们乐得正起劲呢,突然有女生大声喊叫起来:"哎呀我的个妈呀……"

她这一叫,宿舍里所有惊异的目光都集中到了那位女生的身上。

"怎么了李慧慧?"张美娜瞪大眼睛疑惑地大声问:"叫啥,你咋了?"

"老鼠,我刚才看见一只老鼠从那床下跑了过去,好大的老鼠啊!"李慧慧手指着对面床下惊恐地大声道。

"什么,又有老鼠进屋里啦?"旁边一位女生听说屋里有老鼠,吓得一边大声叫着一边赶忙跳到了床上。其实这个时候,大多数女生也都跳到了床上去。

听说老鼠进了屋里,张美娜顿时平静了下来。看着姑娘们惊恐的样子,她大声说:"老鼠有啥怕的,我们学校四周被森林包围着,难免会有老鼠进到屋里来。"

"我以为咋的了呢,原来是只老鼠。"哈斯琪琪格看着李慧慧笑着道。

"哈斯姐,咱们快去拿笤帚来,好把老鼠赶出去。"张美娜大声道。

说着两个人快速跑到了门口,一人拿了把笤帚直奔李慧慧说的那张床。张美娜和哈斯琪琪格用笤帚仔细拨拉着床下的鞋子、纸箱等物品时,只见一只十几厘米长的大老鼠窜了出来,直奔旁边的床下。

"在那里,在那里!"床上几乎所有的女生都异口同声地大声喊叫着,"小心点啊,别咬着你俩!"

张美娜和哈斯琪琪格一人站在床的一侧,她俩弯着腰用笤帚使劲拍打着床下面。被惊扰的老鼠在屋子里到处乱窜,而女生们的惊叫声更是让人耳朵发麻。

在惊天动地的喊叫声中被两个姑娘拼命追打,想来那老鼠也是平生第一次所经历。从未见过这样阵势的大老鼠早已吓破了胆,在大墙围着的屋子里它完全没有藏身之处,也找不到逃跑的路。大老鼠在屋子里转了十几圈后,再也奔跑不动,它躲在门旁的墙脚处哆嗦着缩成一团。见状,张美娜和哈斯琪琪格心中大喜。只见两个人张着大嘴、喘着粗气,手举着笤帚对着老鼠一阵狂拍。

"死了,瞧哇,打死了,四脚朝天了!"几个女生拍着手掌大声喊叫道。

张美娜和哈斯琪琪格扔掉笤帚坐到了旁边的床上,两个人喘着粗气望着被打死的老鼠。

"该死的,还敢往我们宿舍里跑,你这不是找死吗!"张美娜看着老鼠大声道。

"还得赶快弄到外面去,恶心死了!"又有几个女生大声命令道。

张美娜看着那几位说话的女生笑着道:"你们几个真行,我们才歇一歇都不行。"说完,张美娜跳下床捡起了笤帚,又走到门口旁弯腰拿起了撮子,小心地将老鼠扫进了撮子里,开门向外走去。

老鼠风波过去了,屋子里又恢复了平静,谁该干啥还干啥。不大一会儿,大多数女孩子便很快洗漱完毕,她们有的坐在自己的床上,有的与别人同坐在一张床上。在热闹了一阵后,宿舍里终于安静了下来,大家的话题又回到了学习上。

"我看咱们同学现在学习的劲头简直可以用'发疯'来描述!"窦嫒嫒沉着脸说。

张美娜看了看窦嫒嫒,然后微笑着说:

"我觉得,我们绝大多数考进职工大学的同学们,其中最为可贵的是,大家终于懂得了学习的重要性和学习对于自己未来所具有的意义。也就是大家都能够认识到,学习可以提升素质;学习可以完善自我;学习可以成就未来;学习可以实现价值。正是因为有了这样的认识,所以,每个人才能够十分珍惜这来之不易的学习机会,才能够努力地去追寻、弥补以往那些流失了的岁月;正是有了这样的认识,我们同学才能够对自己的未来抱有美好的憧憬;正是基于这样的认识,同学们才能够产生学习的动力。我们大家现在都能看得见,校园里学习的气氛特别浓烈,每天晚上,都会有许多同学很晚才离开教室,每天深夜两三点钟就会有同学借助微弱的床头灯光开始学习,而且每个星期六下午和星期日也都会有许多同学放弃回家,留在教室、宿舍里学习,还有许多同学,专门在星期日的时候,结伴去城里的图书馆学习一整天,中午随便对付一口继续学习。"

"美娜姐,你总结得太好了,现在真就是这个样子!"巴哈尔古丽微笑着道。

"确如美娜所说,如今同学们学习的积极性真的是非常高,真的是难能可贵!但可惜的是,咱这里现在学习用的参考书实在是太少,好多还都是个人带来的。"哈斯琪琪格叹口气说,"很多方面都挺好的,只是学校现在连个图书馆都没有,太遗憾了!"

"咱们学校是新成立的,而且筹备时间又那么短,各项条件哪能一下子都完善好,只能是一边建设,一边完善,当前最首要的是确保教学活动能够正常进行。不过,相信将来一定会有图书馆的。安校长不是早已说过嘛,咱校的图书馆建设已经列入计划之中。"张美娜接过话说道。

"可不,咱学校离公路挺远的,如果近点儿的话,咱就可以随时去书店或公共图书馆看书或借书了。"乌吉娜一边拧着毛巾一边说。

"我有个想法,如果大家愿意的话,咱们这个周六下午就去龙萨油田图书馆,咱们每个人都办个图书证。如果那样的话,咱以后就可以利用星期天的时间去图书馆看书或者借书了。那地方的书可是多得很呀!"张美娜一边往绳子上搭毛巾一边说。

"这还真是个好主意!"哈斯琪琪格赞许道。其他女同学也都表示愿意尽快去办理图书证。

第三章　快乐的野餐

　　五一国际劳动节这天早晨,宿舍后面的大杨树上,几只花喜鹊已经叽叽喳喳地叫了好半天。今天,哈斯琪琪格她们三位来自新疆的姑娘更是显得异常兴奋,因为张美娜特意热情地邀请她们几位去她家里过节。

　　几位姑娘一大早就离开了寂静的校园。当她们路过小村庄时,只见村里很多人急匆匆地走来走去,显得特别忙碌。

　　"这一大早的,村里人在忙活啥呀?"张美娜看着村里方向,边走边问。

　　"应该是喜事,你们看,那里一户人家好像正在窗户上贴红纸呢。啥事贴红纸?喜事呗,所以贴的一定是'喜'字!"乌吉娜手指着村东头一栋房子大声道。

　　虽然距离还比较远,但一大早就往窗户、门上粘贴红色的纸张,人们自然会想到是在贴"喜"字。

　　"真的是结婚的。你们看,好多人在往门前搬桌子呢,肯定是中午办喜宴用的。"哈斯琪琪格看着那里说。

　　"今天如果没事的话,真想去看看你们东北新人的婚礼!"巴哈尔古丽笑着说。

　　"没关系嘛,反正你们要在这里待三年呢!"张美娜笑着大声说,"今天出门就遇见大喜事,真是咱们几个的缘分哪。"

　　"今天是个吉祥的日子,我们太幸运了!"乌吉娜拍着手掌兴奋地喊叫道。

　　迎着冉冉升起的太阳,四位年轻姑娘满心欢喜地走进茂密的森林。森林里那一棵棵丁香树的枝条上挂满盛开的丁香花,如同晶莹剔透的白玉洒落在绿色的大地上。姑娘们赏着美丽的丁香花,呼吸着沁人心脾的花香,沿着林间小道欢快地边唠边走。

清晨明媚的阳光,透过树木的枝叶和薄雾,照射在姑娘们的身上,照射在杂草和枯叶覆盖的潮湿土地上,丁香花瓣和树木叶片上那一个个闪耀着五彩光艳的露珠如同挂在美丽少女身上串串的珍珠和翡翠。

森林里的薄雾飘散在姑娘们的周围,她们如同行走在天空的云朵里。开心的姑娘们尽情呼吸着清新的空气,聆听着小鸟儿那美妙的歌声,激动的心情溢于言表。

"多么诱人的清晨,多么神奇的森林,多么美丽的丁香花,多么奇妙的大自然啊!"张美娜仰着头兴奋地说,"如果没有这可爱的大森林,如果没有这绿色的原野,人们的生活该多么枯燥啊!"

"美丽的大自然怎么可以没有这奇妙的森林呢!"哈斯琪琪格笑着说。

"在那遥远的地方,有位好姑娘……"就在这时,巴哈尔古丽和乌吉娜两个人的手里捏着几个刚刚从路边枯叶下采摘来的散发着清香气味的白色小蘑菇,一起情不自禁地唱了起来,而且一边唱一边跳。

"在那遥远的地方可不是只有一位好姑娘,这里有着好几位漂亮姑娘呢!"张美娜笑着说。

"美丽的清晨、美丽的森林、美丽的花朵、美丽的姑娘们,这不也是一幅美丽的画卷吗!"哈斯琪琪格兴高采烈地笑着说。

"你们看,今天好像一点儿风都没有呢。"哈斯琪琪格手指着身旁几乎纹丝不动的树叶微笑着道。

"就今天风小,前些日子风一直都挺大的呢。"巴哈尔古丽笑着道。

说到刮风,张美娜沉着脸说:

"昨天晚饭时,听邓树仁副校长说:前天,在离咱们这里十多公里远的西区刮过来一股强烈的龙卷风,把正在施工作业单位的十几顶帐篷给卷飞了起来,还有十几个工人不同程度地受了伤,其中两个重伤员至今还躺在医院里呢。"

"龙卷风简直太可怕了!"乌吉娜小声道。

"但我感到,你们这里的风没有我们新疆的大。尤其是风区处,比如吐鲁番和达坂城之间,那里如果刮起大风来,真的是飞沙走石,甚至连汽车都能吹翻,非常可怕!"哈斯琪琪格大声道。

"以前在收音机里听说过,是挺可怕的。"张美娜微笑着道。

"也没事,要刮大风前,广播里会提前通知的。"巴哈尔古丽笑着道。

"'百里风区'几乎天天都刮风,但能把车刮翻的风可不是天天有。"乌吉娜笑着道。

"我的天,那要天天刮那么大的风,附近地区的人就无法生活了。"张美娜大声道。

几位美丽开心的姑娘们,穿过茂密的森林和辽阔的草原,一路上始终伴随着欢声笑语和美妙的歌声。

张美娜她们在步行了近一个小时后,终于来到了公共汽车站。

"哎呀,姑娘们,你们可来了,快请进来吧!"见姑娘们到来,张美娜的母亲韩秀珍显得异常高兴,她一边在围裙上擦着手,一边热情地招呼着孩子们。

"阿姨,我们给你添麻烦来了!"哈斯琪琪格一边走进屋里一边说。

"瞧你这姑娘说的,啥叫麻烦呀。新疆那么远,你们在这里举目无亲的,我就盼着你们来呢。"韩秀珍站在门口笑着说,"你们看,这多好啊。咱这一大家子人,多热闹啊!再说了,今年五一劳动节,商店供应的东西比往年都要多,只是牛肉和羊肉人家只卖给回民。"

"没关系的,在新疆也不是经常吃肉。"巴哈尔古丽笑着道。

"真的阿姨,我们那里并不经常吃肉,也是供应的。"哈斯琪琪格微笑着道。

张美娜事先就已经告诉了母亲三位来自新疆的同学要来家里的事。所以,在得知几位姑娘要来的消息后,韩秀珍早早就开始做准备。其实也没有多复杂,她早晨起来揉好了一大块面,鸡蛋是自己家鸡下的,大酱也是自己家发的,干马齿苋是去年晒的,另有一些婆婆丁、荠菜等野菜都是昨天韩秀珍自己在草原上采摘来的,还有些豆腐、菠菜、圆葱和芹菜是从商店里买来的。听说巴哈尔古丽信奉伊斯兰教,韩秀珍特意将家里的锅、碗、碟、筷等,用碱水反反复复洗了好几遍。只是牛羊肉要凭副食本购买,而且只卖给回民,所以,在自己家里,不能让新疆的姑娘吃到牛羊肉,这让韩秀珍感到非常遗憾。

哈斯琪琪格她们三个一进屋就洗了手开始忙活起来。

"阿姨,今天你就歇着吧,午饭由我们几个来做!"哈斯琪琪格微笑着对韩秀珍说,"阿姨,您今天也来尝尝我们几个做的饭!"

"说啥呢,你们到我家来,是尊贵的客人,哪里还能让你们做饭呢!"韩秀珍瞪大眼睛大声道。

"我们算什么客人,阿姨你也太客气了!"哈斯琪琪格认真地说,"我们和美娜是最要好的朋友了!"

"阿姨,你就把我们几个都当作你的女儿,难道阿姨对自己的女儿还不放心吗?其实我们在家里也都是要做饭的!"巴哈尔古丽和乌吉娜也是一边洗着手、一边笑着对韩秀珍说。

听了巴哈尔古丽的话,韩秀珍笑得合不拢嘴。

"我要真的有你们这几个漂亮懂事的姑娘,那可多福了!"

"妈,你就歇息吧,谁也拦不住她们的。你知道吗?她们今天要做那个'拉条子'呢。"张美娜笑着对自己母亲说。

"'拉条子'?'拉条子'是什么东西啊?"韩秀珍瞪大眼睛不解地问。

"阿姨,'拉条子'就是我们新疆当地一种非常普通的面食,跟你们这儿的面条差不多,但做法不一样。"巴哈尔古丽笑着说,"你们这里的面条要么是先用擀面杖擀成大的面皮,然后根据需要,再用刀切成比较细的面条;要么就是用机械的压面机直接将面团压成挂面条。而我们那里的拉面,则是将一块块小的长方形面块用手拉成比较细的面条,然后拌上香喷喷的炒菜。方法非常简单,而且绝对美味可口。"

"而且我们那里的'拉条子'你想要多细就能拉成多细。"哈斯琪琪格笑着说,"配菜也是根据个人口味来选材。"

"瞧你们这些个姑娘,可真是怪能的,啥都能做!"韩秀珍笑着说,"我们家美娜这方面可不如你们。"

"妈,说啥呢?"母亲的话让张美娜显得有点儿不高兴。

"阿姨,你可不能这么说。张美娜是我们班里的学习尖子,什么都会,她可是个大才女呢!"

"阿姨,你应该为有美娜姐这样优秀的女儿而自豪!"巴哈尔古丽大声道。

"好了,别再忽悠了,再忽悠我该躲起来了。"张美娜笑着道。

"我刚才也就是开个玩笑而已,我家美娜确实挺懂事的,挺好的。"韩秀珍笑着说。

"妈,你少说点儿不行吗?"张美娜板着脸道。

见张美娜这么说话哈斯琪琪格她们几个一阵大笑。

"我们新疆的'拉条子'好吃得很呢!"乌吉娜转变话题笑着说,"在我们那里,差不多天天都要吃'拉条子'的。"

经过大家共同努力,各种做好的菜品终于摆上了桌子。有干马齿苋炖豆腐,有野菜蘸大酱,有鸡蛋菠菜汤,有芹菜炒豆腐皮,还有鸡蛋圆葱大酱卤,是专门用来拌拉条子的。

"好丰富的午餐啊!"哈斯琪琪格看着满桌的美味佳肴激动地道。

"我的天哪,这么多菜,太幸福了嘛!"巴哈尔古丽也兴奋地拍掌叫道。

"几位来自新疆的姐姐,听我姐说,你们个个都能歌善舞,一会儿表演下呗!"张美娜的妹妹张春娜看着哈斯琪琪格她们三个笑着请求道。

"算了吧,你这丫头,人家是咱家请来的贵宾,不是来给你唱歌跳舞的。"韩秀珍点着张春娜的头笑着道。

"阿姨,你别这么说妹妹。过一会儿我们就是要和春娜妹妹一块儿跳舞呢!"乌吉娜拉着张春娜的手笑着道。

"姐妹们,咱们少喝点儿酒吧。"张美娜建议道。

"对对对,过节了,多少得喝点儿。"韩秀珍笑着道,"老姑娘,快去把你爸爸的酒壶拿过来。"

"好嘞!"张春娜答应后,迅速起身去拿酒。

"阿姨,叔叔中午不回来吃饭吗?"哈斯琪琪格看着韩秀珍小声问。

"我爸爸今天值班,中午就在食堂吃了。"张春娜转回头抢着大声道。

"她俩的爸爸一般是早出晚归,总是忙忙碌碌,没有闲着的时候。"韩秀珍大声道。

"我爸爸抗日战争时期就参加了革命,参加过几百次战役,多次负伤立功。他热爱学习、工作勤恳、尽职尽责、清廉自律,一直都是我和妹妹学习的榜样!"张美娜大声道。

"你们能有一位老革命的好父亲,并且以他为榜样,真是幸福和值得骄傲啊!"哈斯琪琪格竖起大拇指大声道。

第三章 快乐的野餐

张美娜从妹妹手中接过酒壶，用五钱的小瓷酒杯给哈斯琪琪格和乌吉娜每人倒了一杯，然后又给自己倒了一杯。韩秀珍和张春娜都表示不喝酒，巴哈尔古丽信奉伊斯兰教，所以不给她酒。

一中午时间里，张美娜家里充满了欢声笑语。几位姑娘一边吃、一边唱、一边跳，使得身在异乡的几位来自新疆的姑娘找到了家的感觉，也使得从未见过这样场景的韩秀珍乐得合不拢嘴。

"我要有这么多姑娘就好了，天天生活在快乐窝里！"

"妈，你想得怪美的，尽说些不着边的话。再说了，你要真养这么多姑娘，不累死你才怪呢！"张美娜笑着对母亲道。

"累死我也愿意呀！有这么多的好姑娘，我高兴还高兴不过来呢，我就是喜欢！"韩秀珍笑着大声道。

"我们全都愿意做你的女儿……"哈斯琪琪格她们三个哈哈笑着回应道。

"那好，既然如此，以后你们一定得常来看看我这个老太婆！"韩秀珍笑着大声道。

"张美娜，今天真的非常感谢你，也非常感谢你的妈妈，感谢你们全家！"从美娜家出来后，哈斯琪琪格望着张美娜无限感激地说，"是你们全家让我们三个在黑龙江度过了一个愉快并且终生难忘的五一国际劳动节！"

哈斯琪琪格她们三位姑娘的脸上都流露出万分感激之情。

"你们千万别这么说啊！"张美娜沉着脸说，"你们从遥远的新疆过来，咱们是同学，又是最好的朋友，不过是在我家吃了一顿非常简单的便饭而已，何必这么当回事呢。以后我还会邀请你们来我家里的！"

"五一节"过后，天气更加暖和，白昼也长了许多，森林草原早已是鸟语花香的世界。因此，闲暇时间去户外活动的人是一天比一天多。

"你们看，现在的天比以前长多了。我看咱们今晚的晚自习就别在教室里了，咱们到外面去看会儿书吧，你们觉得如何呢？"在食堂吃过晚饭后，在食堂门外的丁香树旁，张美娜拿着饭碗，鼻子贴在丁香花上，笑着问哈斯琪琪格她们二个。

"我看行啊，反正我的作业就剩两道高等数学题了。"哈斯琪琪格望着巴哈尔古丽和乌吉娜问，"你俩咋样？"

"我可以的,我只剩下一道高等数学题和一道普通物理作业题了。"巴哈尔古丽微笑着说,"等一会儿回来后再做也行的。"

"我也可以的,我也就剩下不几道作业题了,一会儿回来再做就是了。"乌吉娜也笑着回应道。

"其实我的作业也没有做完。反正咱们作业都剩不多,天黑前咱们回到教室来,剩下的作业题咱们一块做。"张美娜笑着说,"教室里人太多,闷得慌,就想去外面呼吸点儿新鲜空气。"

说完,张美娜她们把餐具放到宿舍后,每个人带着一本书走出了学校大院。

"在我们这里,就现在这个时候的温度最适宜进行户外活动。因为这个时候蚊虫还都没有上来,天气还不是那么热。"张美娜边走边说。

"是的,这个时候,就算是热,也还能承受得住,至少不让人感到那么难受!"巴哈尔古丽笑着道。

这时,一只布谷鸟鸣叫着从她们眼前飞过,很快就飞进了对面的林子里。

"这种鸟儿最可恶了,让别的小鸟儿给它养育孩子!"看着布谷鸟飞去的方向,哈斯琪琪格大声道。

"一个不负责任的鸟儿母亲!"巴哈尔古丽大声道。

"从我们人类这方面来看,布谷鸟做的是那种损人利己的事,但从人家鸟类的角度来看,人家这是生存的需要,反正我是这么想的。"张美娜笑着道。

"不管咋说,反正布谷鸟的这种损人利己的行为在自然界就应该受到谴责!"乌吉娜沉着脸道。

"谁谴责呀?反正在动物世界里,除了我们人类外,不会再有谁去谴责这种鸟儿!"张美娜笑着道。

"交朋友可不能交像布谷鸟这样的人,损人利己,不愿承担责任!"巴哈尔古丽沉着脸道。

"你们在这里热议什么布谷鸟儿,难道你们要当鸟类专家吗?"乌吉娜笑着问。

"我们那边现在的气温要比你们这里高得多。"看着布谷鸟飞去的森林,哈斯琪琪格微笑着说,"不光如此,我们那里的气候也要比你们这里干燥得多!"

"这儿多好啊,茂密的森林、辽阔的草原,还有到处都能看得见的丁香花,噢,多美啊!"巴哈尔古丽感慨道。

"哎,姐妹们,你们看啊,那里有只漂亮的啄木鸟!"乌吉娜手指着不远处一棵大榆树惊呼道。

姑娘们顺着乌吉娜手指的方向望去,只见一棵粗大的树干上,一只啄木鸟正在一个小树洞旁用它细长的喙不停地啄着。

"刚刚讨论完布谷鸟儿,现在又来了啄木鸟儿,姑娘们,接着讨论噢!"巴哈尔古丽微笑着大声道。

"啄木鸟为了得到食物和建造新家,它要付出那么多的劳动,挺不容易啊!"张美娜望着树上小声道。

"多么招人喜爱的小鸟儿啊!不像那个布谷鸟儿,招人讨厌!"巴哈尔古丽望着树上的鸟儿板着脸道。

"你们这里的啄木鸟可真多啊!"乌吉娜望着啄木鸟感慨道。

"你可别忘了,咱们这里是大森林啊。大森林里面,啄木鸟当然不会少的嘛!"张美娜笑着说。

"看来这个小树洞一定是啄木鸟的新家了。"乌吉娜笑着说。

几位姑娘边走边唠。过了会儿,她们来到一座白色的油井房前。油井房靠着土公路,其他三面则生长着粗壮高大的杨树和柳树,其中一棵大杨树上,一个硕大的喜鹊巢里,两只花喜鹊叽叽喳喳叫得正欢。

"在你们这里很少看见抽油机,看来龙萨油田不光石油储量大,而且油层压力也是足够大啊,都开采这么多年了,还能有这么多的自喷井!"哈斯琪琪格无不羡慕地说。

"是啊,谁能想到黑龙江居然会有这么一个大油田!"张美娜激动地说,"上高中的时候,听我们老师讲,日本人侵占东北期间,曾在这里打过探井,但可喜的是他们没能发现这里的石油,真是苍天有眼啊!"

"你们这里不光油田面积特别大,而且还有茂密的森林、辽阔的草原和众多的湖泊,这边的景色也是那样美丽啊!"乌吉娜激动地说。

几位姑娘有的坐在油井房的梯子上;有的坐在防火沙箱的砖垛上;有的干脆坐在了井场边的土埂上。她们不再说话,开始认真地翻阅起书本。

正当张美娜她们认真看书的时候,窦媛媛和另外两个女生也一起走了过来。

丁香花

"好啊,你们走的时候也不叫上我们。"还没到跟前呢,窦媛媛就大声嚷道。

看见窦媛媛她们三人走来,张美娜她们全都挥起了手臂,表现出很兴奋的样子。

"这里真是看书学习的好地方呀!"窦媛媛笑着大声道。

"你们几个找地方坐下吧,这里绿叶遮阳、温暖安静、空气清新、鸟语花香,我看就是为我们准备的嘛!"张美娜笑着大声道。

"你们听,那边也有人在说话!"乌吉娜手指着北面大声道。

"可能也是来林子里学习的咱们同学。"哈斯琪琪格小声道。

"说不定是来挖野菜的村民呢。"窦媛媛小声道。

"这么好的天气,谁不想到户外活动活动啊。"哈斯琪琪格大声道。

"我们也用不着管人家干啥了,咱们再看会儿书就该回去了。"张美娜笑着小声道。

傍晚时分,阳光斜射着大地,森林的树叶上泛着红色耀眼的霞光,林子里不时传来小鸟动听的歌唱和踏青人那欢快的笑声。

"你们都跑到这里来了,在这地方看书学习啊,真是好样的!"一位身穿蓝布工作服、自行车把上挂着采集油样的小铁桶的中年男人正好路过这里,当他看见井场上几位认真学习的姑娘时,他竖起大拇指大声称赞道。

听见有人说话,张美娜她们不由得抬起头来。她们谁都没有回应,只是友善地看着那位老师傅,礼貌地点了点头。

就这时,一只和鸽子差不多大的"雀鹰"以极快的速度无声无息地从姑娘们的眼前一闪而过,在大家还没有反应过来时,它瞬间就已经消失在了森林里。

"这种'雀鹰'在我们那边草原上有很多,专门抓小鸟儿。"哈斯琪琪格望着"雀鹰"消失的地方道。

"这种可爱的小鹰在我们那里也挺多。它的特点就是飞行的速度非常快。"乌吉娜笑着道,"小鸟儿一旦被它盯上,一般很难逃脱。"

看着哈斯琪琪格她们手指的方向,张美娜并没有看见"雀鹰"。望着绿色的森林,她合上书本突然道:

"听邓树仁副校长说:这个星期天,学校不放假了。他说要安排一部分男生去家属管理站的养猪场装猪粪,剩下的男生和全体女生都去咱们新开垦出的菜地里卸车,并将那些猪粪撒到地里,说是要种土豆和黄豆。"

"我看偶尔干点儿活挺好的,调节一下生活节奏,不能整天待在教室里学习。"哈斯琪琪格笑着道。

"是的,开学初的时候,学校领导就说过,咱们学校不光要种菜,还要养牛、养羊、养鸡呢。"巴哈尔古丽微笑着说。

"这些如果都做好了的话,相信咱们学生的伙食一定会得到很大改善的!"乌吉娜兴奋地说。

"是该好好改善改善,粗粮哪有细粮好咽哪。"窦媛媛笑着道。

张美娜接过话微笑着说:

"现在生活条件还是比较差的。咱们现在每人每月才六斤白面、二斤大米,如果不搞点儿啥副业的话,那可真不行。"

五一国际劳动节后的第三个星期日,天空中飘着朵朵白云,阳光照耀着绿色大地,凉爽的微风下,树的枝叶轻轻地摇曳着。张美娜和窦媛媛、刘青海、臧羽寒、秦玉林他们与三位来自新疆的姑娘按照早已计划好了的,准备在珍珠湖边举办一次浪漫的森林野餐。

头天晚上,张美娜就已经事先做了安排。三位男生负责钓鱼、架锅、烧火,女生们则去挖野菜,主食是早餐时在食堂买来的玉米面发糕。

周日一大早,兴致蛮高的同学们按照张美娜的计划,开始分头行动。

张美娜和另外四位姑娘拿着从刘善水叔叔家借来的小柳条筐,穿过森林,来到了树林东面的大草原上。沐浴着明媚的阳光,伴着鸟语花香,姑娘们欢快地剜着野菜,清晨里的劳动成为一种愉快的享受。

按照张美娜的安排,刘青海、臧羽寒和秦玉林三个男生每人带着两副鱼竿,一大早就来到了珍珠湖畔,准备钓鱼。他们今天用的鱼钩是张美娜从刘善水叔叔家里借来的。刘善水还特意告诉刘青海、臧羽寒和秦玉林二人在湖水里钓鱼的方法。

珍珠湖里的野生鱼主要有鲫鱼和老头鱼(沙姑鲈子,也称作山胖头或还阳鱼),而且个头也不算太大,最大的能有七八两,附近村庄里常有人来钓。

忙乎了一个多小时后,张美娜她们的小柳条筐里装满了曲麻菜、婆婆丁(蒲公英)、荠菜、苋菜、野韭菜、沙葱等野菜。

"好了,姐妹们,我看这些野菜已经足够咱们中午享用的了。所以我们可以满载而归了!"张美娜手举着野菜筐对另外几个姑娘大声道。

听见张美娜的喊声,大家陆续聚拢到了她身边。

"这草原上的野菜简直太多了嘛!"乌吉娜笑着大声道。

"简直就是取之不尽呀!"哈斯琪琪格笑着道。

"好像还没有剜够呢!"窦媛媛挥着镰刀头大声道。

"那你就继续在这里挖野菜好了,我们都回去。"巴哈尔古丽看着窦媛媛笑着道。

"算了,够吃就行了,咱们还是回去吧。"张美娜招呼着几位姑娘开始往回走。

"也不知道他们几个傻小子钓到了多少鱼?"窦媛媛面朝着珍珠湖方向笑着问。

"回去看看就知道了。"张美娜微笑着说。

"窦媛媛敢说人家几个是傻小子。你们知道吗?女孩儿一般对自己喜欢的男孩儿才会称作'傻小子'!"乌吉娜笑着调侃道。

"好你个乌吉娜,说啥呢?没影的事你胡说啥!"窦媛媛手指着乌吉娜沉着脸道。

"本来就是嘛!你肯定对其中的某个男孩有了好感,但你又不好意思明说,所以就把三个男孩都说成是傻小子!"乌吉娜哈哈笑着,说得更加起劲。

"你还说!再说我要收拾你了!"窦媛媛满脸通红地来抓乌吉娜,乌吉娜咯咯笑着跑进了丁香树丛中。

"乌吉娜,别一个人往林子里跑了,快回来!好了窦媛媛,你俩先别闹了!"张美娜大声道。

"那有啥嘛,喜欢就是喜欢,说了能怎样。"巴哈尔古丽笑着道。

"你们这儿草原上的野菜可真不少。"哈斯琪琪格笑着说,"巴音布鲁克地处高原,草原上可没有像你们这里一样的野菜。"

"我们这里雨水还是不少的,海拔也才一百多米。这里有宜人的气候惠及万物,有丰沛的雨水滋润草原,怎么能不草木兴盛嘛!"张美娜微笑着道。

"就是,你们这里真的是草木兴旺,不像我们新疆,还有大面积的沙漠戈壁,那里几乎寸草不生。"巴哈尔古丽道。

第三章　快乐的野餐

"好了,咱们快走吧,今天的野餐一定会很丰盛的!"张美娜笑着大声道。

"你们谁知道他们三个男生钓到鱼了吗?"乌吉娜看着张美娜她们边走边问。

"肯定能钓到,只是不知道能钓到多少。"张美娜微笑着道。

"他们三个那么聪明,肯定能行的!"巴哈尔古丽手摇着在草原上采摘的一束鲜花笑着道。

此刻,刘青海他们还在专心地钓着鱼。

"我不如和张美娜她们一块挖野菜去了,这钓鱼、收拾鱼的活简直太枯燥,腰都坐疼了。"秦玉林噘着嘴道。

"什么腰坐疼了,你小子是想和美女们在一起吧?"臧羽寒歪着脑袋对秦玉林说。

"我可没那个想法,你别在那里瞎说啊!"秦玉林板着脸道。

"怎么又是'老头鱼'?"刘青海从水里举起鱼竿后看着那条挣扎的鱼儿不满地说,"咱几个到现在也没钓到几条鲫鱼呀!"

"这不能怪咱们,鲫鱼不爱上钩有什么办法!"臧羽寒望着水面左右摆动的鱼漂小声说。

"你俩少说点儿吧,还是抓紧时间钓鱼,我这里都快收拾完了。"坐在一边收拾鱼的秦玉林低着头说。

"秦玉林,你那儿的鱼有没有三斤了啊?"刘青海把着鱼竿问。

"太有了,差不多有四斤了。"秦玉林肯定地答道。

"我看,做个鱼汤是足够了!"臧羽寒笑着说。

"怎么样,你们几个钓到多少鱼了?"回到湖边来的张美娜问三个男生。

"你自己看吧,都在盆子里呢。"刘青海向秦玉林那边撅了撅下巴回答道。

"这黑乎乎的都是些啥鱼啊?"乌吉娜看着盆子里的鱼问。

"这些小点儿的是'老头鱼',那几条稍大点儿的是鲫鱼。"秦玉林甩了甩两只手上的鱼鳞抬头回答道。

"鲫鱼我认识。只是这'老头鱼',它怎么叫这么个怪名字?这鱼的名字也太难听了啊!"乌吉娜大声道。

"我们这里都是这么叫的。你没见这鱼的头有点像发怒的老头子吗?还有,这鱼的脑袋几乎占到全身长的一半。"刘青海接过话说,"这种鱼的头通通都要扔

· 61 ·

掉的，人们只吃它的身子部分。我跟你说，这鱼的肉还是挺香的，肉质非常细嫩，刺儿也不多。"

"不错，你们几个真挺能干的，钓了这么多的鱼！"张美娜夸奖道。

"终于得到领导的表扬了哈！"秦玉林起身，一边说着话，一边拿起鱼竿朝湖边走去。

"贫嘴！"张美娜瞅着秦玉林大声道。

"我看秦玉林又要欠收拾了！"臧羽寒笑着道。

"咱们几个姐妹先用湖水把野菜洗洗，然后再用带来的暖瓶水涮涮就行了。"张美娜话刚说完，姑娘们便拿过带来的铝盆择洗起野菜来。

"你们挖这么多野菜，收获不小啊！"臧羽寒大声道。

"这是大自然的馈赠啊！"哈斯琪琪格笑着道。

"刘青海，我看钓的鱼不少了，再说也快中午了，咱就架上锅炖吧。"张美娜一边洗菜一边说。

"好的，再钓一条我就去炖鱼。"刘青海回答道。

"刘青海，我跟你们说哈，先前我去林子里拾干树枝时，发现北边不远处的树林里有一个长满野草和灌木的坟包，奇怪的是，那坟包上居然有一个大窟窿。我从那个大洞洞能看见里面腐烂了的红色棺木，而且那里面还有一堆干草，好像是什么动物在里面做的窝……"秦玉林神神秘秘地小声对刘青海道。

"那有啥稀奇的，不是狐狸窝就是野狼的窝。"刘青海回应道。

"不过我当时感觉挺恐怖的！"秦玉林大声道。

俩人正谈着坟包的事呢，窦媛媛有点儿不高兴道：

"秦玉林，你说这干啥，赶快住嘴好不好！"

"这有啥嘛，就是跟大家说个事实上存在的东西。这是真的，我一点儿都没有瞎编！"秦玉林辩解道。

窦媛媛沉着脸道：

"我不是说真的、假的。我是说，你说这些是不是想吓唬我们这些女同学？"

"没，没有，我可没有那个意思啊！"秦玉林赶紧为自己辩解道。

"什么没有那个意思，我看你就是那个意思！"窦媛媛生气地大声道。

"你这是故意败坏我，我从来没有想过要吓唬你们！"秦玉林大声道。

第三章　快乐的野餐

"说实在的,我们还真不怕什么坟包!"窦媛媛大声说,"我们的胆子没有你想象的那么小!"

"今天是大家快乐的好时光,你讲那个坟包干啥嘛?"哈斯琪琪格生气地说。

"行了,你个秦玉林尽是自找没趣,是不是又想给我们买麻花呀?"张美娜沉着脸说,"赶快钓你的鱼去吧!"

"你个秦玉林呀,就是没事找事。"刘青海笑着说。

"刘大哥,你到底站在哪一头?"秦玉林转过头不高兴地问。

刘青海看了眼秦玉林,微笑着摇了摇头。

"没事的秦玉林,你放心,哥们我绝对站在你这边。"臧羽寒笑着道。

"你倒挺会讨人情的啊。"张美娜笑着道。

就在大家说着话的工夫,秦玉林突然看见钓鱼线上的鱼漂沉了下去。秦玉林握鱼竿的手明显感觉到水中鱼儿的分量,他不敢大意,两只手紧紧握住鱼竿向上用力,双眼死死盯着水面。

"秦玉林,你那里好像上条大家伙。"刘青海看着秦玉林手中绷直的鱼线激动地小声道。

秦玉林嘴上没有吱声,但他心里在想:"这还用着你提醒,我早就感觉到了。这回我要给你们个惊喜,等我把鱼儿弄上来时,我要让你们看看,谁才是钓鱼的高手。"想到这里,秦玉林心里美滋滋的,嘴角一撇,脸上露出了得意的微笑。

秦玉林想尽快将鱼儿弄上来,他有些急躁,快速地拉着鱼线。对于钓鱼的人来说,快速拉鱼线不是稳妥的操作。越是大鱼,动作越要缓慢些才对。

秦玉林实在是心急,他站起身来,两只脚已经站在了湖岸边,脚尖都踩在了水里。

"秦玉林,你怎么站到水里去了?小心着点儿啊!"张美娜提醒道。

秦玉林向张美娜摆了摆手,蛮不在乎地小声道:

"放心吧,没关系。"

此刻的秦玉林根本听不进别人的话了。只见他弯着腰,使劲地拉着鱼线。就在这时,水面上猛地蹿出条大鱼,还不等人们看清楚,那鱼儿又扑通一声钻进了水里,水面上溅起好高的水花。见状,秦玉林有些激动,他的心都快要蹦了出来。

丁香花

"哎呀，真的是条大鱼呀！"窦媛媛一边洗菜，一边望着水面大声道。

"秦玉林本事挺大的嘛，能钓上这么大的鱼。"乌吉娜也停下手中的活看着秦玉林大声赞许道。

"这条鱼真的太有劲了！"秦玉林心里想。正想着时，已经快到岸边的大鱼儿再次蹿了出来。秦玉林越发感觉到这条鱼有足够的分量。他兴奋不已的同时，也更加紧张。这时大鱼儿连连跳出水面，挣扎得越发厉害。此刻的秦玉林两手紧握鱼竿，身子不停地左右摇晃，已经完全失去了平衡，只见他身子前倾，啊呀一声，一头扎进了水里。

"哎呀，快，快救人，秦玉林落进水里了！"张美娜首先惊慌地大声喊叫起来。

这时所有的人都放下手中的活儿跑到了水边。

"我说，你小子也真是够笨的，钓个鱼还能把自己钓到水里面去！"刘青海嘲笑道。

"妈呀，秦玉林，赶快爬上来呀！"哈斯琪琪格也惊叫道。

"秦玉林，能行不？"刘青海大声问。

水中的秦玉林扑腾几下后终于站在了齐腰深的水里。他一只手紧紧握着鱼竿，一只手从上到下擦着头上和脸上的水珠。

"我没事的，刘青海你赶快接住鱼竿，鱼还在钩上呢！"凉水里的秦玉林磕磕巴巴地大声道。

刘青海探过身体接过秦玉林手中的鱼竿。

"好家伙，挺有劲的，是条大鱼啊！"刘青海笑着大声道。同时，他轻轻地往岸边拉那条鱼线。越接近岸边那鱼儿挣扎得越凶。

"秦玉林，你赶快上来吧，水凉，小心感冒了！"张美娜大声道。

"知道了，等把鱼弄上来后我就上去。"秦玉林回应道。

"秦玉林，你真是好样的！"巴哈尔古丽大声夸奖道。

听到同学们的关心和称赞，秦玉林心里面感觉到无比幸福。

那条鱼已经被拽到了岸边，它上下乱蹦，很难控制住。

"拽住啊，千万别松手！"秦玉林大声喊着的同时，他瞅准机会双手猛地从下捧住大鱼，然后使劲向岸上扬去。

鱼儿终于甩到了岸边草丛中。大家这才看清楚它的真面目。

第三章　快乐的野餐

"啊呀,真是大收获啊,好家伙,原来还是条黑鱼棒子(乌鳢,又称黑鱼)呢!"刘青海惊喜道。

"足有四十厘米长呢!"水中的秦玉林一边往岸上走,一边高兴地大声说,"这种鱼一般很难弄到手的,咱们今天运气真是不错啊!"

"快,抓住我的手。"说完,臧羽寒抓住秦玉林伸过来的右手,使劲将他拉上了岸。

"这黑鱼棒子咋吃啊?"巴哈尔古丽问。

"在我们这里,这种鱼一般都是生着吃。就是切成片后蘸辣根吃。"刘青海微笑着说。

"其实也可以炖着吃嘛!"窦媛媛道。

"这可是今天收获的最大的鱼了。秦玉林,你好样的!"臧羽寒大声夸奖道。

"这关键时刻还真得靠咱们的秦玉林啊!"刘青海笑着调侃道。

秦玉林微笑着看着刘青海,大声道:

"你这家伙,这个时候还要嘲笑我。"

"秦玉林,你这浑身全都湿透了,赶快回宿舍去把衣服换了吧。"张美娜关心地说,"快点吧,要是感冒可就麻烦了。"

"就是,赶快回去换衣服嘛!"乌吉娜也大声道。

"不用了,回去太远,我就去湖对面晾一会儿就能干的。"说完,秦玉林沿着湖岸朝对面方向小跑着离去。

"臧羽寒,秦玉林也上来了,你赶快用我们带来的暖瓶水把那些鱼再洗一洗,洗干净了就直接炖上吧,时间不早了。一会儿等秦玉林回来,咱们就开饭!"张美娜道。

炖鱼用的铁锅和菜板都是张美娜从食堂管理员兼炊事班长陈准那里借来的,同时她还要了点儿盐和佐料。先前刘青海他们几个男生一进到林子里,就找了些砖头,垒了个简单的锅灶。这会儿,当张美娜说要开始炖鱼后,臧羽寒便将暖瓶里的热水倒进了锅里,然后将洗净的鱼儿放入了锅内。刘青海则蹲在旁边用火柴点燃干树枝,只见那火儿一下子就烧了起来。

没过多长时间,锅就开了。见状,张美娜赶紧将盐、辣椒、花椒、大料等一并撒了进去。

· 65 ·

丁 香 花

"窦媛媛,你跟乌吉娜去掐点儿丁香树的嫩芽来。"张美娜对身旁的俩人道。

"要丁香树的嫩芽做什么?"窦媛媛不解地问。

"放到锅里呀,那可是很不错的佐料呢。"张美娜一边低头忙乎着一边道。

"美娜姐懂得可真不少哇!"乌吉娜赞许道。

之后,窦媛媛和乌吉娜奔着旁边的丁香树丛跑去。

半个多小时后,锅里的水渐渐变成淡淡的奶白色。这时,秦玉林也回来了。

"好香啊!"秦玉林低头看着锅里笑着说。

"衣服都干了吗?"张美娜看着秦玉林问,"你没啥事吧?"

"衣服基本上干了。没事的,我没感觉哪里有什么不得劲的。"秦玉林笑着回答道。

"今天秦玉林的功劳和付出可不小啊!"哈斯琪琪格认真地说。

"瞧,水变颜色了,已经变成了乳白色,说明我们马上可以开吃了。"张美娜一边说着,一边同时将那些曲麻菜、婆婆丁、荠菜和野韭菜等一起放入了锅内,还剩下一些,那是留着蘸酱吃的。

"把火弄小点儿吧。"张美娜话刚说完,臧羽寒便拿起一根粗树枝去压那炉膛里的火。不大会儿,火便小了许多。

大家围坐在菜板搭成的桌子旁,每个人的脸上都洋溢着欢欣和喜悦。

"看看吧,咱们餐桌上的佳肴还是蛮丰盛的嘛!"张美娜一边摆盘一边笑着说,"我从小到大也还是头一回参加这样的野餐呢!"

"别说是你,我们好像也都是第一次嘛!"刘青海笑着大声说。

"哈哈,好丰盛啊,开吃喽!"乌吉娜拍着手掌高兴地叫了起来。

"瞧这条大黑鱼,真大啊!"张美娜笑着说,"咱今天能意外地吃到它,得感谢咱们的秦玉林同学啊!"

一旁的秦玉林乐得合不拢嘴。

"黑鱼棒子这么吃太可惜了。"刘青海遗憾地说,"可也没办法,现在这里材料搞不全,也只好炖着吃了。但无论如何,能在这里吃上大黑鱼,那可是咱们的口福呀,确实得感谢咱们的秦玉林!"刘青海笑着说。

此刻秦玉林的内心里充满着自豪、兴奋和享受般的心情,微笑的脸上洋溢的是他的自信和骄傲。

"谢我干啥啊,这是我们大家的幸运所得!"秦玉林谦虚道。

桌上摆着几大碗野菜、一小碗大酱和刘青海从自己家里带来的咸黄瓜、辣萝卜干等咸菜。张美娜带来的是她妈妈特意用香油拌好了的婆婆丁。窦媛媛和其他两名男生也都带来了自家腌制的咸菜。其中最为引人注意的是桌子上那十几个咸鸡蛋。

这时,刘青海开始给每个人的碗里盛鱼和鱼汤。

"兄弟姐妹们,咱今天中午能吃到珍贵的咸鸡蛋,那可得感谢臧羽寒和秦玉林他俩。"哈斯琪琪格看着大家笑着说,"二十多天前,他俩在森林里的灌木丛中捡回了十几个鸡蛋。拿给我们后,我们就用罐头瓶子给腌上了。"

"在林子里捡的?那是野鸡蛋还是家鸡蛋啊?"窦媛媛好奇地问。

"我觉得应该是野鸡蛋,因为那个地方距离村子挺远的。"臧羽寒微笑着说,"那天我和秦玉林在林子里转悠,当路过那丛灌木时,突然就发现了那些蛋。那天的运气真是太好了!应该说是咱们这些人运气好!"

"今天这顿丰盛的野餐,太难忘了。我们的餐桌上不但有鱼,还有咸鸡蛋,可真是不容易。看来咱们都挺有口福啊!"刘青海笑着说。

"太好吃了,比咱们食堂里的玉米面窝窝头和发糕好吃多了!"窦媛媛笑着说。

"那没办法,咱们粮食本上供应的白面和大米实在是太少了,不吃窝窝头和发糕吃啥呀!"臧羽寒回应道。

"只是不能把这幸福快乐的时刻留住啊。"乌吉娜遗憾地小声道。

"没有照相机,多少美好的时刻都没能留住。"窦媛媛也板着脸道。

"没关系姐妹们,三年时间啊,以后我们一定会有好多机会用照相机来证明的。"张美娜大声道。

"这方面应该没啥大问题。"刘青海大声道。

"来吧,让我们大家共同端起碗来。今天咱们就以这鱼汤代酒,祝愿我们同学间的友谊更加深厚,祝愿我们的学习不断进步,祝愿我们大家身体健康、天天快乐!"说完,张美娜首先喝了一大口鱼汤。见状,其他每个人也都或多或少地喝了一口。

"好香的鱼汤啊!"巴哈尔古丽喝了口鱼汤后,高兴地喊了起来。

"这鱼汤里的野菜也是很有味道的。"窦媛媛一边吃一边说,"说实在的,如果将来你们有机会能去我的老家抚远的话,那你们将会品尝到美味的乌苏里江鱼。"

"乌苏里江鱼?"刘青海不太明白地问。

"抚远在我们国家的最东边,黑龙江和乌苏里江在那里汇合,江里面的鱼多得好像永远都捕不尽,简直太多了!主要有鲤鱼、鲟鱼、大马哈鱼、鳌花鱼、胖头鱼、白鱼、嘎牙子等等,江鱼的味道简直鲜美极了!"

"说好了,将来我一定要去趟你们老家抚远,好好品尝下那里的江鱼!"臧羽寒笑着道。

"我说窦媛媛,你可别馋我们了,这辈子还说不上啥时候能去趟抚远呢。不过我还真是第一次吃到鱼汤炖野菜!"哈斯琪琪格笑着说,"真没想到,从新疆来到龙萨油田,能够享受到这么美味的野餐,太令人难忘了!"

"别说是你们了,我在龙萨这些年里也还是第一次品尝到鱼汤炖野菜呢!"窦媛媛笑着回应道。

"虽然我们这儿的湖里面都有鱼,但很多人并不太会抓鱼。再说了,上班的平时都很忙,也没时间去抓鱼,所以我们一般也很少能吃到鱼。"张美娜微笑着道。

"看来我们真的是很幸运呢!"巴哈尔古丽兴奋道。

"我的天哪,老头鱼炖野菜,这简直就是饮食文化中的大发明嘛!"臧羽寒兴奋地道。

"在我看来,什么都能炖野菜。"秦玉林大声道。

"不对,石头能炖野菜吗?"乌吉娜笑着问。

"你那是故意抬杠!"秦玉林沉着脸说。

"来,你们再来尝尝这个,野菜蘸大酱,同样很有滋味的!"张美娜看着哈斯琪琪格她们说,"大酱是刘善水叔叔给的,锅和佐料都是咱们食堂管理员陈准师傅提供的,真的是太感谢他俩了,否则咱办这个野餐还真挺难的呢。"

大家喝着鱼汤、品着鱼肉、就着野菜,每个人的脸上都洋溢着兴奋和喜悦。

"这是我所吃过的最有意义的一顿野餐美味饭了!"乌吉娜兴奋地说,"真是太高兴、太难忘了!"

第三章 快乐的野餐

"今天我们是值得高兴的。"张美娜看着大家笑着说,"这个周三学校组织的各科考试,咱们班这次没有人不及格,而且成绩也都不错!真是好事连连!"

"这都是同学们的付出所换得的。咱们这些同学,个个起早贪黑,学习多用功啊!"刘青海也深有感触地说。

"那首先还是咱们的老师们教得好啊!"哈斯琪琪格微笑着说。

"来,让我们大家一起以鱼汤为酒,为我们辛勤付出的老师们干杯,为我们快乐的野餐干杯,为我们将来能够学有所成干杯!"在张美娜的提议下,大家纷纷举起手中的饭碗,每个人的脸上都露出快乐、幸福的笑容。

"我希望,我们这快乐的第一次野餐,不会、也不应该是最后一次!"刘青海高举着饭碗大声说。

"没啥说的,只要大家愿意,这样的活动今后不光会有,而且一定会一次比一次搞得更好!"张美娜激动地说,"好朋友们在一起,推杯换盏间,演绎着人际关系,显现你我心态。人生之短,同学聚会也是一种生活的需要嘛!"

"说得太好了,美娜把同学聚会看得这么深。行啊,希望这样的活动我们以后能够继续下去!"哈斯琪琪格也兴奋地大声道。

张美娜放下碗,她笑盈盈地看了看大家,然后随口朗诵起自己现场刚刚创作的一首小诗:

丁香赢得花蝶恋,
林中闻得鸟儿唱。
绿林深处欢歌朗,
珍珠湖畔飘鱼香。

张美娜刚一朗诵完,大家便立刻报以热烈的掌声。

"好诗,真是好诗啊!"刘青海竖着大拇指大声称赞道。

"好诗,好诗,简直美极了!"哈斯琪琪格同样赞美道。

今天,每个人都对这顿由大家自己取材、亲自做的野外午餐感到非常满意,每个人的脸上都绽放着灿烂的笑容。

"刘青海,你都已经25岁了,是不是已经有对象了?"正当大家津津有味地品尝着美味的时候,张美娜突然改变话题笑着小声问身旁的刘青海。

"对呀,对象是哪里的? 也好领来让我们大家瞧瞧嘛!"哈斯琪琪格笑着道。

"得了,你们别拿我寻开心了,我目前还没有呢。"刘青海微笑着道。

"目前没有是啥意思?"张美娜又问。

"你都这么大岁数了,还能没对象?"巴哈尔古丽问。

"先前是有邻居给我介绍了个蒙古族的姑娘,她是西边不太远的杜尔伯特蒙古族自治县泰康镇的。是一个卖茶叶蛋和瓜子的姑娘,听说人长得特别漂亮,而且能歌善舞,正准备着考舞蹈学校呢。但我们并没有见过面,主要是我不同意,现在也没来得及给人家回话呢。"刘青海微笑着说,"我家条件不太好,将来真的成了家,靠我一个人的收入如何能养活一家人,生活会很紧张的!"

"按理来说,大家应该是'君子成人之美',但现实的情况是,女方过来后只能去家属管理站劳动,一年也就二三百块钱,到时候过起日子来真的挺不容易的呀!"张美娜回应道。

"可不是嘛,我挺犹豫的。人家那么漂亮的姑娘,到时候跟我过着艰难的日子,咱心里也过不去啊!"刘青海沉着脸道,"再说了,姑娘如果考上了舞蹈学校,几年后毕业了,工作安排到啥地方谁都说不清。"

"我看可以,找个舞蹈学校的不是很好嘛!"秦玉林笑着道。

刘青海看了眼秦玉林,微笑着没说话。

"我看还是算了吧,咱这边姑娘有的是,何必去那么远找对象呢,就算有工作,但往油田回调也是很难的事。"张美娜笑着说,"咱们职工大学里年轻漂亮的姑娘多得是,我看你干脆就在同学中找一个得了!"

"就是,像刘青海这样又高又帅气的小伙子,哪个姑娘不喜欢? 你看你相中了班里谁,到时候我去帮你联系。"臧羽寒笑着说。

刘青海看了眼臧羽寒,微笑着没有说话,他夹起几根野菜送入了口中。而当几位同学谈论对象问题时,先前还爱说爱笑的秦玉林这时却没了话说。他一直认真地听着,谁都不知道他内心里此刻在想些什么。

"别看这小子嘴上不说话,心里面肯定也在想着谈对象的事呢。"看着闷着不说话的秦玉林,张美娜微笑着心里嘀咕道。

场面出现了短暂的平静,大家互相看着一时都没了话题。

"算了,我看咱们先别讨论谈对象的事了。"张美娜望着对面坐着的几个男女同学笑着说,"咱们还是欢迎咱们班的宣传委员窦嫒嫒给咱们表演个节目吧!"

"这个主意简直太好了,早就听说窦嫒嫒能歌善舞,今天一定得表演下让我们看看!"哈斯琪琪格笑着说。

大家使劲鼓起掌来,都期盼着窦嫒嫒的现场表演。

"谁说的,我哪有你们新疆来的姐妹那么能歌善舞呀!"窦嫒嫒摆着手说。

"别谦虚了,来一个嘛!"巴哈尔古丽拍着手说。

看着几位同学在那里嚷着要窦嫒嫒表演节目,刘青海他们三位男生只是拍着手掌笑而不语,但内心里何尝不希望某个女同学给大家表演个节目呢。

"那好吧,前不久我选了一首新疆歌曲,只是歌词让我给换了,是我自己写的。"窦嫒嫒看着大伙儿笑着说,"我现在就唱给大家听,献丑了,希望各位见谅。"

"啊,你自己写歌词?"乌吉娜瞪大了眼睛问。

窦嫒嫒笑盈盈地站起身来,她身高一米六,一头长长的秀发浓密而又乌黑发亮,圆润的脸上长着一对炯炯有神的大眼睛,匀称的身材充满着青春活力。她离开自己的座位,退后一步远,两只手自然搭在一起,轻轻地放在腹部,深情地唱了起来。

在茂密的森林里,
我们驻足在美丽的珍珠湖畔,
听着鸟儿尽情歌唱,
看着野鸭在水中戏浪!

在茂密的森林里,
我们漫步在林中小道上,
踢踏的脚步惊飞小鸟儿的梦乡,
欢快的歌声在绿林中回荡!

在茂密的森林里,
我们手捧书本与时间为伴,

渴望与笔墨演绎着幸福时光，
憧憬和努力时刻向着明天前航！

　　这是一首节奏欢快而又乐感优美的新疆歌曲的曲调，虽然换上了新歌词，但并不影响新疆歌曲原有的风格。当窦媛媛第一段还在唱着的时候，巴哈尔古丽就第一个站起身来随歌起舞。紧接着哈斯琪琪格、乌吉娜和张美娜也都节奏明快地挥舞起手臂，旋转着身体跳了起来，把个森林野餐活动推向了高潮。

　　刘青海他们三位男生瞪大了眼睛使劲拍着巴掌，高兴得一个劲地喊："好啊，太好、太精彩了，太精彩了！"

　　"能在密林里野餐，并且还能欣赏到如此优美的歌舞，简直太幸福了！"刘青海一边拍着手掌一边大声道。

　　"没有想到，咱班的女生们居然这么有才啊！"臧羽寒也激动地说，"今天可真是最开心的一天啦！"

　　"你小子竟然这么评价女生，是不是有什么其他的想法呀？"刘青海看着臧羽寒微笑着问。

　　"我说的难道不是事实吗？"臧羽寒反问道。

　　"不对，这家伙一定是居心叵测。"秦玉林大声道。

　　"你别瞎乱讲噢！"臧羽寒板着脸大声道。

　　几个男生你指指我、我指指你，然后咯咯地一阵大笑。

　　见女同学们翩翩起舞，秦玉林早已按捺不住激动的心情，他兴奋地站起身来，笑眯眯地走到女生们跟前胡乱地挥舞着手臂，双脚跳动得完全没有章法，根本就是狂魔乱舞。

　　"秦玉林你赶快回来老实坐着吧，你看你跳的什么呀，还敢在这些'舞蹈家'们面前比画，别在那里丢人现眼了！"刘青海笑着大声道。

　　中午的阳光透过森林密实的枝叶和淡淡的薄雾照在大家的身上，如同夜市里那五彩斑斓的霓虹灯。

　　野餐的铁锅里依然散发着野生鱼肉的香味，湖畔那盛开的丁香树丛旁，欢快的歌舞还在继续，美妙的歌声在绿色的森林里久久回荡着。

第四章　村里着火了

早自习前,张美娜一进教室就大声喊道:

"大家请安静一下。我现在跟大家说个事。"

"一大早能有什么事呀?"前排一位男生笑着问。

张美娜看了眼那位男生,然后对大家说:

"嗯,是这样,咱班的共青团员们,今天晚饭后都要在食堂留下来,谁都不能走,有重要活动。"

"有啥重要活动呀?干什么呀?"教室后面一位男生大声问。

"大家听我说,根据学校领导的要求,今晚共青团员都要参加一次政治学习,主要学习'改革开放'方面的一些材料。"张美娜大声回答道。

"那,你能跟我们说说什么是'改革开放'吗?"秦玉林问。

张美娜看着秦玉林和同学们期待的目光,心里面很是着急,她嘀咕道:"秦玉林这小子,你这不是故意要我难堪嘛!现在问题已经摆了出来,自己如果不做回答,或者说不知道,这不光会使同学们感到失望,而且还会使自己在群众中的威信大大降低,必然会影响自己今后工作的开展。"

犹豫片刻后,张美娜大声说:

"具体情况我不一定说得很准,但从报纸和广播里的各条新闻来看,我的理解是,'改革开放',就是改变我国以往的经济政策和模式,对外施行引进资金贷款、先进的管理经验、优秀人才和先进技术等的一系列新政策,走市场化经营管理的道路,目的就是让咱们国家尽快实现现代化,让广大人民群众摆脱贫困,早日过上富裕的好日子。"

张美娜话刚一说完,许多同学便为她鼓起了掌。看样子大家比较认可她的解释。

"团支书,对不起,我得请个假。我今晚上有事,学习参加不了!"秦玉林在下面大声道。

"你有啥事?"张美娜沉着脸大声问。

"我想回家取几件衣服。"秦玉林笑着答道。

"你难道现在没有衣服穿吗?"张美娜又问。

"主要是想回家取换洗的衣服。"秦玉林大声道。

"你这不是什么要紧事,不许请假!"张美娜大声道。

"书记,你这也太武断了吧,有事还不能请假?"秦玉林大声问。

"别人谁都没说啥,怎么就你一个人有事,你不能明天或其他什么时间回去取衣服吗?"张美娜生气道。

"你小子老实点儿不行吗,瞎起个啥哄!"刘青海用手指头捅了一下秦玉林小声道,"政治学习是重要的活动之一,你别瞎闹!"

秦玉林看着刘青海,想要说点儿啥,但最终还是转过头去,看着前面讲话的张美娜。

张美娜瞪着秦玉林,她大声说:

"我再强调一遍,今晚的政治学习很重要,如果哪位同学不是有特别重要的事情,今晚谁都不能请假!"

刘青海再次警告秦玉林道:

"人家已经说得很清楚了,今晚的活动非常重要,你是听不懂,还是故意装作听不懂在那里瞎起哄?你是不是要等着让张美娜收拾你一顿,你才能老实点,是不是?"

秦玉林自知理亏,伸了下舌头,不再吱声。

"这次政治学习以班级为单位自行组织进行,通信工程班、电力系统班、热能动力班和城市给排水班的学习活动也都是安排在今晚。这是学校自咱们入学以来安排的第一次全校性的政治学习活动,它和我们平时上的政治课不是一回事,因为政治课是按照预先的教学计划而进行的一种教学活动,以后类似的政治学习还会有。但咱们的情况比较特殊,一般这样的政治学习不会安排很长时间,也就是说,今天晚上的政治学习其实不会影响到大家日常学习。"张美娜严肃地说,"我再强调一遍,今晚的第一次政治学习活动非常重要,这个头必须开好。因此,今晚每名团员都要参加,谁都不得无故缺席!"

大多数同学都在静静地听张美娜讲话,但也有一些同学一边听着讲话,一边翻看着教科书本。

"本来白天上了一天课,已经够累的了,还有那么多的作业要做呢,可偏偏晚上还要安排政治学习。那,那这些作业要到几点钟才能做完啊!"秦玉林对旁边的刘青海小声道。

"你行了,赶快闭住你的那张臭嘴吧!"刘青海瞅了眼秦玉林小声说,"张美娜不是说了嘛,政治学习时间不会太长,不会影响大家正常学习的。"

"不可能不受影响!"秦玉林不服气地说。

"作业又不是只留给你一个人,谁不做作业?"刘青海严肃地说,"人家张美娜已经强调了好几遍了,别人谁都不说话,就你没事找事!"

"你干吗那么凶,你们班干部向着班干部是吧?"秦玉林小声嘟囔道。

"你瞎说啥,什么班干部向着班干部?张美娜安排政治学习有错吗?"刘青海看着秦玉林生气地问。

"那好,到时候我作业做不完你拿去帮我做。"秦玉林笑着小声说。

"这是你真实的意思吗?"刘青海瞪大眼睛问。

秦玉林看着刘青海笑而不语,只是轻轻地点了点头。

刘青海知道秦玉林是故意装的。他了解秦玉林,这小子平时就是好开玩笑,有时还不拘小节。其实他在学习上还是比较用功的,也是一个热爱劳动、团结同学、各项活动都能积极参加的人。虽然秦玉林是在开玩笑,但刘青海还是严肃地对秦玉林说:

"如果你有不懂的地方我可以帮你分析、解释,但绝不会替你去做作业,你别想的那么美。再说了,帮你做作业那是在害你!"

张美娜讲完通知后,回到了自己座位上。见张美娜布置完了活动,秦玉林立刻活跃了起来。他转过身子,对跟前的几个男生大声演绎起他的故事来:

"你们知道吗?我昨晚上可是一宿都没睡着觉啊!"

"你小子又做啥美梦了,还一宿没睡着觉?"旁边座位上的臧羽寒笑着问,跟前的其他几个同学只是看着秦玉林,笑而不语。

秦玉林扮着鬼脸神神秘秘地说:

"昨天夜里,咱们宿舍里那可真是热闹无比呀,比哪一天晚上都要热闹,就像在表演一场深夜宿舍交响乐,只不过这乐手们全都是躺在被窝里的你们这帮臭小子。"

"你说谁是臭小子,说清楚了,我们咋啦?"臧羽寒沉着脸问。

秦玉林手指着身旁的几个男生笑着说:

"你们这帮家伙,简直太不像话,深更半夜的一个劲没完没了地打呼噜。不仅如此,一个个的还咬牙、放屁、说梦话,情况比平常的哪一个晚上都要严重。你们说说吧,就这种情况下,我还咋能睡着个觉嘛!"

秦玉林的话引得男生们一阵哄堂大笑,而一些女同学则捂着嘴巴偷偷地抿着嘴不好意思笑出声来。

见自己的故事引得大家开怀大笑,秦玉林更加得意,他大声道:

"还有更严重的情况呢。有那么一位哥们,他深更半夜一时内急,居然连拖鞋都顾不上穿,光着脚丫就往外跑呀!"

秦玉林话音刚落,立刻又引来大家一阵哄堂大笑。

"是谁光着脚往外跑啊?"有男生大声问。

"不能说,个人隐私,保密!"秦玉林大声道。

这时,刘青海使劲瞪着秦玉林,并用手指头狠狠地捅了他胳膊一下。

"快上早自习了,你说这些玩意干啥?"

"秦玉林这小子,他指不定在想啥呢,所以他睡不着觉,还说是别人影响了他!"一位男生指着秦玉林笑着道。

"其实这家伙每天晚上的呼噜声绝不亚于其他人!"又一位男生大声道。

"我看这家伙一定是在想找女朋友的事,所以才睡不着觉的!"另一位男生也指着秦玉林大声道。

"你们别瞎乱说啊,我可没有想什么对象的事!"秦玉林指着那两个男生大声说,"我看是你们才有那个想法!"

秦玉林说话声比较大,全班同学都听得见。女同学们很反感他的话,大都用鄙夷的目光看着秦玉林。

"秦玉林这说的什么鬼话呀？太恶心了！"几名女生在一旁表示了极度的不满，她们小声议论道。

"这个秦玉林简直太差劲、太不像话，胆敢在教室里公开说那种龌龊话！"哈斯琪琪格小声对张美娜说。

"他已经不是第一次讲这种邋遢的故事了。"身后的乌吉娜也表达了不满。

见状，张美娜转过身来对后两排坐的秦玉林生气地说：

"秦玉林，我跟你说，这是大家的教室，是学习的地方，不是你胡说八道的地方！以后你不要再在教室里讲这种难听的话！"

"批评得好。就得这么说才能让这小子老实点儿！再瞎说就把你赶出教室去！"刘青海手指着秦玉林小声道。

"马上就要上早自习了，大家都安静下吧！"说完，张美娜转过身来开始专心看书。

"你小子别再瞎胡扯了行吧！你没看见人家好多女生都不愿意了吗？"刘青海沉着脸小声说。

"我才不在乎这些呢，我又不和她们搞对象。"秦玉林小声道。

"你小子还挺敢想的，居然还能想到这方面去，你巴不得要跟人家搞对象呢。"刘青海轻轻拍了下秦玉林的头，笑着说，"班里头这么多美女，你可得好好表现呀！就你现在这个样子，是不会有姑娘搭理你的。"

"表现啥，表现得再好，人家也不一定能看得上咱，我也只能是心里面想想罢了。"秦玉林沉着脸小声道。

"没关系的，事在人为嘛。只要你努力学习、热爱劳动、别再调皮捣蛋，就一定会赢得姑娘们的芳心的！"刘青海笑着小声道。

"那就借你吉言，试试看吧。"秦玉林小声道。

学校每天课程安排得都很满，一天下来，大家还有很多作业要在当天完成，最迟不能超过第二天早自习。因为第二天早上，各学科课代表要收作业本，并且对交不上作业的同学会当众提出批评，一点儿情面都不会给。

晚饭后，同学们陆陆续续地来到教室上晚自习。明亮的教室里显得非常安静，每名同学都在专心地做着自己的事情，只是偶尔会有两三个同学小声讨论问题,也会有同学轻手轻脚地走到其他同学那里去请教问题。同学们的学习态度都很积极、认真。每天晚上,教室里的灯火都会亮到深夜。一些上下夜班的采油工人路过学校时,他们透过窗户玻璃看见教室里认真学习的学生们时,都会赞叹不已:"你看人家这些学生,他们学习多用功啊!可惜咱没能考上,不知道啥时候也能像他们那样坐在明亮的教室里学习呀!"

"美娜,我这几道普通物理题总算是做完了,你帮我看看做得对不对。"哈斯琪琪格一边小声说着,一边将自己的作业本推到了正在看书的张美娜眼前。张美娜看了一眼正在看书、做作业的同学们,然后拿起哈斯琪琪格的作业本。她一道题、一道题认真地看着。过了一会儿,张美娜将作业本推还给了哈斯琪琪格,她小声说:"你做得都对嘛,完全正确!"

听了张美娜的话,哈斯琪琪格露出满意的笑容。

"你在看书,看来你的作业早就做完了是吧?"哈斯琪琪格小声问张美娜。

"今天作业题留得并不是很多,所以做起来就快了些。"张美娜小声回答道。

"走哇,既然作业都做完了,那咱俩就到外面呼吸点新鲜空气去吧。"哈斯琪琪格微笑着小声说。

"行啊,走呗。"张美娜干脆地答应道。

"你俩干啥去?"张美娜和哈斯琪琪格刚站起身来,一边的乌吉娜就小声问。

张美娜和哈斯琪琪格看了眼乌吉娜,微笑着没说话。

张美娜和哈斯琪琪格不清楚乌吉娜是否做完了作业,就没有对她说要去做什么。

两位姑娘来到了学校院门口。

"等我们下嘛。"这是巴哈尔古丽的声音。

两位姑娘闻声后停止了脚步,同时转过头惊喜地望去,只见巴哈尔古丽和乌古娜快步撵了上来。

"你俩干啥去?怎么也不叫上我俩。"巴哈尔古丽埋怨道。

"你俩不上晚自习了?作业都做完了吗?"哈斯琪琪格问。

她们正说着话的时候,突然头顶上飞来几只麻雀,叽叽喳喳地飞上飞下互相追逐,叫得正欢。听见麻雀的叫声,几位姑娘都不约而同地望了过去。

"我早就做完了。"乌吉娜望着那几只欢叫的麻雀回答道。

"我俩也是才刚做完作业,正想要出来透透气呢。"张美娜笑着说。

"好嘛,那咱就一起溜达溜达吧。"哈斯琪琪格微笑着说。

西天的太阳又红又圆,艳丽的霞光映红了远方的云朵,茂密的森林也都披上了艳丽的彩霞,四周到处可见盛开了的丁香花,林子里散发着醉人的花香,林中的小鸟儿也在欢快地鸣叫着。

四位姑娘沿着学校门前的土路朝西北方向边走边唠。

"多美的傍晚啊!"望着天边的红日,张美娜深情地自语道。

"多么安静啊,只有小鸟儿在歌唱!"哈斯琪琪格挥舞着双臂大声道。

"瞧那灿烂的晚霞、听那小鸟的歌唱、看那茂密的森林、望那辽阔的草原,还有那美丽的姑娘……"巴哈尔古丽挥着手臂兴奋地吟诵了起来。

巴哈尔古丽刚一朗诵完,张美娜她们便使劲地鼓起掌来。

"巴哈尔古丽,你的朗诵简直如同在唱着一首美丽动听的抒情歌曲呀!"张美娜笑着赞许道。

"好哇巴哈尔古丽,我看你也成了咱班的又一个诗人了!"乌吉娜看着巴哈尔古丽笑着大声道。

"我们新疆好地方啊……"姑娘们的欢笑声还未停下来,乌吉娜又带头高声唱了起来。而且是一边唱一边跳。

听着这熟悉的歌曲,其他的姑娘们也都跟着边唱边跳起来。动听的旋律、优美的舞姿,成了晚霞映衬下的森林里一道亮丽的风景线。

这时,一高一矮两位身穿蓝色工服的俊俏姑娘从村子方向走了过来。通过看她们的着装,张美娜她们很容易就知道她俩是附近南六采油队的年轻职工。

虽然两位女孩儿都穿着肥大的工作服,但丝毫没有遮挡住她们那苗条的身姿。高个儿姑娘浓密的头发编了条长长的辫子,圆圆的脸上透着淡淡的红润,长长的睫毛和大大的双眼闪烁着年轻女孩儿非凡的魅力。矮个儿姑娘将头发扎成了一把抓,瓜子脸上,尖尖的下巴微微翘起,双眼皮下一对水灵灵的大眼睛如同夜空中闪亮的星星。

"两位姑娘可真漂亮啊!"张美娜心里嘀咕道。

双方很快就走到了一起,大家相互礼貌地点了点头。

"姐妹们,我们远远地都看见了,你们的歌舞真棒啊!"高个儿姑娘拍着手掌笑着夸奖道。

"啥喜事让你们这么高兴啊?"矮个儿姑娘笑着问。

"没什么喜事。这里风景美丽,心情又好,所以就唱上几句。"张美娜笑着回答道。

姑娘们彼此间一点儿都不陌生,因为一条土公路连着学校和南六采油队,她们在这条路上早已见过多次面,彼此之间早就有了些印象,只是相互间还不知道对方的姓名,更没有密切交流过。

"两位姐妹是去上夜班吗?"张美娜语气平和地问。

"是的,今天刚好是我俩的夜班。"高个儿姑娘爽快回答道。

"那晚上夜班害怕吗?"巴哈尔古丽严肃地问。

"刚上班时确实有些害怕,但时间长了,也就习以为常,现在一点儿都不害怕了。"个头稍矮些的姑娘笑着回答道。

"那,你们一个星期上几个夜班啊?"乌吉娜小声问。

"我们一个星期是两个十六点的班,两个零点班,还有两个白天班。"高个儿姑娘笑着回答道。

"那可真的是挺辛苦啊!"哈斯琪琪格沉着脸说。

"其实也没啥,早都已经习惯了。在采油队上班,大家都一样的,时间一长就都适应了!"高个儿姑娘笑着说。

"你看,咱们已经见过好多回面了,可遗憾的是,到现在都不知道彼此的姓名呢!"张美娜微笑着说。

"说的也是哈,那就我先来个自我介绍吧。我叫于彩玲。"高个儿女青年笑着自我介绍道。

"我叫康海英。"个头稍矮些的姑娘自我介绍道。

"我俩从参加工作就在一个单位,是最要好的朋友了。"于彩玲笑着道。

于彩玲说完后,张美娜她们也都一一做了自我介绍。之后,姑娘们又互相报了自己的年龄。大家这才知道,原来于彩玲比她们这里谁的岁数都大。

"彩玲姐,以后有空,请你们俩一定到我们学校来玩!"张美娜诚恳邀请道。

"那也请你们将来有时间到我们采油队来坐坐!"于彩玲高兴地说。

"我们彩玲姐唱歌可好听了呢!"康海英笑着说,"她还是我们采油指挥部文艺宣传队里的歌唱演员呢!"

"是吗,彩玲姐,你真是太了不起了!"张美娜兴奋地说,"将来有机会咱们一定好好交流交流。彩玲姐,你知道吗?我们这三位漂亮姑娘可都是从新疆来的,她们全都是少数民族,而且个个都是能歌善舞呢!"

"是吗?真是羡慕你们啊!大家学习在一起,一起欢歌笑语,赶上了好时候啊!"于彩玲微笑着道。

"别这么说,我们大家都赶上了好时候嘛!"哈斯琪琪格笑着道。

"你们多好啊,能在明亮的教室里读书学习!"康海英板着脸道,"可惜我们没能考上职工大学。"

"没关系嘛,这次没考上还有下次呢,反正考职工大学也没有年岁限制。"张美娜笑着道。

"就是,我们班有好几个同学都三十多岁了呢。"巴哈尔古丽笑着道。

"哎,妹妹们,明天晚上幸福村有电影,你们知道吗?"于彩玲转变话题大声问。

"不知道呀,啥电影嘛?"乌吉娜问。

"两部呢。一部是国产故事片《野火春风斗古城》,另外一部是南斯拉夫影片《桥》。"康海英大声道。

"我们单位昨天就通知职工们了。"于彩玲微笑着说。

"有电影看,太好了!"巴哈尔古丽兴奋地大声道。

"1976年以后,过去那些老电影就开始陆续拿出来放了。一部接一部地放,经常一个晚上放两部影片,简直像雪崩一样!"张美娜激动地大声道,"以前的时候,就那么十几部影片翻来覆去地放!"

"回去告诉同学们,一定会有很多人来看的!"哈斯琪琪格大声道。

"明晚咱们都来看,该放松的时候就得放松下,不能只是一个劲地学习!"巴哈尔古丽大声道。

"真好,咱们开学以来都已经看了十多部电影了!"乌吉娜大声道。

几位姑娘在欢快的气氛中唠了一会儿后,便恋恋不舍地长时间相互挥手告别。于彩玲和康海英沿着土公路向自己的单位走去,而张美娜她们则继续顺着公路向西北幸福村的方向边走边唠。

丁香花

"哎,你们看那边,那两个年轻人好像是咱们学校的!"巴哈尔古丽手指着前面不远处一对手持丁香花束的男女青年小声惊呼道。

"好像是通信工程班的哎!"乌吉娜看着那对青年小声道。

"难道他们没上晚自习?"哈斯琪琪格小声问。

"不一定,说不定人家也是做完作业后才出来的呢。"乌吉娜小声道。

巴哈尔古丽深情地说:

"一男一女、一人一花、绿荫树下、男情女爱,多么浪漫啊!晚上出来,肯定不是一般的男女同学关系了!"

"前段时间我就听说过通信工程班最近有一对学生正在谈对象,现在可是眼见为实了。"张美娜小声说,"听说他俩以前是一个电话站的呢。"

"这其实也没啥好奇怪的,都是二十多岁的人了。"巴哈尔古丽道。

"就是。咱们学校年轻人的岁数参差不齐,有的岁数真的挺大的,早就该处对象了。"哈斯琪琪格笑着道。

那两个年轻人其实也早都看见了张美娜她们。可能怕与张美娜她们相遇后过于尴尬,所以两个人很快便走进了林子里。

"看人家这对小恋人,夕阳彩照,绿树荫下,万花丛中,多么甜美的时刻啊!"巴哈尔古丽感慨道。

"怎么,难道我们的巴哈尔古丽也想……"乌吉娜笑着说了半句话。

"你可别在那里给我乱猜,我可没有想那么多,我只是觉得当下属于他们两个的时光是多么美好!"巴哈尔古丽笑着说。

"没关系,巴哈尔古丽如果相中了班级里的谁,我去给你做工作!"张美娜笑着道。

听张美娜这么一说,姑娘们一阵哈哈大笑。欢快的笑声在森林中回荡着。

这时,乌吉娜走到了大家前面,她望着四周茂密的森林突然吟诵道:

微风轻拂绿叶舞,
晚霞映红天半边。
湖水明净情更纯,
倩影留在密林旁。

第四章　村里着火了

阳刚小伙似骏马，
姑娘貌美赛丁香！

"好家伙，动不动就来那么一段，我看乌吉娜不用再上学了，专门去搞诗歌创作算了。"哈斯琪琪格笑着大声道，"真没想到，我们班级里居然有好几位姑娘会创作诗歌，这水平可不一般啊！"

"乌吉娜创作的这首诗歌真的挺不错的！只有身临其境、热爱生活、情感丰富、心静如水、善于总结的人才会将心中的感悟挥洒成诗歌！"张美娜感慨道。

"你们看看这周围，难道这里不是谈情说爱的好地方吗？"乌吉娜笑着大声问。

"怎么，咱们的乌吉娜难道也动心思了吗？"巴哈尔古丽笑问道。

"我动什么心，事实难道不是这样嘛。你们看嘛，这地方的景色多么美丽啊！"乌吉娜动情地说。

"乌吉娜妹妹说得真好！咱这里风光娇媚，多像是一幅美丽的山水画呀！"张美娜深情地道。

就在姑娘们陶醉在大自然的美景中时，幸福村方向，一股黑色的浓烟突然翻腾着升起好高，并且还能隐约听得见许多人叫嚷的声音。看见黑色的浓烟，张美娜她们立刻停下脚步，紧张而又疑惑地远远望着。

"不好，幸福村那边好像又着火了！"张美娜大声道。

"这距离上次着火好像还不到一个月嘛，怎么又着火了？"乌吉娜疑惑地问。

"可能跟烧天然气有关吧。"巴哈尔古丽道。

"能是真的着火吗？会不会是人家在外面烧什么东西呢？"哈斯琪琪格问。

"在这一带就这么一个小村庄，附近根本没有其他什么生产单位，那么在这个方向突然冒起这么大的浓烟，很可能就是村里着火了！"张美娜望着村庄方向大声道。

由于隔着茂密的森林，张美娜她们看不见村庄的房屋。于是张美娜大声道：

"姐妹们，咱们赶快过去看看吧！"

几位姑娘沿着土公路向着幸福村方向快速跑去，当她们拐过一个弯道后，幸福村便出现在了她们的视野内。

· 83 ·

举目望去,只见村子里像炸了锅,大人孩子们纷纷奔跑着、呼喊着。

"赶紧啊,那边的房子着火了……"村子方向突然传来男人、女人声嘶力竭的喊叫声,大家都朝村子北边跑去。

"坏了,果然真的着火了!"望着滚滚的浓烟,张美娜瞪大眼睛说。

"太可怕了,这个村子怎么老是着火。这救火要是人少了肯定不行!"哈斯琪琪格看着冒浓烟的方向说。

"是的,这个村子本来人就少,除了上班的,能参加救火的人就更少了!咱们得赶快回去叫人来!"张美娜大声道。

"太吓人了,怎么会又着火呢?"乌吉娜紧皱着眉头边跑边问。

"啥原因,现在咱谁也不知道。"张美娜看着几位姑娘大声说,"咱得赶快去给消防队打电话。这村里还没有电话,得回学校去打!"

几位姑娘站在原地,望着村子方向,每个人都焦急万分。

张美娜急切地大声道:

"现在啥也别说了,赶紧的!巴哈尔古丽,你和乌吉娜赶快回去叫同学们来,同时再给消防队打电话,我跟哈斯姐先去村子里帮忙救火!"

"那你们可得小心点儿呀!"巴哈尔古丽大声提醒道。

"放心吧,我们会小心的!"张美娜大声回应道。

说完,几位姑娘转身拼了命地分头跑开了去。

幸福村北头,一户人家的门窗正在向外喷吐着滚滚浓烟,借着高温,整个房盖也都开始冒起了白色的烟雾。两家的女主人着急万分,拼命哭喊着恳求街坊邻居们赶紧帮忙救火、抢搬屋里的物品。其实到达现场的人都在积极地忙活着,当然,两家的女主人此刻焦急的心情也是都能够理解的。

村里的土坯平房都是油田为职工们统一建的,每栋房住两家人。当时,油田居民大都烧天然气,但天然气有时会因故出现断气的现象,所以各家一般会在屋里的炉灶旁挖一个小的油坑,里面放上四五十斤捡拾来的落地原油,以备在停气的时候使用,但这也同时带来安全隐患,一旦着火会油助火势。

此刻,村里凡在家能独立行动的大人们,几乎全都出动了,而孩子们则都站在远些的地方惊恐地看着。大家来时,都纷纷从自家拎来水桶、端起脸盆、拿着铁锹,一路奔跑着赶到现场,迅速投入到灭火战斗中。有几个男的用衣服包裹着脑袋或用毛巾将脸、鼻捂住冒着浓烟从两个人家的屋子里往外搬物品,另有几人则端着脸盆去屋里浇水,而更多的人则是将水直接泼向房顶,灭火的同时,还要防止火焰烧到隔壁人家。当时的屋顶多是用油毡纸盖顶,然后用砖块压缝,最后再用泥巴将一块块的砖头堆糊上,一趟趟的有点儿像农田中的地垄。这些防雨水用的油毡纸其实也是易燃物,同样也是安全隐患。

到达现场后,张美娜和哈斯琪琪格立刻投入救火战斗中。她俩主动从年纪较大的妇女手中接过脸盆,毫不犹豫地冲到房子跟前,将盛满水的脸盆递给男人们,然后又拎着空盆跑向附近的公用水房。

几趟下来,张美娜和哈斯琪琪格都已是满头大汗。张美娜的右边衣袖不知啥时候被什么东西给刮破了,而且胳膊也被划破出了血。

"你们两位姑娘不要太靠前了,小心烫着、烧着!累了就歇会儿!"一位五十多岁的高个男人大声道。

"我们没事的,你放心吧,倒是你们这些人太靠前,千万要小心啊!"张美娜对房前泼水的男人们大声道。

虽然大家都在奋力救火,但由于人手太少,火势并未得到有效控制,现场的人们都很着急。

"就是年轻男人实在太少!"旁边一位中年男人喘着粗气大声道。

"我们已经安排同学回去叫人了,学校大批的学生很快就会到达的!"张美娜大声道,"我们同时还给消防队也打过了电话!"

一位六十多岁的老大爷激动地说:

"你们这些学生想得真周到啊,咱这偏僻小村庄,消防车要好长时间才能到达。另外人也实在是太少,来救火的好多是从农村走亲戚来的老头老太太,还有几个休班的职工。现在这块有事,人手根本不够用。你们这些大学生要能来的话,那可是帮了大忙呀!"

"老大爷你放心吧,我们同学肯定已经在奔往这里的路上了!"哈斯琪琪格大声道。

当张美娜和哈斯琪琪格端着刚刚从水房打来的凉水,快步跑到着火现场时,哈斯琪琪格的一只脚突然被一根木棍绊了一下,她顿时失去平衡,一下子摔倒在地上,脸盆里的水全都洒掉了,并且她的衣服、裤子上满是泥水,脸上也沾上了黑乎乎的污泥。

张美娜放下脸盆，几步跑到哈斯琪琪格跟前，扶着她站了起来。

"哈斯姐，你没事吧？"张美娜关切地问。

"没事的，咱还是赶快端水去吧！"说完，哈斯琪琪格拾起脸盆，擦了擦衣服和裤子上的泥水，又用衣袖抹了把脸，然后向着水房快步跑去。

"看哪，职工大学的学生们来了……"人群中突然有位妇女尖叫着喊道。

"来得正是时候，真都是好孩子啊！"一位老大爷大声道。

"这救火还真的需要他们这些年轻人啊！"另一位老大娘激动地大声道。

人们不约而同地望过去。只见一大群男生拎着脸盆拼命地奔跑着，后面跟着几十名拎着脸盆的女学生，同学们就像赛场上竞技的运动员，拼命朝村子方向一路跑来。同学们一边跑还一边喊着："大家快呀，再快点儿呀……"

同学们以最短的时间跑进了村子。在弄清楚公用水房的位置后，他们几乎是狂奔着奔向那里。自从学生们到来后，水房的那个水龙头就再也没有关上过，这个人接满了水刚一端起脸盆，马上又一个脸盆迅速地放在水龙头下面。很快，端水、接水的队伍从失火现场一直连到水房，形成一条长龙，装满水的盆和空脸盆在大家的手上快速地交替传递着。自此，一盆盆灭火的水接连不断地泼向着火的房子。

"刘青海，现在人手足够多了，你赶快再带几个男生到隔壁人家帮着搬东西，小些的物品我们女生搬。万一大火蹿过来，那这家也要遭受损失的。"张美娜说完，就要招呼旁边几个女生往隔壁人家去。

见张美娜她们真的要去搬东西，刘青海赶忙大声道：

"张美娜，你们女生还是去端水吧，我们男生比你们有劲，再说房子本来就小，人多了反而施展不开。"

"说的也是，那你们可要注意安全啊！"说完张美娜她们跑回端水的队伍里。

当时油田每个家庭基本没啥像样的大件家具，屋内陈设其实普遍比较简单。即便如此，对于当时每个家庭来说，像被褥、粮食、收音机、自行车、缝纫机、钟表等物品，都是家庭中最最重要的，不到万不得已，是不能放弃的。所以参与救火的人都是尽其所能搬运出人家一切能够搬运出的物品。

救火现场，每个班级的班干部都在救火一线带头冲入屋内抢搬物品，或站在最靠近救火现场的地方泼水,来回端水盆也是趟数最多的。在班干部们的带领下,全体同学都积极勇敢地投入救火行动中。

着火的房子前,高个儿男生们站在靠近房前的位置上。他们顶着炽热的烈焰,不顾个人安危,大声嘿嘿地呼喊着将一盆盆水泼向屋里和房顶上。他们沾着污泥的脸早已被火焰烤得通红,每个人的衣服裤子上同样都沾满了泥水和黑灰。女生和个子矮点儿的男生们将一盆盆凉水递给高个儿的男生们,大家来来去去全都是一路小跑,同学们的头发和衣服早已经被汗水所湿透。

人多力量大,在众人的共同努力下,在消防车到来之前大火就已经被扑灭了。村中的男女老少们,望着一个个被汗水湿透了衣服、疲惫不堪的学生们,无不投来心疼和感激的目光。

"今天真是亏了这些学生啊,他们简直太辛苦、太可爱了。要不然,这整个房子肯定都得烧个精光!"村民们纷纷夸奖道。

星光闪闪,长夜漫漫,月亮高悬在天空中。同学们披着夜色、拖着疲惫的身子行走在回校的路上。月光下的沙土路上,撒着微弱的银光。没有人大声喧哗,低声的欢笑中,每个人都在吐露着胜利的喜悦。夜色里,唯一还在不知疲倦、尽情歌唱的鸟儿是那娇小且难睹身影的苇莺儿。

"你们看,这次救火行动中,咱校的同学们简直像是疯了一样,而且就连女生们也都跑前跑后,所有参与救火同学的衣服全都湿透了!"从着火现场通往学校的路上,张美娜激动地对哈斯琪琪格等几位姑娘们说,"咱这些同学多可爱啊!"

"就是,到了关键时刻,咱这些同学们,真的个个都是好样的!"哈斯琪琪格同样激动地说。

由于救火的原因,许多同学换洗完后没有去教室,晚自习只有少数几个学生坐在教室里。

"今天的救火行动真的是惊心动魄,同学们也都累坏了,尤其是男生们,他们最累、最辛苦!"教室里,张美娜对哈斯琪琪格等几位女生说。

"今天如果没有咱校这帮男生,那整个房子肯定都得烧掉!"哈斯琪琪格道,"女生们再努力,但体力上毕竟不如人家男生啊!"

"就是,村里能救火的人实在是太少,靠那几个人根本控制不住火势,真是亏了咱们学校的学生,尤其是男同学们!"张美娜大声道。

"天然气这个东西,虽然使用起来特别方便,可一旦着起火来也是非常可怕!"窦媛媛大声道。

"咱们到这里才几个月都着了两次火了。不过这次着火是比较严重的!"哈斯琪琪格大声道。

"其实很多火灾都是人们不注意、不小心造成的。"张美娜肯定地说。

"可不是嘛。咱们油田哪年都会发生多起天然气事故,伤亡现象也是年年都有,真是太恐怖了!"窦媛媛大声道。

"咱油田没有着过火的村子几乎很少很少见。"张美娜大声道。

几天后,大家才听说,房子之所以着火,是因为这家人出门时没有认真检查和关闭好天然气阀门所致。不过还好,人总算是没出什么事,粮食和木箱、棉被、粮食等贵重物品基本都抢救了出来。

在这次救火过程中,全校有十多个男女同学不同程度地受了伤,基本都是些刮擦方面的皮肤轻伤。张美娜他们班里,刘青海的右手被房上溅落的热水烫了个大泡,秦玉林在救火现场摔倒时脸被刮破了皮。另外,张美娜等几位女生也受了点儿轻伤。

这次村里失火过后不久,学校对参与救火的全体同学给予了表扬,同时也对学校防火工作提出了具体要求。

救火当晚回校后,大多数同学与往常不同,他们在宿舍里做完作业后就钻进了蚊帐里。有的看书,有的闲聊,有的闭上眼睛早早休息了。

"美娜,你说也怪哈,这救火当时并没有感觉有什么,可现在放松下来了才感觉特别疲乏。"哈斯琪琪格坐在蚊帐里小声道。

"肯定是这样的。救火时大家都一门心思地想尽快将火扑灭,别说什么疲劳了,就是手上、身上哪块儿受点儿伤你都不会感觉到的。"张美娜回应道。

俩人正唠着呢,窦媛媛突然大声骂道:"这该死的蚊子,我终于打到你了!"

"怎么了?挨蚊子咬了?你不是有蚊帐吗?"张美娜大声问。

"就刚刚咬的,我都快睡着了,咬了个大包。"窦媛媛气愤道,"愣给咬醒的,这才发现蚊帐上不知道啥时候给弄出个小洞洞,蚊子肯定是从这个小洞钻进来的。"

"我这里有线,给你缝一缝吧。"哈斯琪琪格小声道。

"不了哈斯姐,我用线绳扎上就行了。"窦媛媛回答道。

"你们这里的蚊子又多、又大,简直太可怕了!"巴哈尔古丽大声道。

"这没啥好奇怪的,我们这里湖泊多、湿地多、水坑多,四周不是森林就是草原,蚊子当然会很多嘛。"张美娜笑着道,"挨了蚊子咬后,可以用自己的唾液去反复擦抹被咬的地方,一会儿就不痒痒了。"

半夜时分,沉睡中的张美娜隐约听见有人低声哭泣的声音。低沉而又伤心的声音,仿佛从很远的地方传来。开始时,张美娜还怀疑是不是自己听错了,为了进一步确定这令人不安的哭泣声,她穿上外裤,披上衣服,轻手轻脚地推开房门,来到了大门外。在仔细听了过后,她确定哭泣声是真的,而且这个人还是个男的。男人低沉的声音是从学校大门外传来的,听着也不是特别远。张美娜犹豫片刻后,回到了宿舍门厅,走到对面男生宿舍的门前,有节奏地轻轻敲着门板。不大一会儿,刘青海推门走了出来。

"噢,是你呀。有什么事吗?"刘青海揉着眼睛小声问。

"刘青海,你听见外面哭泣的声音了吗?"张美娜小声问。

"早就听见了,我有失眠的毛病,晚上常常睡不实觉。"刘青海小声说,"我根本没当回事。"

"这哭声好像是从比较远的地方传来的,但也不应该离咱们很远。"张美娜小声说。

"能是咱们同学吗?"刘青海小声问。

"谁知道啊。这声音实在是瘆得慌!"张美娜建议道,"我看,你马上叫上几个男生,咱一块儿出去看看。"

"谁知道这是哪个犯神经病的,大半夜吃饱了撑的,跑到林子里去哭泣!"刘青海满脸不高兴地说。

"现在啥也别说了,赶紧的。"张美娜催促道。

"好的,你稍等。"说完,刘青海开门进了屋里。

刘青海进屋后,张美娜也转身进屋,她叫醒了哈斯琪琪格和窦媛媛。

没多一会儿,张美娜和刘青海带着三个男生、两个女生一起来到了学校大门外。在距离大门口三百多米远的一棵大榆树下,坐着一个人。借着微弱的星光,大家看到,一个男生将头埋在两膝之间,在那里低声哭泣。由于天比较黑,没人能看清楚他的面孔。

张美娜他们一行向那个人慢慢走过去,他们很快就来到了他的跟前。

"这位同志,大半夜的,你为啥在这里哭泣呀!"张美娜轻声问。

男生低着头没有回应,但停止了哭泣,手在眼角轻轻地擦拭着。

"你是职工大学的学生吗?"刘青海蹲在男生的面前小声问。

男生还是低着头没有回应。

"你一个大男人,半夜三更在这里哭泣,像个啥样子嘛!"哈斯琪琪格不客气地大声道。

"就是,哭哭啼啼的,你还像个男人的样吗?真没出息!"窦媛媛也大声数落道。

男生还是低着头没有回应。

张美娜看了眼哈斯琪琪格和窦媛媛,抿着嘴没有笑出声来。刘青海他们几个男生一只手捂着嘴防止笑出声来,一只手点着哈斯琪琪格和窦媛媛。

张美娜看了看大家,然后弯下腰对那个男生小声说:

"'乐而不淫,哀而不伤。'你这样哭泣,看来一定是遇到了什么伤心的事情吧。你抬起头来看看我们,把你心中的不快都说出来嘛。"

"对,有啥不顺心的事你就大胆地讲嘛!"哈斯琪琪格大声道。

男生还是低着头没有吱声。

见男生不说话,张美娜继续道:

"你听我说,你如果有什么不顺心的事的话,就像这位女同学说的那样,只要你大胆地说出来,你的心情就会好一些的。"

"对,你有啥就说嘛。"刘青海大声道。

"是的,你有啥说出来,别在那闷着不吭声!"哈斯琪琪格大声道。

"对,闷着会生病的!"窦媛媛也大声道。

"这位男生,你抬一下头,你抬起头来看着我们,那样你也会好受一些的。"张美娜劝说道。

男生终于慢慢把头抬了起来。他眼泪汪汪,呆滞地看着前方。

大家终于看清楚,他是通信工程班的体育委员马继良。

"原来是你小子呀!"刘青海笑着大声道。

大家也都同样看清楚了,每个人都长舒了口气。

"原来都是同学,有啥事好说嘛!"在场的一位男生大声道。

"好了,马继良同学,那你就跟我们说说吧。"张美娜语气和蔼地说,"究竟发生了什么事?"

马继良低着头终于小声说:

"我是通过别人介绍和勘探指挥部的一个姑娘处了对象,都一年多了。"

"啊,都一年多了!"张美娜瞪大眼睛看着哈斯琪琪格他们惊讶道。

马继良看着张美娜轻轻地点了点头。

"都处了一年多了,上学前的事了。难道有什么问题吗?"张美娜大声问。

马继良看着别处,叹口气道:

"最近,他们单位新调来一个技术员,于是她就慢慢跟他好上了,我俩呢,也就从此分了手。"

"这个技术员长得怎么样啊?"张美娜小声问。

"不知道,我没见过,听说他挺帅气的。"马继良小声道。

"噢,原来是这么回事啊!"张美娜看着马继良。之后,她说:"勘探指挥部离咱这里还不到十公里,上个星期日,我还去那里参加了我的一个大姐姐同学的婚礼呢。"

虽然张美娜没有谈过恋爱,没有男情女爱的经历,但她懂得,失恋也是一个人在生活中遭受到的重大挫折之一。对于失恋的人,需要有人去关心他,对他进行必要的心理疏导。所以,张美娜跟马继良谈这些,其实就是为了分散他失恋的注意力,尽量让他的不良情绪能够得到疏解和放松。

马继良抬头看着张美娜问:

"噢,你也有同学在勘探指挥部工作呀?"

"是的,从参加工作她就一直在那里。我们从小一起长大,她是我特别好的朋友之一呢。"张美娜小声道。

"能参加好朋友的婚礼,多好啊!"马继良低着头小声道。

"我的这位姐姐对我可好了。她两次托她在北京的亲戚买来咱们用的参考书,并且还亲自给我送到学校来!"张美娜自豪地道。

"你的这位同学真够意思!"马继良激动地问,"这么好的同学,她的婚礼一定

丁香花

挺隆重吧?"

听了马继良的话,张美娜咯咯笑道:

"隆重啥呀!说是婚礼,其实简单得不能再简单了。她是在婆婆家里办的,一台男方单位的面包车把她接来。婆婆家里摆了几张桌子,一拨客人吃过喜宴后,另一拨客人过来接着喝喜酒。"

马继良表情平淡地看着张美娜,他小声说:

"你们同学真幸福啊!"

"幸福当然是要靠自己的努力来实现呀!"张美娜小声道。

看着马继良用纱布缠着的右手腕,张美娜关心地问:

"你的手是今天救火时受的伤吗?"

"是的。"马继良捂着右手腕小声回答道。

"伤得很重吗?"张美娜问。

"没事,就是破了一块皮,不要紧的。"马继良抬起头回答道。

张美娜将一只手搭在马继良的肩上,她语气坚定地说:

"马继良,我想救火时你肯定是在最靠房前的地方,否则不会受伤的,对吗?"张美娜小声问。

马继良轻轻点了点头。

"马继良,就凭你一个班干部,以及你在救火中的表现,就足以说明,你是一个优秀的男生。所以你应该懂得,任何人的一生中都会遭遇到这样或那样的挫折。但只要你勇敢去面对,心向远方,那么你的前面就一定是阳光灿烂的广阔天地!"

"男子汉,大丈夫,对象黄了算啥,好姑娘有的是,再找嘛,又不是找不到!"刘青海大声道。

张美娜瞪了眼刘青海,心里说:"有你这么生硬说话的吗?"

"马继良同学,你很喜欢那位姑娘是吧?"张美娜小声问。

马继良依然坐在地上,他轻轻点了点头。

"好的,你是喜欢那位姑娘,但那姑娘却见异思迁主动离开了你,跟了别人,这说明什么?"张美娜又问。

马继良低着头没有回答。

"这说明,虽然你很喜欢她,但她并不是真的喜欢你,真的喜欢你的人是不会轻易改变主意去跟了别的男生的。就这样的女孩还值得你去爱吗?"张美娜问。

马继良还是没有吱声。他慢慢站起身来,深情地看着大家,目光中满含着对同学们的感激之情。

"马继良,你和女朋友并没有登记结婚。所以,她在这个时候离你而去,我认为并不是什么坏事。"张美娜有些激动,她继续大声道,"你想啊,你离开一个情感不专一、朝三暮四的女孩子,一个将来有可能不会与你白头偕老的女人,这难道不是好事吗?"

马继良虽然没有吱声,但在张美娜述说的过程中,他一直在不停地点着头。

"张美娜说得对!"刘青海大声道。

"就是,这样的女孩子离开你不是什么坏事嘛。"哈斯琪琪格大声道。

张美娜看了眼刘青海和哈斯琪琪格,继续劝说道:

"马继良,你是一名勇敢而又聪明的好青年。相信,你只要振作精神、放眼未来、努力学习、刻苦钻研,就一定会遇到一位善良而又美丽的姑娘的!"

马继良看着张美娜他们几个,眼睛里流露出真挚的感激之情。

"马继良你肯定懂得这样一句话,'人无远虑,必有近忧。'所以,只要你心向未来,振作精神、努力进取,你也就不会为一时失恋而伤心痛苦。"

"各位同学,我真的非常感谢你们,感谢你们对我的关心!"马继良嗓音有点儿颤抖地说,"我确实没有想得那么深远,陷入眼前的挫折中,一时难以摆脱出来,还影响了你们休息,真是不好意思,真是对不起!"

"都是同学,不用那么客气!"刘青海大声道。

"将来找个更好的,到时候还得去喝你的喜酒呢!"窦媛媛笑着大声道。

窦媛媛的话引得大家齐声大笑。

张美娜继续劝说道:

"一个人要有海纳百川的胸怀和登高远望的志向!你人生的路还很长,眼睛要往远处看,心要往远处想。人生短短,珍惜天天。只要我们懂得这些道理,在人生的道路上用心、用力,不畏惧、不放弃,勇往直前,一定会在以后的工作、生活中展示自己人生的价值,让自己美好的理想成为现实。相信你也一定会找到一位如意的好姑娘!"

"听你们这样说,我现在的心情好多了!"马继良看着张美娜和刘青海他们,他小声说,"不过,我也知道,自己的情感实在是太脆弱,大半夜跑到这里来哭,还影响了大家休息,实在是过意不去啊。"

张美娜微笑着说:

"你不必太自责,其实对于我们大家来说,正确地对待挫折很重要。所以,我们应该树立正确的人生观和价值观,在学习和实践中坚定自信。这样,每当我们面对挫折时,就能够克服消极情绪,最终把挫折变成前进的动力!"

马继良点了点头,他语气轻松地说:

"实在是不好意思,今天耽误你们这么多宝贵的时间,有机会我一定要请你们来我家做客!"

"请客,那好哇,这话我们愿意听!"刘青海笑着道。

"相信以后我们会成为好朋友的,有事大家一块儿交流!"张美娜抬起手腕儿看了一下手表,然后笑着说,"都下半夜一点多了,白天还都要上课呢,咱们赶快回去吧!"说完,大家一起向学校方向走去。

第五章 场上比拼

时间过得真快,一天的课堂学习活动又结束了。星期二下午三点半,几十名男女学生集聚到了篮球场上,一场两个班级的篮球友谊比赛将要开始。

多数同学为了放松一下自己,就都饶有兴趣地离开教室去了球场,然而张美娜却依然坐在座位上没有马上要动身的意思。

"美娜,你不去看比赛吗?"已经向外走出几步的哈斯琪琪格,见张美娜还在那里坐着,她立刻停了下来,疑惑地问。

张美娜微笑着说:

"哈斯姐,你先去吧。今天下午上课前,我收到了我在辽宁空军部队做地勤工作的女同学的来信,等我看完了信随后就去,会很快的。"

"远方的同学来信了,真好。那我先去了啊,你也尽量快点儿。"说完,哈斯琪琪格离开了教室。

教室里就剩下张美娜一个人,她从一本书里取出夹着的一个白色信封。看见那熟悉的笔迹,张美娜的脸上露出欣喜的笑容。

"哇,立三等功了,好你个祁丽云,你也太厉害了,去年入党,今年又立功!"看着信上的内容,张美娜惊喜道,"部队真是锻炼人的好地方啊。祁丽云啊祁丽云,虽然咱俩是同学,但我跟你比可是差得太远、太远了!"

教室外的助威声震耳欲聋,张美娜不由得向窗外望去。片刻后,她将看完的信小心塞进了书桌里。

篮球场上,电气自动化和通信工程两个班的篮球友谊比赛正在激烈地进行着,球场一圈围满了各班级助战的同学啦啦队。说是友谊赛,但在球场上双方常常因为一个动作、一个进球而争得脸红脖子粗,谁都不肯相让。

今天的比赛是临时举行的,起因就是双方因前次比赛对最后输赢有不同看法,产生了激烈争议。所以,今天举行一次比赛,让最终的结果来做决断。比赛一开始就充满火药味。每当有球投进篮筐时,场地上马上就会响起热烈的掌声和刺耳的狂叫,而且场上进球一方也是蹦着高地狂呼胜利。学校五个班级之间,类似这样的比赛几乎每个星期都会最少举行一次,因为各班级之间谁都不服谁,所以只能通过举行比赛来证明自己的实力和水平。因此,对于学生们来说,篮球赛、足球赛,都已经成为学校里的一项重要且经常性的体育活动。不光是男生们,女同学们也经常有自发性的篮球比赛。针对学生们热爱体育活动的特点,学校也会不定期地举办篮球、足球比赛。今年春季,学校还先后组织了穿越森林和草原的万米越野比赛,以及拔河比赛、跳绳比赛、象棋军棋比赛和踢毽子等丰富多彩的体育活动。

祁丽云来信内容不算太多。除了介绍她自己的一些近期情况外,更多的是对张美娜成功考上职工大学的称赞、羡慕和美好祝福,祝愿她好好学习,不断进步,用实际行动实现自己远大的理想等等。张美娜离开了教室,带着喜悦的心情很快来到了球场边,站在了哈斯琪琪格身旁。

"球打得怎么样了?上次篮球比赛咱们班输给了人家通信工程班,这次还不知道能不能赢呢。"张美娜边看比赛边对身旁的哈斯琪琪格说。

"比分没怎么拉开,不好说谁最后能赢。哎,你过来了,信这么快就看完了?"突然看见张美娜来到自己身旁,哈斯琪琪格惊喜地问。

"看完了!"张美娜兴奋地回答道。

"你是不是着急看球赛就没太认真看同学的信呀?"哈斯琪琪格笑着问。

"才不是呢。我跟你说呀,我的这个同学简直太厉害了。她去年入的党,这回又立了个三等功!"张美娜兴奋地道。

"啊,立功了?在部队立个功可不容易啊!"哈斯琪琪格也兴奋道,"美娜,你能有这么优秀的同学,简直太幸福了!"

张美娜和哈斯琪琪格不停地在那里唠嗑,引来旁边几个观看球赛人的注意,但她俩一点都不在乎。

第五章 场上比拼

"你同学这次因为啥立功呀?"哈斯琪琪格大声问。

"她只说是部队训练时出了意外,在保护装备的行动中,她和战友们表现突出,就和其他几名同志一起立了功。"张美娜回答道。

"那你的这位同学在部队里具体做啥工作呀?"哈斯琪琪格大声问。

"我也曾经问过,但她只说是从事设备调试工作,详细情况她从来不说,所以以后我也就再没问过她。几年过去了,到现在我都不知道她在部队具体是做啥工作。"张美娜微笑着道,"军队里有些工作肯定是要对外保密的,不能难为人家,不问最好。"

"是的,部队工作比较特殊,咱们可以理解,咱们外人不能什么都问,问了人家也不会说,这时基本原则。"哈斯琪琪格大声道。

就在俩人正唠着的时候,三个站在桌子上观看球赛的同学因旁边人多,过于拥挤,桌子突然被碰歪斜,几个人一下子从桌子上掉了下来。这一突发情况引来周围一阵骚动,同时也引得周围人一阵哈哈大笑。

张美娜和哈斯琪琪格看了眼那几个出了洋相的同学后,继续她们的谈话。

"哈斯姐,你这都看了好一会儿了,那你来说说,咱班这次篮球能不能赢?"张美娜大声问。

"这次篮球能不能赢不好说,就像你们在部队的同学,立个功很不容易,那事迹得非常突出才行呢。这篮球也得在技术、体力、身高、协作配合等方面超过对手才有可能取胜。不过上一回的足球比赛,咱们班可是赢了城市给排水班。"哈斯琪琪格笑着说,"我看这帮男生是谁也不服谁呀。"

"足球是赢了,但咱们班的篮球好像弱了点儿。"张美娜笑着说。

"没事的,只要别什么都弱就行!"哈斯琪琪格笑着回答道。

"是的,多亏了不是全都弱,要不这帮男生还不疯了才怪呢!你忘了,有那么几次,在球场上,就因为一分两分的,彼此之间吵得天昏地暗,几次都差点动起手来呢!"张美娜微笑着说,"这些人也真是,赢也好,输也好,其实都没差上多少分,不过是同学间的一种娱乐活动而已,却非得较真。结果是吵完过后,一下球场,又是你说我笑的,好像刚才的事情根本没有发生过似的。"

"无所谓了,反正咱们女生不会像他们男生那样,比个赛简直就像打架似的!"哈斯琪琪格笑着道。

· 97 ·

张美娜接过话道：

"这也说明大家的集体意识比较强，都希望在任何时候，自己班级能在集体活动中不落后于其他班级。"

这时，双方啦啦队从学校库房里借来了大鼓和铜锣，使得助战的声响更加震天动地，那声音也更加刺耳，两个人说话如果不大声喊，谁都别想听得清。

"这帮家伙真用心啊，助战都这么下功夫！"张美娜看着搬大鼓的同学笑着道。

"学校领导说，六月份要举办职工大学首届田径运动会呢。到那时，校园里一定非常热闹，一定更有意思啦！"哈斯琪琪格微笑着说。

"可不嘛，你看，现在早上跑步的人多么多啊。你瞧吧，到时候各班级的竞争肯定会非常激烈的。"张美娜笑着说。

"咱学校的文体活动开展得真是丰富多彩，能够生活在这样的大集体中，那真是一种别样的快乐和幸福啊！"哈斯琪琪格感慨道。

张美娜深情地看了眼哈斯琪琪格，微笑着说：

"就是，丰富多彩的文体活动，有利于提升团队和组织的凝聚力与向心力，同时还可以让生活在这个集体中的每一名个体，都能够在享受快乐与幸福的同时，对自己的生活和未来更加充满自信。"

篮球场边上，有几个踢足球的男生跳来窜去地狂喊着，看上去他们对篮球比赛似乎兴趣不大。他们几个你来我往地运球、传球、短距离射球，完全不顾是否会影响到其他观看球赛的人。绝大多数人都在专注地看篮球赛，所以他们的足球活动并未引起别人的兴趣和注意。当然，也有一少部分同学对篮球比赛兴致不高。所以，在看了一会儿球赛后，便离开了赛场，有的回到了教室里，有的去了寝室。因此，在各班级教室和宿舍里，都有数目不等的少数同学在静静地看书学习或做别的事情。除此之外，还有一些男女同学干脆走出了校园，他们去到森林边的树荫下静静地看书学习，或是聊天散步。

"好啊，又进了！又进了！"刘青海刚投进一球，张美娜便兴奋地喊叫了起来。

"咱们班都领先他们班好几分了！"哈斯琪琪格也激动地叫着。

这时，有几个男女同学从教室里搬来椅子站在了张美娜她俩身后，他们居高临下，喊得更加起劲。张美娜回头向上看了眼那几个同学，然后继续观看球赛。

"我看这回咱们班差不多能赢他们！"张美娜一边瞪着双眼直勾勾地看着球场上激烈的对抗，一边对身旁的哈斯琪琪格说。

"我看也差不多，已经快到比赛结束时间了，他们要想追上咱们，看来不那么容易了。"哈斯琪琪格笑着回应道。

"希望他们关键时刻能坚持住！"张美娜大声道。

就在两个人一边唠嗑一边看球赛的时候，突然，一个足球打到了张美娜的右小腿上，把毫无心理准备的张美娜吓了一大跳。

"哎呀，这谁呀？谁踢的？"张美娜惊异地看那边踢球的几个男生，大声问。

"怎么了？"听到张美娜大声喊叫的声音，正在观看篮球赛的哈斯琪琪格疑惑地望着张美娜问。

"没啥，只是足球打到了我的腿上。"张美娜手指着自己的右腿说。

"要紧吗？"哈斯琪琪格问。

"一点儿事都没有。"张美娜看着脚下的足球大声道。

球场上，队员们激烈的对抗伴随着场下震耳欲聋的锣鼓声和啦啦队员们疯狂的呐喊声。在比赛将要结束的时候，双方的争夺更加激烈，队员们的情绪也更加亢奋，场上时常出现激烈的争吵与冲撞。

此刻，张美娜和哈斯琪琪格已经把注意力转移到了足球上。不过她俩的对话却根本没有人去注意。

张美娜看了看那边踢球的几个男生，她知道，足球一定是他们中的某个人踢过来的。其实张美娜不会为此而生气，因为她知道那不是故意的。

张美娜看着脚边的足球，她略微想了下，然后用脚将那足球稍微拨了拨方向，她是想要将足球传给那几个男生。于是，她抬起右脚用力向足球踢去，可没想到的是，她这一脚竟然把球踢偏了。足球并没有朝向那几个男生，而是直接奔着跟前的男生宿舍大门飞去，居然还能从宿舍门洞滚了进去。

"我的天哪，我这踢的什么破球哇，简直偏到太平洋里去了嘛，太让人失望了！"张美娜张着嘴惊愕道。

"美娜，你的球技可以嘛！瞧这球让你给踢的，简直准到家了嘛！"哈斯琪琪格手捂着嘴笑着调侃道。

"你可别逗了哈斯姐。足球要都像我这么踢，那还不把人家教练给气死才怪呢。"张美娜笑着道。

那边的几个男生见足球并没有朝向他们过来,也都张着嘴巴露出了笑脸。

"这球让她给踢的。"一个胖乎乎的男生大声道,"怎么连个球都踢不过来。"

这时,踢足球的同学中,一个男生笑着跑过来。

"喂,美女,你刚才把那个足球踢到哪里去了?"通信工程班的单晓光喘着粗气跑到张美娜和几个女生跟前微笑着问。

"实在不好意思,我原本是要把足球踢还给你们的,哪承想,一脚给踢偏了。"张美娜表情遗憾地道。

"偏到哪里去了?"单晓光接着问。

张美娜一边捂着嘴笑,一边手指着旁边的男生宿舍说:

"实在对不起,你就去那个男生宿舍里看看吧,球踢进那里去了。"

单晓光看着张美娜笑着道:

"没关系。不过,你还是挺厉害呀,那个门洞就连我们这些经常踢球的都很难踢进去的!"

"你行了吧,别再笑话我了好不好!"张美娜笑着道。

"开个玩笑,你可别在意。好吧,我现在就去那个男寝看看去。"说完,单晓光朝男寝室走去。

张美娜一直看着单晓光进了男生宿舍后,她才又转过头去继续看比赛。

不大会儿,单晓光嘟囔着从男生宿舍那边垂头丧气地走了回来。

"真怪啊,足球怎么会没有了呢?"

张美娜看着走近自己,却又两手空空的单晓光,她疑惑地问:

"你说什么?难道你在那里没有找到足球吗?"

单晓光点了点头,满脸不快地小声道:

"去问过了。那屋里面有几个打扑克的男生,可他们都说没看见足球。"

"不可能,足球一定就在那个男宿舍里!"哈斯琪琪格肯定地说,"足球是我们看着踢进去的嘛!"

"谁知道咋回事啊,反正人家就说没看见。"单晓光噘着嘴垂头丧气地说。

"球肯定就在那个宿舍里,你再去看看!"张美娜建议道。

"不去了,人家都已经说了没看见。再说了,我又不可能去他们那里乱翻。"

说完,单晓光悻悻地离去了。

看着单晓光满脸不高兴地离去,张美娜很疑惑。她对哈斯琪琪格说:

"好怪的事啊,明明看见足球踢进屋里的。哈斯姐,咱一块儿看看去!"

"可以嘛,一块看看去吧。"哈斯琪琪格回应道。

张美娜和哈斯琪琪格满脸疑惑地转身走进了男生宿舍。正如单晓光所说,秦玉林等四个男生正围着一只小木凳吆五喝六地甩着扑克牌。当他们看见张美娜跟哈斯琪琪格满脸不高兴地走进来时,全都瞪大了眼睛疑惑地看着她俩。

"好啊,人家都在看篮球赛,你们几个却跑到这里来打扑克牌玩!"张美娜沉着脸生气地问,"你们几个啥意思?为啥不去给自己班级的球队鼓劲助威,你们还有没有一点儿集体意识啦?"

"就是,你们简直不像话,到了比赛关键时刻,你们却在这里打牌!"哈斯琪琪格生气地大声道。

几个男生你看看我、我看看你,一时都不说话。最后还是秦玉林首先小心地走到了张美娜面前。

"我们也是刚刚才进屋里来的。"

"说实话,是刚刚才进的屋吗?"张美娜严厉地问。

秦玉林手捏着扑克牌略显紧张地说:

"是的。先前我们几个也都在球场那儿看比赛来着,待了挺长时间呢。"

"是的,我们几个看了挺长时间比赛呢。"几个男生异口同声道。

"后来站的时间实在是太长,腰都站疼了,所以我们几个一商量,就回寝室了。"一位矮个儿男生手里掐着扑克牌小声道。

"年纪轻轻的,好意思说腰疼,人家那么多人一直站在那儿都没说腰疼呢。"哈斯琪琪格沉着脸批评道。

"其实我们也就是下来休息一会儿。"秦玉林争辩道。

"过一会儿我们还要回到球场去的。"一名高个男生道。

张美娜冷冷地盯着那几个男生。片刻后,她大声道:

"好了,不说这些了。我问你们几个,看见足球了没有?"

秦玉林他们几个男生你看看我、我看看你,脸上露出诡异的笑容。张美娜从他们奇怪的表情中就明白,他们一定全都知道足球的下落。

"你们大眼瞪小眼地看啥？我问你们,看见足球了没有?"张美娜生气地问。

"快说,问你们话呢!"哈斯琪琪格板着脸大声道。

"没看见。"见别人谁都不吱声,秦玉林只好自己小声回答道。

"啥,你们怎么会看不见？我可是亲眼看见足球进了你们屋里的!"张美娜生气地大声道。

"好你个秦玉林,说瞎话脸都一点儿不红,你老实点儿,赶紧把足球拿出来!"哈斯琪琪格大声道。

秦玉林他们几个完全被张美娜和哈斯琪琪格的气势给镇住了。他们感到有些害怕,这下子谁都不吱声了,只是胆怯地看着窗户外。

"不用问了,你们肯定都知道的。快说,你们把足球整到哪里去了?"张美娜气急败坏地大声质问道。

这时,现场几位男生全都沉着脸看着秦玉林。见状,张美娜心里完全明白了,这事一定和秦玉林有直接关系。

张美娜环视了一下整个屋子,然后又弯着腰看了看跟前几张床的下面,然后对着秦玉林大声问：

"我也不问别人了。秦玉林,你说,足球哪里去了?"

"秦玉林,你听见没有,赶快回答,足球呢?"哈斯琪琪格也大声问道。

秦玉林看着那几个男生,感觉自己好像被他们给出卖了似的,他很生气,心里嘀咕道："你们这几个小子简直太不够意思,都说没看见就行了呗,却一个个眼睛都看着我,那不等于告诉人家,足球不见了与我有关系吗!"

"赶紧的,足球呢?"张美娜显得有些不耐烦。

"想啥呢？赶紧把足球交出来!"哈斯琪琪格大声道。

此刻的秦玉林颇有些失望和绝望的感觉。"嗐!"他深深地叹了口气,手指着屋里的铁管炉子,小声道：

"那个足球被我用剪子扎破几个洞洞后,给扔到炉膛里了。"

"啥？你!"听到足球被扎破,张美娜气得一时说不出话来。

"你是个什么人呀,居然把足球给扎破,为啥?"哈斯琪琪格也气得大声问。

秦玉林惊恐地看着张美娜和哈斯琪琪格。这时现场所有的目光都聚焦到了他的脸上,他明显感觉自己当下已经成了众矢之的。

第五章 场上比拼

　　张美娜狠狠地瞪了眼秦玉林,然后转身走到用大口径钢管制作成的两米多长的大铁炉旁。她站在那里,心情不平地盯着那个大铁炉。这个时候,气候早已转暖,原本冬季取暖用的大铁炉已经停止了使用。张美娜气哼哼地几步走到铁炉口旁,她弯下腰,从炉口往炉膛里看去。借着微弱的亮光,她果然看见了那个破损的瘪了气的足球。

　　张美娜挺直了腰板。她转过身子,满脸通红,两只眼睛怒视着秦玉林,而那几个男生则都胆怯地看着她。片刻后,张美娜愤怒地大骂道:

　　"好你个秦玉林,你咋就这么缺德呢!你把人家足球弄坏了干啥?球是学校的,是大家平时健身用的体育用品,不是你的个人物品!你这个人简直太不像话,坏透了!我看你简直就是个大坏蛋!"

　　秦玉林低着头不敢吭声。看着秦玉林狼狈而又可怜的样子,旁边几个男生偷偷地捂着嘴笑。

　　"你这个坏家伙,足球惹着你啥了,你把它弄坏干啥?"哈斯琪琪格也气得大声道。

　　"你真是个败家子呀!"张美娜狠狠地瞪着秦玉林又骂道。

　　见两个女生气恼的样子,又见其他三个男生此刻全都坐到了旁边的床上,却单单把自己晾在了两个愤怒的女生面前,而他们却幸灾乐祸地抿着嘴偷偷地笑自己,孤单的秦玉林很生气。

　　"你们这三个混蛋小子,关键时候也不帮我说句话,简直太不够意思!"秦玉林心里骂道。

　　秦玉林白了一眼那三个男生,他小声道:

　　"我们几个正在这儿玩扑克的时候,突然,一个足球打在了我身上,当时吓了我一大跳。我一慌神,把玻璃水杯碰掉地上打碎了。我当时挺生气的,甚至有点儿失去理智,也就没想那么多,一狠心就把足球给弄坏了。"

　　张美娜站在秦玉林的对面,她生气地一直不吱声地看着他,就这样盯了他好一会儿。

　　"那几个踢球的同学无意中将球打在了我腿上,我本想把球踢传给那几个男生的,不想给踢偏了,进到了你们屋里,根本不是故意要往你身上踢的!"张美娜看着秦玉林气愤地大声道。

"但我当时哪里知道啊……"秦玉林低声道。

还不等秦玉林把话说完,张美娜便大声道:

"不管咋说,你损坏公家的东西就是不对,就是太过分。行了,啥也别说了,现在球让你给弄坏了,你说咋办吧?"

"那还用问吗,必须得去买个新的来!"哈斯琪琪格瞪着眼睛大声道。

"对,这个主意很不错嘛。"旁边一位男生笑着道。

看着两个气势汹汹的女同学,望着三个看自己笑话却一点儿都不帮忙说话的男生们,秦玉林又害怕又生气。但不管咋说,他还是自知理亏,知道自己做得太过分。他不好意思地摸了摸头,低声说:

"那,我就设法给弄个新足球呗。"

"好,这可是你自己说的啊,男子汉说话要算数。那你说,啥时能给弄到?"张美娜盯住秦玉林问。

"我回家让我爸从他们单位工会要一个来就是了。"秦玉林回答道。

"那好,今天有这么多人在这里做证,咱们大家都看着,三天之内秦玉林必须把新足球拿到学校来!"张美娜大声道。

"没问题,秦玉林他爸是咱们水电工程指挥部机修厂的副厂长,弄个足球,那简直太小菜一碟了。"旁边另一个男生笑着大声道。

秦玉林狠狠地瞪了那个男生一眼。

"那好,我们就拭目以待了。你要不把那个新足球弄来的话,我告诉你,老天爷都不会干的!"张美娜瞪着秦玉林大声道。

"看你以后还敢不敢再做这样的坏事!"哈斯琪琪格同样瞪着秦玉林大声道。

张美娜和哈斯琪琪格瞪了眼秦玉林,然后满脸不快地离开了男生宿舍。

这段时间,为了使同学们对自己所学专业能够增加些感性的认识,以及今后毕业设计的需要,学校专门分期、分批组织大家去变电所、发电厂、供水水站和通信电话站等地参观考察,另外还考察了油田 220 千伏、110 千伏和 35 千伏等送电线路。这种别具一格的灵活教学方式,让那些整天坐在教室里学习的学生们大开眼界。

晚饭后,在学校门口的树林旁,哈斯琪琪格兴奋地对张美娜她们几个道:

"这次参加学校组织的参观考察活动,去了那么多地方,我可真是领略到你们龙萨油田的'大'了！真是一个大油田啊！"

"比我们油田可是大多了。好家伙,从一个地方到另一个地方竟然要走那么远的路！"巴哈尔古丽挥舞着手臂大声说。

"太厉害了。你们仅仅一个水电工程指挥部的110千伏变电站居然就有好几个！"乌吉娜惊讶道,"你们这规模比我们那里的电力单位可是大多了,简直是没法比呀！"

见几个来自新疆的姑娘好奇的样子,张美娜微笑着道:

"这没啥好奇怪的,龙萨油田是个大油田嘛。'油田规模大',以及生产、居民区分散布局,也都是我们油田的一大特点。虽然我在龙萨油田生活了这么多年,但许多地方我至今还都没去过呢！"

"那,你们油田面积到底有多大呀?"巴哈尔古丽大声问。

"听我们单位领导说,有五千多平方公里呢。"张美娜回答道。

"这么大呀！有的小国家还没有这么大面积呢！"哈斯琪琪格惊讶道。

张美娜她们沿着土公路边走边聊。

"哎,大家都站下来。你们快看呀,那里有一只小刺猬！"乌吉娜突然小声惊讶道。

大家停住脚步,顺着乌吉娜手指的方向看去,只见一只圆滚滚、浑身长满尖刺的小刺猬正笨拙地从土公路的右侧向左侧缓慢地移动着。

"好可爱的小精灵啊！"张美娜兴奋地小声道。

正当大家谈论小刺猬时,小刺猬突然停住。只见它仰着头,用它那细长的鼻子左右嗅着。

"小刺猬可能闻到了人的气味,它可能在判断自己这个时候是否安全。"张美娜小声道。

"也许是这么回事。"哈斯琪琪格微笑着小声道。

"我们可不可以摸摸它?"巴哈尔古丽小声问。

"你去摸这个浑身长刺的家伙,我想一定不会很舒服的！"乌吉娜笑着道。

小刺猬停了一会儿后继续向前走去。

"就是,肯定不行的,因为它身上的那些刺会扎手的。"哈斯琪琪格小声道。

"算了,我们还是不要碰它了吧。"张美娜小声道。

姑娘们眼看着小刺猬穿过土路消失在对面的林子里后，才又继续边走边聊。

就在几个姑娘热烈谈论着的时候，秦玉林突然从她们前面的林子里汗水淋淋地匆匆走了出来。当他猛然看见张美娜她们几个出现在面前时，显得有点儿不好意思。

"你这个家伙，傍晚一个人跑到树林子里干啥去了？"突然看见狼狈不堪的秦玉林，张美娜不解地问。

"是不是做什么坏事去了？"乌吉娜笑问道。

"说话咋就这么难听呢，我怎么可能去做坏事。"秦玉林大声道。

"那你干啥去了？"巴哈尔古丽大声问。

秦玉林显得有些疲惫和尴尬，他擦了把额头上的汗，苦笑着回答道：

"噢，前几天我在那边林子里下了几个钢丝套子，就是想套几只野兔子。"

"啊，没想到你还有这个本事哪。那你套着几只了？"哈斯琪琪格笑着问。

"嗐，别提了，这几天，我天天早晨、晚上都跑过去看，可至今连一只都没套到。"秦玉林望着一旁的树林笑着说，"不过，上职工大学以前还真的套到过一只呢。"

"套野兔是个不错的差事，等啥时候套到了可别忘了请我们吃兔肉啊，你小子可不能一个人吃独食噢！"乌吉娜笑着说。

"对，有好事别忘了大家啊。"巴哈尔古丽笑着道。

"嗐，这兔子实在太难抓，鬼得很呢。"秦玉林苦笑着说。

"这你何必长吁短叹的呢。只要肯坚持，直钩可钓鱼。"张美娜笑着对秦玉林说，"不过要是影响到学习的话，那可就太不值了。"

"你说的是。不过，我抓野兔也就权当是一种业余娱乐活动罢了。"秦玉林微笑着说，"但要真的有一天抓住了，那我一定不会忘了你们的，有福共享嘛。"

"我看你们这边野兔、野鸡实在是太多，相信只要你不怕吃苦，就一定能抓住！"哈斯琪琪格笑着说。

"那你们在这里干啥呀？"秦玉林大声问。

"我们当然是在这里观赏美景呗！"乌吉娜笑答道。

"我们刚才还看见一只小刺猬呢！"巴哈尔古丽笑着道。

"噢，这玩意儿我们这里有的是，没啥稀奇的。"秦玉林笑着道。

"你们玩吧,我先走了啊。"说完,秦玉林向几位姑娘摆了摆手,径直朝学校走去。

"秦玉林这人挺有意思的,学习期间还有心思想着去抓野兔子!"巴哈尔古丽笑着道。

"也行,个人爱好嘛。只要不影响学习就行!"张美娜回应道。

下晚自习后,同学们纷纷从茶炉房打来热水,大家都在抓紧时间洗漱,准备休息。这时,门外几个男生大声吵闹起来。宿舍的窗户都是开着的,吵闹声听着声音很大。闻声后,张美娜以为是同学在吵架,于是和哈斯琪琪格等几个女同学一起跑了出去。张美娜她们站在门口,屋檐下几只小燕子叽叽喳喳地飞来飞去忙活着喂食雏燕,引得张美娜她们不由得抬头看了眼那几个新春新建的燕窝。学校的房屋全都是砖瓦结构,屋檐也比较大,很适合燕子做窝,因此每栋房子屋檐下都有数目不等的燕窝,学生们都喜欢在闲暇时间观看校园内成群的燕子,聆听它们那美妙的歌声。

张美娜她们循着声音看过去,只见刘青海、臧羽寒、秦玉林等五六个男生端着水盆在那里边走边大声嚷着、笑着、争辩着。张美娜这才看明白,原来是臧羽寒和秦玉林在开玩笑。

"我跟你说秦玉林,我被子上的虱子绝对是你给染上的!"臧羽寒阴沉着脸大声道。

"你胡说。我前天在浴池洗澡染上的那几个虱子早就被我用开水给烫死了!"秦玉林不服气地大声道。

他们俩在那儿争吵,引得其他男生阵阵哈哈大笑。而臧羽寒和秦玉林并不顾及这些,只管继续他们的争辩。

"啥也别说,就是你,咱们男生里就你这几天身上弄出了虱子,而且你今早晨把你的衣服扔到了我床上。所以,虱子就是这时染给我的!"臧羽寒气哼哼地说。

"对,肯定是秦玉林给人家染上的!"旁边一位男生笑着大声道。

"你一边儿去,瞎起个啥哄!"秦玉林对那个男生大声道。

两个人的对话又引得大家哄堂大笑。

秦玉林转过身继续大声对臧羽寒道:

"你得了吧,即便衣服扔你床上,那也不能说是我的原因,指不定你是在哪里染上的呢！不自己找原因,却来怪我!"

见围观看热闹的人又多了几个,刘青海大声阻止道:

"好了,你俩别再讨论这个邋遢的话题了行不!不怕别人笑话呀?"

但秦玉林和臧羽寒两个人并不在意刘青海的劝阻,继续边走边嚷嚷。

"你说你,去洗个澡,带啥回来不行,非要把虱子带回来!"臧羽寒笑话道。

"一个屋里住着,虱子为什么不往别人身上爬,说明人家虱子特别喜欢你,你就偷着乐去吧!"秦玉林一边笑一边说。

"你俩恶心不恶心呀,在外面大吵大闹的,是想让全校的人都知道你俩身上有虱子是吗?那是什么光彩的事吗?"张美娜生气地大声道。

"行了,赶快进屋去吧,瞅你俩那没出息的样儿。"刘青海笑着道。

"你俩挺有缘分啊,能跟虱子生活在一起。"一位男生笑着大声道。

张美娜跟几个女生对男生们的谈话没有兴趣。

"这几个小子真是吃饱了闲的,公共场合谈论自己身上的虱子,而且一点儿都不脸红。"哈斯琪琪格微笑着说。

"男生脸皮厚嘛,所以才去谈论这种恶心的事。"另一位女生笑着道。

"哈斯姐,你们要回就回吧,我这里有点事。"张美娜小声道。

"好的你去忙吧,我们凉快一会儿就回去。"哈斯琪琪格小声道。另外几个女生也看着张美娜轻轻点了点头。

几个男生端着脸盆笑嘻嘻地向屋里走去,张美娜则小声叫住了秦玉林。

"秦玉林,你等等,过来下,我找你有点儿事。"

听见张美娜叫自己,秦玉林端着脸盆停住了脚步,他疑惑地看着张美娜。

"啥事呀?"

"没多大点儿事,就耽误你一小会儿,你就跟我来吧。"张美娜挥手招呼道。

秦玉林将脸盆递给一个男生后疑惑地来到了张美娜跟前,俩人又一起走到了旁边的丁香树旁,外面来回打水的同学们都好奇地看着他俩。

"秦玉林,你一个月前是不是借过人家乌吉娜的钱?"张美娜沉着脸问。

"嗯,有这事,从她那里总共借了十块钱,怎么了?"沉思片刻后,秦玉林反问道。

张美娜向前一小步,距离秦玉林更近了些。

"怎么了？你开始不是说一个星期内就还给人家的吗,那现在都一个多月过去了,你咋还没还人家呢？"张美娜满脸不高兴地小声问。

"嗐,别提了。我每月的工资全都要交给我妈,如何花钱全都由我妈决定,可是我妈每月给我的零花钱根本就不够用。那次我是要跟几个原单位的朋友们到饭店吃饭,当时兜里钱不够,于是就跟乌吉娜借了十块钱。"秦玉林小声道。

"那你为啥不及时还给人家呢？"张美娜沉着脸问。

秦玉林挠了挠头,低声道:

"我不是不还钱,只是我妈每个月给我的钱太少,我本身还得消费,所以一时凑不够十块钱。"

"你简直不像话,人家从新疆远道而来,在龙萨油田举目无亲,每个月的开销比我们要大。所以,你就应该尽快还给人家的！可你却拖了这么久！"张美娜严肃地批评道。

"我可从来没想过不还钱。说实话,我也是挺着急的呀！"秦玉林皱着眉头道。

"你应该清楚,十块钱,那可是人家一个月的伙食费啊！"张美娜盯着秦玉林的眼睛大声道。

秦玉林张着嘴巴呆呆地看着张美娜。旁边宿舍前,几个男生指指点点地看着张美娜他俩,小声嘀咕着。

"我跟你说秦玉林,你这叫失信！"张美娜气得大声说,"你既然跟人家说了一个星期内还钱,那就不能超过七天还人家！"

"我……"秦玉林让张美娜这样一说,紧张得一时不知该说啥。

张美娜接着大声说:

"秦玉林,难道你不知道做人要讲诚信吗？你不是曾经跟大家说过吗,你爸爸是解放战争时期参加的解放军,还参加过抗美援朝战争,他一直对你们家的几个孩子严格要求,教育你们要实实在在做人,与人交往要讲诚信,不能忘记那些曾经帮助过自己的人,不能随便占公家和个人的便宜。那,看看你现在是怎么做的呢？"

"我没说过不还钱嘛。"秦玉林看着张美娜小声道。

"你是没说过,但你客观上是不是没还钱？"张美娜生气地大声道,"我平常最讨厌那种为人不诚、心胸狭窄、自私自利、满腹怨言、不孝不敬、四处传话、胡编瞎话、乱侃大话、斤斤计较、胸无大志、无所作为的人！"

"嘻！"秦玉林长长地叹了口气,他小声道：

"我可没有你说的有这么多个不足噢！"

"我也没有说过你有那么多的毛病嘛。我跟你说啊,我的父亲和你的父亲一样,也都是从战争年代过来的。在长辈和老师的教导下,咱们都深深地懂得,今天的和平与幸福的生活来之不易,需要一代又一代合格的继承者去努力地建设和保卫。所以,我父亲也是一样地教育我和妹妹,要珍惜现在的美好生活,年轻人要勤奋好学、诚信待人、感恩施善、清廉上进。我和我妹一直都是按照这样的家训来时刻规范自己的言行的。但我觉得你没有按照你父亲要求的去做,或者说,你做得还不够好！"

"你说的有道理,这事怪我,我确实没做好！"秦玉林大声道。

听秦玉林这样讲,张美娜放下了心,她平静地看着对方,心平气和地说：

"人与人交往,诚信很重要。一个人要想被别人所信任,是需要比较长的时间的。但要失去别人对自己的信任则可能只要一两件小的事情。所以,一个人如果不讲诚信的话,那么你将会失去很多朋友,我觉得这是非常可怕的事情。"

"张美娜你说得很对,这些道理我都懂。不过,张美娜,这点请你放心,我可是从来没有想过要去占别人便宜,赖着人家的东西不去还！"秦玉林大声道,"你放心吧,我不是那种不讲诚信的人,乌吉娜的钱,我也就这几天,一定会尽快还上的！"

"既然你这样说,那好,三天之内,你把借人家乌吉娜的钱给人家还上！"张美娜态度生硬地说,"在你需要钱的时候,人家乌吉娜为了帮助你,把钱借给了你,那你及时把钱还给人家,就是对她最好的报答！"

"一定,一定！到时候要不还我就不是人！"秦玉林保证道。

"你也不必发这样的誓,相信你秦玉林也不是那种只说不做的人,钱尽快还了人家就好。"张美娜板着脸道。

六月第一周周三的下午,根据学校安排,三点半,学校篮球队将要与南六采油队职工篮球队进行一场友谊比赛。

学校篮球队由各班级抽调来的篮球技艺相对好些的男生组成,集中训练全都是利用业余时间,总共练了还不到一个星期。

全校上下都很重视这次友谊赛,上场的和不上场的都有一股跃跃欲试的劲头。

"刘青海,好好打啊,争取赢他们!"看着刚刚换了衣服前往篮球场去的刘青海,张美娜笑着说。

刘青海看着张美娜苦笑着说:

"一定会尽全力的。不过咱们平时学习紧,球队又才组建,总共也没练几次。所以,想赢人家,难啊!"

听刘青海这样讲,张美娜接过话笑着说:

"看来你信心不太足嘛!"

"不是不太足,而是实际情况就是这个样子。"刘青海语气平静地道。

"也是噢,不过也无所谓呀,输赢能如何,咱就把这次比赛当作是一次篮球热身活动吧,重在参与嘛。"张美娜笑着说。

"对,咱就把它当作是与外单位的一次球艺交流活动。"刘青海笑着道,"这样一来也就不会有啥心理压力了。"

"就是,不过你们在场上还是要注意安全啊,不管怎样,毕竟是对抗比赛呀。"张美娜叮嘱道。

下午最后一节课下课后,全校师生差不多都陆续来到了球场四周,每个来的同学都想目睹这场开学以来第一场与外单位的篮球友谊比赛。南八采油队也来了不少助战的职工。教学副校长李龙山担任比赛的主裁判。

一阵刺耳的哨子声响起,双方的篮球友谊赛正式拉开了帷幕。身材高大的双方球员在场上腾挪跳跃、奔跑冲撞,篮球在空中飞来飞去,双方争夺得异常激烈,而周围助战啦啦队的呐喊声也是一浪高过一浪,都想盖过对方啦啦队的声音。

"看来'战场'形势不容乐观啊!"张美娜一边看着比赛和比分,一边担忧地对身旁的哈斯琪琪格和窦媛媛说。

"我看也是。咱们的球投得不如人家准,失误也比人家多,分数一直追不上去呀!"哈斯琪琪格也表达了同样的担忧。

"我看咱们的球队要输掉这场比赛呀!"窦媛媛也担心道。

丁香花

"不过都尽力了。你看,场上所有队员的背心都湿透了!"张美娜认真地说。

"这也难怪,咱们这些人平时净忙着学习了,哪有时间去抓篮球训练啊!"窦媛媛噘着嘴巴道。

"像篮球和足球运动,如果平时训练不到位的话,你是不大可能在赛场上取得好成绩的!"张美娜大声道。

"美娜,我这头突然有点儿晕。"哈斯琪琪格捂着自己的头小声说。

"咋搞的?"张美娜着急地问。

"我也不知咋回事。"哈斯琪琪格皱着眉头道。

"哈斯姐,怎么会这样?"窦媛媛抓住哈斯琪琪格的胳膊问。

哈斯琪琪格低着头左右摇了摇,她没有说话。

"晕得很厉害吗?以前有过这种情况吗?"张美娜抓着对方的一只胳膊问。

"有过的。"哈斯琪琪格小声回答道。

"是不是这里太热、太吵的缘故?"张美娜问。

哈斯琪琪格摇了摇头没有回答。

"那咱到外面敞亮处去歇一会儿吧。"张美娜建议道。

哈斯琪琪格点了点头。于是张美娜和窦媛媛一人抓着哈斯琪琪格的一只胳膊从人堆里挤了出来,三个人一同来到了丁香树旁的阴凉处站立住。

在丁香树的阴影下,一阵阵微风带来些许的凉爽,屋檐下几个燕窝里的小燕子抖动着小嘴不停地呢喃着,像燕子间的情感交流,更像小提琴奏出的优美情歌。

张美娜抬头望了望那几只可爱的小燕,露出深情的笑容,但这只是很短的瞬间,之后她便很快地转过头去,看着哈斯琪琪格关切地问:

"现在感觉怎么样了哈斯姐?"

"哈斯姐,还那么难受吗?"窦媛媛也小声问。

"嗯,还是不行,也许再过一会儿才能好些。"哈斯琪琪格小声道。

"要不行咱去村里卫生所看看吧,开点儿药吃。"张美娜建议道。

哈斯琪琪格轻轻点了点头,于是三个人一同向学校大门外走去。

球场上激烈的比赛还在进行,观众们的呐喊声震得耳朵发麻。大家都在聚精会神地观看比赛,没人注意到张美娜她们几人的离去。

第五章 场上比拼

行走在通往幸福村的土路上,路旁挺拔、茂密的树木遮挡住强烈的阳光,微风带给人舒适的凉爽感。

"现在感觉好点儿没?"张美娜关切地问。

"嗯,感觉比先前好受了点儿。"哈斯琪琪格小声道。

"可能就是球场上人太多,温度比较高,空气也不太通畅的原因。"窦媛媛肯定道。

"哈斯姐,你有过低血糖的时候吗?"张美娜小声问。

"好像以前有过的。"哈斯琪琪格回答道。

"说不定你这是低血糖的原因呢!"张美娜小声道。

"那样的话,喝点儿红糖水能行的。"窦媛媛道。

"一会儿看看医生,反正以前也有过这种情况。"哈斯琪琪格小声道,"其实没啥事,再过一会儿肯定能好的,以前的时候就是这样。"

三个人正走着呢,突然前面弯道处,急匆匆地走过来三个人,其中一个光脚男人的背上背着一个女人。

"哎,你俩看那里,他们那是怎么啦?"张美娜手指着前方不太远处几个匆匆走来的人疑惑地问。

"那个被人背着的女人好像得了什么病了吧!"哈斯琪琪格小声道。

"那女的看样子情况不太好,她的脑袋搭在男人的肩上呢。"窦媛媛大声道。

"里面好像还有刘善水叔叔!"张美娜突然大声道。

"嗯,就是他,出什么事了呢?"哈斯琪琪格问。

"快过去看看。"张美娜急切地大声道。

三个人迎着那几个人快步走了过去。很快,他们就会合到了一起。

"刘叔叔,你们这是怎么了?"张美娜走到刘善水跟前急切地问。刘善水站了下来,背人的并没有停止脚步,他低着头继续前行。

"对呀,刘叔叔,这出什么事了?"窦媛媛问。

"那个女的怎么了?"哈斯琪琪格也大声问道。

"哼,就是那个人,他先前和他老婆吵架,骂人的话要多难听有多难听。老婆骂不过他,气得吞下了好几粒樟脑丸。结果她上吐下泻,浑身痉挛。"刘善水手指着那个光脚男人气恼地说,"他看见老婆吓人的样子这才知道害了怕。这个时候大家都在上班,他家附近的人家都是大门紧锁,根本找不到帮忙的人。我是给菜地浇水时弄湿了衣服,正好回家来换衣服时这家伙急急忙忙地找到了我。我们把他老婆先是送到了村里卫生所,可人家说病人情况太危险,治不了,怕有生命危险,得赶快送去大医院。"

"那你们现在干啥去呀?"张美娜惊讶地问。

"上大医院呗,这村里哪有车啊!正好今天队上的油管线换大阀门,有台大胶轮拖拉机停在那里。所以现在要去跟领导说一下,得赶快用这台胶轮拖拉机送他老婆去医院呀!"刘善水大声道,"就怕晚了人会出事!"

"那,这男的怎么还光着脚啊?"张美娜的语速很快。

"他老婆突然这个样子,他也一时发了蒙,所以没来得及穿鞋呗。活该,像他这样的就不该穿鞋,今天就让他光着脚去医院!"刘善水激动地说,"得好好惩罚下这家伙,让他以后也好长点记性!"

"噢,原来是这么回事呀,那你赶快去吧。"张美娜大声道。

两个人对话总共用了不到二十秒钟。与张美娜告别后,刘善水很快就追上了前面两个人,他们急匆匆地一起奔南六采油队去了。张美娜她们目视着他们三人消失在远方。

"美娜,会不会出人命啊?"哈斯琪琪格担心地问。

"这可不好说,反正人得赶快送医院去,而且是越快越好。但愿那可怜的女人能够平平安安!"张美娜望着已经走远的刘善水他们小声道。

"这个男的真让人感到恶心,他居然如此欺负自己的老婆,就应该让公安把他抓走关起来!"窦媛媛愤怒地说。

"这个该死男人,我看就不该让他结婚。他不珍惜夫妻感情,哼!"哈斯琪琪格气愤地骂道。

"所以呀,咱们姑娘家找对象,一定得找个有文化、懂礼节、品德好、素质高、事业心强,能够心疼老婆的男人。"张美娜认真地说。

"你说得很有道理,但我觉得,实际上谁也说不好将来自己能找个啥样子的!"哈斯琪琪格感慨道。

"哼,结婚前男的一般都挺能装的,结婚后有的人就露出了令人不齿的真面目。反正我觉得好男人、坏男人事先根本不好甄别。"窦媛媛大声道。

第五章 场上比拼

"哈斯姐,你的心灵如同你的外表一样美丽,相信一定会找个称心如意的白马王子的!"张美娜笑着道。

"你不也一样漂亮吗!"哈斯琪琪格笑着说,"你和窦媛媛都那么漂亮,人也都很好,追求的男人必然会不少,可选择范围也会很大,那我就衷心祝福你俩了。"

"其实漂亮不能证明自己就一定能找到比较优秀的男人。确实,漂亮会使一个人在工作和人际交往中有更多的自信,办事情成功的把握也可能会更大一些。但任何事物都存在着两重性,如果因为自己漂亮而过于自信和虚荣的话,可能会使自己对待事物的原则性降低,分析判断事物的能力和认识事物的能力也可能会不足,从而使得结果可能不尽如人意。但不论如何,我还是希望咱们将来都能找个称心如意的对象吧!"张美娜笑着道。

"千万不能急于结婚。结婚前,一定要对男的进行认真全面的考察,如果不行,就趁早散伙!"窦媛媛大声道。

"说得对,这样做非常有必要!"哈斯琪琪格大声回应道。

"我看到时候呀,咱们互相为对方的男生进行严格把关,一定得选出最优秀的男生做自己的终身伴侣!"窦媛媛笑着大声道。

"窦媛媛这个主意不错嘛!"哈斯琪琪格笑着小声道,"可以参考采纳。"

"男的一般都喜欢漂亮的姑娘,他们为此会不择手段。结婚前他们往往会在姑娘面前表现得百依百顺、大献殷勤,而这时的女方则很容易被一些假象所迷惑,从而丧失判断分析能力,等到结婚后再发现对方毛病时就晚了,哪有后悔药啊!"张美娜微笑着道。

"反正我现在也不去找什么男朋友,现在只管享受一个人的快乐生活。"窦媛媛笑着道。

窦媛媛的话引得几个人哈哈大笑。

"也不知道刘善水叔叔家的孩子最近学习怎么样了?"张美娜边走边自言自语道。

"咱们给他家小孩每星期辅导一次课,坚持差不多有两个多月了吧?"哈斯琪琪格看着大家小声问。

"太有了,得有两个半月了。"窦媛媛大声道。

"唉,幸福村离那个中学实在太远,两个孩子每天早出晚归的,多少宝贵的时间都扔在了路上。"张美娜叹着气道。

"可不嘛。刘叔叔一个人带着两个未成年孩子生活,真是挺不容易啊。"哈斯琪琪格小声道。

"我觉得刘叔叔应该再找个女的!"窦媛媛建议道。

"道理是对的。我看如今他想要找个好朋友不太难,但要想找个能一起过日子的好女人可不容易。你们也都看到的,在咱们生活的圈子里,有几个做后妈的能对别人家孩子像对待自己孩子一样好的!"张美娜大声道。

"你瞧刘叔叔家里,咱们哪次去看都是乱七八糟的,每次咱们都得帮他收拾一阵子,可咱一走又回到原来的样子。"窦媛媛噘着嘴道。

"刘叔叔家里确实需要有个女人啊!"哈斯琪琪格感慨道。

"但愿他能找个称心如意的吧!"张美娜大声道。

第六章　菜　地　里

午饭过后，刘青海带领班里的七八个男同学，顶着炎炎烈日在学校公用厕所后面用铁桶去提捞粪池里的粪便。他们要把这些粪便倒进旁边事先挖好的一个土坑里去发酵，待发酵好之后，再将其运到学校的菜地里去施肥。正值夏天，散发着恶臭的粪池里，蠕动的蛆虫一层层、一团团，白花花、密密麻麻地覆盖了整个大粪池，看着让人有些毛骨悚然，浑身起鸡皮疙瘩。所以几天前，刘青海便领着几个男生事先往这个粪池里撒了许多石灰，还割了几大捆狼毒草扔了进去。他们是想通过这种手段来杀死那些令人讨厌的蛆虫，但从实际效果上来看不是很理想。

此前，在刘青海他们正要往厕所走去的时候，张美娜曾建议他们等到晚上凉快些的时候再去干，但他们执意要去，说是晚上干活蚊子太多，不好对付。

午饭后，女同学们一回到宿舍，便抓紧时间忙起各自的事。天气炎热，有的打来热水擦洗；有的换下被汗水浸湿了的衣服；还有的在看书聊天。哈斯琪琪格她们几个来自新疆的姑娘，则都在抓紧时间给家里父母、同学和好朋友写信。她们几个每次都是一起去邮局投信，不光是这个，她们几乎在做任何事情的时候，都是一起行动，从不分开。

女生宿舍里充满着欢声笑语，大家在轻松愉快的环境里演绎着没完没了的故事。然而就在这时，宿舍大门砰的一声瞬间被推开，只见秦玉林头发蓬乱、满头大汗、惊慌失措地跑了进来。看见一名男生突然闯进，女生们一时吓得发呆，两位正在洗漱换衣服的姑娘顿时大惊失色地喊叫了起来。

· 117 ·

"啊呀,你个臭流氓的秦玉林,你好大的胆子……"几位女生异口同声地骂道,"你简直越来越不像话了,竟然还敢跑到我们女生宿舍里来!"

"不、不,大家千万别误会……"秦玉林双手捂着眼睛赶忙解释道,"我,我这不是故意的啊!我可没有一点儿坏心眼呀!"

还是张美娜反应得比较快,她几步跑到门口,挡住了秦玉林。她愤怒地大声质问:

"秦玉林,你还敢跑到我们这里来,你想要干什么?"

"好你个秦玉林,女生宿舍你都敢随便进来,这还了得,你还像话吗?"窦媛媛也愤怒地前来问道。

"赶快告诉学校领导去!"有女生愤怒地大声道。

"各位,实、实在是对不起呀!我不是要做什么坏事,是外面有人撵着要打死我!所以,我这可是慌不择路啊!"秦玉林哭丧着脸,就连说话都带着哭腔。

宿舍里的女孩们一听是有人要揍秦玉林,立刻疑惑地围了过来。

"是谁要揍你?人家为什么要揍你?你做啥坏事了?"张美娜沉着脸问。

"我前几天路过人家采油队的菜地时,看见那里的水黄瓜长得挺好的,今天就特意过去想整几根大家一起尝尝鲜。可哪承想啊,这才刚刚摘了两根,就被人家看地的给发现了。"秦玉林哭丧着脸说,"我都没来得及看清楚那个人长得什么样子,只顾逃命了。那大汉简直太凶了,一路喊着要打断我的腿。好家伙,简直吓死我了。还是我命大,跑得比那个人快一点儿。这要是被他抓住的话,估计我这两条腿真的会被打断的。实在太吓人、太恐怖了,简直就像做噩梦一样!"

"活该呀,偷人家的蔬菜,你这是没事找事啊!偷东西是不劳而获,是蔑视别人的劳动,是非常不道德的行为!"张美娜生气地说,"你一个职工大学的学生光天化日下去偷人家东西,你不觉得可耻吗?"

"确实挺可耻,这我认了,但当下你们一定得帮帮我啊,不能见死不救呀,如果让那个凶神恶煞的家伙抓住我的话,那我可要惨了!"秦玉林连连央求道。

"你说你,嗯,人家刘青海他们大中午的顶着烈日在臭气熏天的厕所里劳动,你不去和他们一起干活,却跑到人家地里去偷黄瓜,我看你简直就是没心没肺!"张美娜愤怒地大声道。

"不是的,我原来也是要跟他们一块儿去厕所的。当时我跟刘青海说了我要晚去一会儿。你们也知道的,天气炎热,干活挺辛苦的,我也是想弄几根黄瓜给大家解解渴,不想被人家给发现了。"秦玉林满脸委屈地说。

听秦玉林这么说,张美娜一时无语。就在她沉思着的时候,门口突然传来一个男人愤怒的叫骂声:

"小兔崽子,该死的,跑到哪里去了!有本事你给我站出来,我今天非剁了你的手不行!"

听见外面有人叫骂,秦玉林更是吓得浑身哆嗦。

"啊呀,可不得了,撵到这里来了。姐妹们,求求你们了,求求你们了,一定得救救我啊!"秦玉林双手抱拳,颤抖着嗓音道。

"瞧你那出息样吧,有本事你别做这事呀!"张美娜大声道。

"活该呀,谁叫你去偷人家菜的。"窦媛媛愤怒地骂道,"我看就让人家收拾你一顿算了!"

"你赶快到里面床跟前蹲着去!"张美娜大声命令道,"快去!"

听罢,秦玉林像抓到救命稻草似的,赶紧向里面跑去。

"你就老实蹲在那里,千万别动、别出声啊!"张美娜叮嘱道。

张美娜话音刚落,秦玉林已经跑到最里面靠墙的一张床旁边蹲下了身子,几位女同学很快站到那里,用她们的身体遮挡住他。

张美娜见秦玉林已经隐藏好,于是转身推开屋门走了出去,身后还跟着几位女生。走出屋门的张美娜见一位高壮的男人手持一根木棍正站在对门男宿舍门口,背对着她大声叫骂着,男寝还有几位男生堵住门口疑惑地面对着他。

男人突然听见后面有开门的声音,便猛地转过身来。

张美娜一见,原来是学校东边南六采油队的刘善水。因为他年岁大,又孤身一人带着两个小孩的原因,所以单位为了照顾他,不让他参加倒班,特意安排他去照料队上的一小块菜地。刘善水是个乐于帮助别人的热心肠,以前张美娜和其他女同学几次去他家里借用过缝纫机缝补衣服。另外,张美娜跟几个女同学还经常给他家两个孩子补课,所以双方关系始终相处得很好。

"刘叔叔,怎么了?你干吗发这么大的火呀?"张美娜微笑着首先发问。

"噢,是美娜呀。是这样的,我上午给菜地浇完了水后,刚要躺下休息一会儿,就发现菜地里有情况,我扒着窗户一看,只见有个小子正在偷黄瓜,于是就撵了过去。"刘善水气愤地说,"我们单位扣了个小的玻璃房菜棚,要不能这么早就长出蔬菜来吗。其实种这点儿菜真挺不容易的!那些菜主要提供给单位职工食堂。"

"你能肯定那个人就是我们学校的吗?"张美娜看着对方假装问。

"这村子不大,村里的人我差不多都认识,附近除了我们采油队和你们学校外,就再没有其他别的什么单位,你说这还能是谁?"刘善水认真地对张美娜说,"我看这小子脸不是太生,而且他是一直奔你们学校院里跑来的!"

"你能确认这个人就是我们同学吗?"张美娜沉着脸问。

"虽然离得比较远,我看不清他的脸,但可以肯定就是你们的人,而且就这栋房子离学校大门最近,所以他肯定是跑到这里了。"刘善水态度坚定地回答道。

"刘叔叔,就算那个人是我们学校的,那你也就原谅他一次吧。再说了,他也许就是想自己吃根黄瓜,或许是要给中午干活的同学解解渴的。但不论是哪种情况,仅仅因为这么点儿小事,你要是过于计较,真的打坏了他,那不是也得负法律责任吗!"张美娜沉着脸说,"我们谁都不能做违反法律的事啊。"

"其实我并不在乎那几根黄瓜,你要真想吃,你就跟我说一声,我一定会给的,但你不能去偷啊。我平生最恨偷人家东西的人,因为那是极其卑鄙的行为,是小人勾当。所以,这种人最可恶,不可饶恕!"刘善水还是很生气的样子。

"刘叔叔,你就别生气了,为这个气坏了身子很不值。我看您还是先回吧,回头我问一下,如果是我们同学,我会认真跟他说一说的,并且保证他以后不会再去你们菜地里偷菜。"张美娜诚恳地说。

听完张美娜的话,刘善水挥了挥手,"美娜,我一直很相信你。行,就这样吧,这会儿我气也基本消了,我看你也不必去责怪那个同学了,好吧,那我就先走了。"说完,刘善水走出宿舍小门厅,将木棍扔到了丁香树旁,然后头也不回地离开了校园。

怒气未消的女孩子们见刘善水走后,立刻将注意力再次集中到了秦玉林身上。

"你偷人家黄瓜却偏偏要跑进女生宿舍,进屋也不敲个门!"两个洗漱换衣的女生一人揪着秦玉林的一只耳朵骂道。

"对呀,这对门就是你们男寝室,你干吗非要往人家女寝室里跑哇?"窦媛媛愤怒地大声问。

"哎呀,快松手呀,我这不是被那个人吓的嘛,当时情况紧急,哪里还顾得了那么多!松手呀!"秦玉林大声道,"姐妹们,我当时真的是吓傻了!"

"熊样吧,做贼心虚!"窦媛媛大声道。

见窦媛媛骂自己,秦玉林张了张嘴巴想说点什么,但面对一群凶狠的女生,他最终还是选择了沉默。

"我跟你说秦玉林,我爸妈从小教育我做人要讲究诚信,立信为本,实话实说,不能撒谎。但为了你,我今天跟人家刘善水老师傅撒了谎!"张美娜看着秦玉林气愤地说。

这时,窦媛媛也生气地继续对秦玉林说:

"你个秦玉林,你咋就一点儿不长记性呢?有一年,还是上高中那会儿,你偷咱村里一个人家小园地里的西红柿,叫人家一直追到你家去骂。就因为这事,你爸妈还把你狠狠地收拾了一顿,难道你忘了吗?"

见窦媛媛在众女生面前揭自己的短,他狠狠地瞪了她一眼。

"你还敢瞪人吗?"哈斯琪琪格手指着秦玉林大声问。

"你做错事还怕别人说吗?"乌吉娜质问道。

面对众女生们的批评指责,秦玉林低头不语。

"你不敲门就闯进女生宿舍,你这种行为是非常可恶的,你说是不是?"巴哈尔古丽牛气地大声问。

张美娜已经没有心思再继续参加对秦玉林的"讨伐",她瞅了一眼可怜兮兮的秦玉林,撇了撇嘴,轻蔑地笑了笑,然后走回到自己的床头,靠在被垛上拿起本《高等数学》翻看起来。

秦玉林被一群姑娘无情地声讨着,门口还引来十几个男生站在那里看热闹,讥笑他,使他陷入更加难堪的境地。这时,刘青海他们干完活从厕所那边回到了宿舍,当看到一群男女同学正在数落着秦玉林时,便好奇地向跟前的男生打听。当了解了事情真相后,刘青海看着站在女生宿舍门里的秦玉林笑话道:

"秦玉林,你真行啊,女生宿舍你都敢随便出入了!"

秦玉林狠狠地白了一眼刘青海。

"什么慌不择路,这家伙肯定是借这个机会故意要往人家女寝里跑的!"看着站在女寝室门口的秦玉林,臧羽寒笑着大声道。

"就是,男寝室在左边,女寝室在右边,你怎么会走错呢?我看你就是故意的!"另一位男生也大声道。

秦玉林气愤地瞪着臧羽寒和那位男生。

"你俩少落井下石好不好?我本来就是被人家撵着害怕发了蒙才错进女寝室的。"

"我说,你秦玉林可以了吧,你还要在人家女寝室待多长时间啊?还不赶快出来!是不是还没待够哇?"刘青海笑着大声道。

秦玉林看了眼刘青海,然后低着头走出女生宿舍。就这样,他在大家的注视和哄笑声中进了对门的男寝。

开学初,学校领导就曾说过,学校要组织广大师生自己开荒种菜以便改善学生生活的事。进入四月后,全校师生利用几天时间将林子边的一块草地开垦了出来,然后又拉来些马粪和猪粪先撒上了。之后同学们又从食堂挑来水,早早地把油菜和小白菜先种了下去。到了五月份,又多次撒了些猪粪,先后又将土豆和豆角种下。这期间各班级轮流照管着菜地,除草、浇水、上肥、灭虫,同学们在忙忙碌碌中也享受到了劳动和收获的快乐。地里的获得,也多少改善了同学们的伙食。所以,大家都很喜欢菜地里的劳动生活。

六月初的一天早自习,班长刘青海走到了讲台前。

"这个星期轮到咱们班照管菜地,早自习时间、中午时间和晚饭后,一直到天黑前的这段时间里,咱班都要安排至少两名男生在地里头。因为菜地离森林太近,所以主要防止野鸡、鹌鹑和野兔等小动物偷吃蔬菜。另外还有一点,就是防止有个别人偷我们种的菜。"刘青海大声对同学们说,"等我排完了值班表后再具体告诉大家。这个星期我们要给菜地浇两次水,还要除一次杂草,劳动的具体时间要根据上课和天气情况而定。"

"班长,这值班的事你不用安排别人了,我一个人就可以把早、午、晚的值班全都包了。"秦玉林笑着大声道。

"你别在那儿逞能瞎起哄,你不上课做作业了?"刘青海沉着脸大声道。

"为了集体,我可以牺牲个人一些学习时间嘛!"秦玉林继续笑着道。

"你尽在那儿说些个没用的!不想上课你就说不想上课,别拿值班来给自己做掩护!"刘青海批评道。

"其实咱们女同学也可以去值班的。"哈斯琪琪格小声对同桌的张美娜说。

"那好像不太方便,你也知道的,菜地那个地方多偏僻啊,旁边就是茂密的森林,女同学怎么能去值班呢?"张美娜瞪大了眼睛严肃地说。

"也是啊,不能不考虑安全的问题呀。"哈斯琪琪格小声道。

"你们说,野鸡和野兔还有那个小鹌鹑,它们能去祸害咱们地里种的那些菜吗?有必要非得安排学生去值班吗?"旁边的巴哈尔古丽连连发问。

"就是,野生动物一般都很怕人的,哪里还敢去人类经管的地里偷菜吃。"后排的乌吉娜也不解地说。

"这些小动物能不能偷菜吃,我也说不清,也许真的没那么严重,是刘青海把事情说得严重了。"张美娜微笑着说,"但一定会有个别人去偷菜的。不管咋样吧,既然学校这样安排了,就应该有他们的道理,咱们照办肯定没错,这是责任。"

"野鸡和野兔喜欢吃菜、吃草,黄鼠狼和狐狸喜欢吃鼠、吃鸡。你们还记得吧,前几天村子里,一户人家养的十多只下蛋鸡,仅仅一个晚上就不知被什么东西全给咬死了!"哈斯琪琪格瞪大眼睛神神秘秘地说。

"听说了,好可惜啊!"张美娜紧皱着眉头说,"老百姓养几只鸡真的挺不容易的。一下子全给咬死了。不过这也没办法,守在森林边上,黄鼠狼和狐狸能不给人类找麻烦吗,它们也知道鸡肉好吃啊!"

张美娜后面的话引得周围的同学捂着嘴一阵笑。见状,张美娜紧张得赶紧向他们使劲摆手,同时伸指头点着自己的嘴,示意大家快上课了要保持安静。

"我说刘青海,你看菜地值班的事能不能把女同学也安排上?"中午放学后在宿舍门前的丁香树旁张美娜对刘青海说,"一些女同学有这样的愿望。"

"不必了吧,我觉得女同学在菜地值班让人不放心呀!"刘青海小声对张美娜说,"我们男生值班就可以了,女生就别参加了。"

俩人正说着话时,秦玉林突然气急败坏地从宿舍里跑了出来:

"刘青海你个大坏蛋!你那罐头瓶子里泡的什么鬼东西?"

"怎么了?我这几天嗓子疼,所以泡了些晒干的蒲公英喝,有什么问题吗?"刘青海看着秦玉林不解地问。

"不对,根本不是什么蒲公英水!中午我把被褥抱出来晾晒上后感觉有些口

123

渴，回到屋里后看见你床头箱盖上的罐头瓶里有水，我也没顾上仔细看，端起来就喝了几大口，感觉味道有些不对劲，我举起一看，原来你那水里泡了十几条大蚂蚱，你真坑人啊！"秦玉林瞪大眼睛生气地大声道。

"蚂蚱水？罐头瓶子里泡那玩意干啥呀？"张美娜歪着嘴笑着问刘青海。

"秦玉林你个大蠢货！人家那是准备泡干净后炸大酱吃的，蚂蚱可是富含高蛋白啊，你不看仔细了就喝！"刘青海一边咯咯笑着一边指着秦玉林大声道，"这事也只能是怨你自己了，旁边那瓶蒲公英水你不喝，非要去端蚂蚱水，谁叫你不看清楚了的！"

"秦玉林，你可够能出洋相的了！"张美娜笑着问，"你喝那水后来吐掉了没有哇？"

"吐不出来了，使劲抠嗓子都不好使！"秦玉林大声道。

"不行就赶紧吃点儿管拉肚子的药吧，预防着点。"刘青海笑着道。

"同学们，我来报告给你们一个好消息！"下午上课前，班主任老师孟雪娇站在讲台上激动地说，"前天，周三下午学校举行的专业理论课竞赛中，咱们班派去的五名队员中，有三人荣幸地进入到了全校前五名里。其余两人，臧羽寒和乌吉娜两名同学也都在全校总成绩前十名里。其中张美娜同学荣获个人总分第一名，刘青海同学有两个单科成绩分获第一名，总分是第三名，哈斯琪琪格同学获得了总分第四名的好成绩！咱们班获得全校专业理论课竞赛总成绩第一名的好成绩！就让我们以热烈的掌声感谢他们为我们班级争取到的优异成绩！"

孟雪娇话刚一说完，全班同学立刻热烈地鼓起掌来。

"过几天学校还要开大会，要举行隆重的颁奖仪式呢！"孟雪娇今天显得特别兴奋，她继续道，"我们大家不能因此而骄傲自满。今天的成果是昨天努力的证明，同时也是继续努力的起点。要想极目远眺，只有勇攀高峰。学习竞赛不是我们最终的目的，激励全体同学互相学习、共同进步、完成学业、奉献企业才是学校最大的期望，也应该是咱们全体同学的共同目标！"

晚上放学后，张美娜、哈斯琪琪格等几位女同学站在学校院里的丁香树旁，她们笑谈着，一起等待着食堂开饭的时间。

"没想到咱们班这么厉害，在这次竞赛中居然能取得这么好的成绩！"巴哈尔古丽笑着大声说，"还是你们几个参赛的厉害呀，简直太棒了！"

第六章 菜地里

"其实你们几个来自新疆的姑娘真的挺厉害的,三个人里居然有两个去参加比赛,而且都是榜上有名!"张美娜笑着大声说,"如果不是名额限制,巴哈尔古丽也完全具备参赛资格的。看来你们油田送来学习的都是高手啊!"

"啥高手,比我们厉害的人有的是呢。"哈斯琪琪格道。

几个人正唠着,食堂管理员兼炊事班长陈准骑个偏斗三轮摩托车从校园大门外一阵风地开了进来。摩托车一直开到张美娜她们身旁停了下来,张美娜她们看见摩托车车斗里有几捆白菜、油菜和大葱,青菜下面有一个红色的小木箱。

正当几位姑娘疑惑地看着骑在车上的陈准时,陈准首先笑着对张美娜说:

"张美娜,你爸爸让我给你捎来个小木箱。"

"啊,我爸,他……"张美娜话还没说完,陈准又抢话道:

"你爸爸可真行,挺令人佩服的。他工作那么忙,还能利用晚上时间给你做个箱子,真是天下的好父亲啊!"

张美娜和几位姑娘围到了摩托车周围。这时,陈准从车上跳下来。他走到车的右侧,从车斗里把那个小木箱搬了下来。

"你爸这手艺还挺不错的呢,我看比起那些专职木工来没有差多少。你看这小箱子做得多漂亮啊!"

张美娜弯腰抚摸着小木箱,内心里对挚爱的父亲充满感激之情。

"爸爸平时工作那么忙,还要给我做……"张美娜心里嘀咕道。这个时候她真不知道该说些什么。

张美娜的父亲是从战争年代过来的,当兵之前,他曾经跟着一位木匠学徒。后来他参加了八路军,经历过一二百次大小战斗,他一直是张美娜心目中的榜样和力量。她知道,一个小木箱,体现的是父母之爱,更是一种激励。而对父母最好的报答,就是立志未来、刻苦学习、努力工作,报效国家和企业!

"你爸爸多好啊!工作之余还能想着给自己的女儿做木箱了!"哈斯琪琪格赞美道,"真是令人羡慕啊!"

"羡慕啥,谁家父母不疼爱自己的子女啊!"张美娜大声道。

"没想到你爸爸一个做领导的还会木工活。真是了不起!"另一位女生夸奖道。

"以前我爸做过木工活嘛。"张美娜笑着道。

· 125 ·

听着几位姑娘的对话,陈准微笑着道:

"我觉得你们说得都有道理,父母的关爱就是对子女最实际的鼓励。张美娜,我来帮你把箱子搬到你们寝室里去吧。"说完,陈准便弯腰去搬那个木箱子。

"别别别,陈师傅,箱子不大,没有多重,我和我的几个姐妹就能搬动的,你快忙去吧!"张美娜赶紧上前阻止道。

"也好,箱子也就十几斤重吧,那我就先走了噢。"说完,陈准跳上了摩托车奔食堂门口而去。

张美娜她们刚要去搬木箱子,窦媛媛突然从宿舍里跑了过来。她气喘吁吁地说:

"姐妹们,陪我去村里小卖店一趟呗。"

"去那里干啥呀?"哈斯琪琪格大声问。

"我正在给辽河油田的同学写信,信是写完了,可信封却没有了。"窦媛媛显得很着急的样子。

"你这时间赶得可够紧的了。"张美娜笑着道。

"走哇,姐妹们陪我走一趟吧。"窦媛媛看着大家道。

"你不用这么急嘛,我那里有现成的信封,你只管拿去用就是了,干吗非得现在去买呀?"哈斯琪琪格大声问。

"就是的,我们几个手里都有信封嘛。即便要买的话,那你明天去买不行吗?"巴哈尔古丽也大声道。

"别了。我又不是偶尔用信封,时常得给同学写信。反正村里小卖部离咱这儿也不远,现在离开饭时间又还早,求求各位姐妹,就陪我去去嘛。"窦媛媛央求道。

"行吧,那就让我先把箱子搬到屋里去,然后就陪你去买信封,反正现在离开饭时间还长着呢!你们看如何?"张美娜建议道。

见张美娜这样讲,大家自然也都同意陪窦媛媛一块去。

张美娜、哈斯琪琪格她们唠着嗑,兴高采烈地走出了校园。她们顺着门前的土公路直奔附近的幸福村而去。

"咱学校这位置多好啊,顺着这条土公路往两边走,都能到达辽阔的大草原,难怪这帮男生天天沿着这条路去跑步呢!"张美娜边走边笑着对大家说,"我看

第六章 菜 地 里

哪,就从明天开始,咱们几个也去跑步,也好好锻炼锻炼身体,呼吸呼吸清晨凉爽而又洁净的空气!领略感受美丽的大自然!"

"我觉得完全可以嘛。"哈斯琪琪格弯腰从路边掐下一朵蓝色的小花,然后大声道,"这儿的空气多好啊!跑跑步会使我们的身体更加强壮!"

看见哈斯琪琪格手中的小花,窦媛媛也跑到路边摘来一朵红色的花来,然后她神神秘秘地说:

"听说他们男生每天都要跑一万米呢,好家伙,太厉害了!"

"我看咱们女生不用每天跑那么远,几公里够了。"乌吉娜大声道。

"说的是,咱就跑个三千多米就行了。"张美娜大声道。

"我们可以多叫上一些女生一块去跑步嘛。"巴哈尔古丽大声建议道。

"我跟你们说哈,昨天,听刘青海他们跑步去的男同学讲,咱学校南边有一个很大的湖,而且湖的周围有茂密的森林,还有辽阔的草原。"张美娜边走边建议道,"我看过几天如果有时间的话,咱们一定去那里好好欣赏领略一下湖畔美丽的风光!"

"那,那个湖离咱们这儿远吗?"窦媛媛问。

"我也听说那边有个挺大的湖,说是离咱们这里没有多远。"哈斯琪琪格笑着道。

"他们男生不是都去过了吗?既然他们能去,咱们也照样能去!"张美娜肯定地说。

"你们龙萨人可真有福啊,有幸生活在这样一个草原辽阔、湖泊众多、森林茂密的美丽的大油田上!"巴哈尔古丽说到这里时,脸上流露出羡慕的神情。

"既然你这样留恋这里,那将来毕业后,就留下来吧。到时候帮你找个帅气的男生,在这里成家立业!"张美娜笑着说。

"我看值得考虑!"巴哈尔古丽笑着道。

"不干,咱们三个一起来的,要留都得留下来,要回也得一起回去,任何时候一个都不能少!"乌吉娜笑着大声道。

乌吉娜话刚说完,便引得大家一阵哈哈大笑。

"留下来挺好的,东北汉子大都是勤劳仗义的好男儿呀!"张美娜笑着道。

"我们西北的汉子们也一点儿不差呀!"哈斯琪琪格也笑着道。

· 127 ·

丁香花

两个人的话再次引来一阵欢笑声。

就这样,张美娜她们一路说笑着来到了村庄跟前。当她们几个刚一走到幸福村头时,突然听见不远处有人在愤怒地叫骂,而且声音还很大。

"好像有人在吵架呀。"张美娜指着吵架声的方向大声道。

"听着声音还有点儿耳熟。"乌吉娜回应道。

"好像是刘善水叔叔的声音。"窦媛媛肯定地说。

"是挺像的。走,咱们过去看看。"张美娜招呼过后,几位姑娘循着声音的方向快步走过去。

"赶快滚哪,给我滚远点儿,越远越好,你这个没有教礼的败家蠢婆娘!"

"听,没错,是刘善水的声音。"张美娜大声道。

听着刘善水的叫骂声,张美娜她们加快了脚步。没有走太长时间,她们很快就来到了吵架现场,正好看见刘善水手指着不远处一个四十多岁背着蓝布大包袱快步向村外走去的中年女人在骂,而那个女人头也不回地只管向前走去。

现场围了十几个看热闹的大人和小孩,他们指指点点地说个不停。另外还有个中年妇女拉着刘善水的衣袖认真劝说道:

"好了老刘,生那么大的气干啥,她都已经走远了。"

"刘叔叔,这是怎么了?你咋这么激动呢?出啥事了啊?"张美娜走到跟前急切地发问,"前面那个女的是谁呀?"

见几个年轻姑娘来到现场,大家便安静了下来。

"刘叔叔,到底怎么了?"张美娜再次大声问。

"你们也都知道的,我家那个'烧锅的(妻子)'几年前有病去(病逝)了,我成家也比较晚,如今家里头两个孩子还都在读初中,一个人操持家务挺不容易的。这不,就在一个星期前,别人给我介绍了个'暖被窝的(异性未婚或婚后同居)',我本也是希望她能过来帮我照顾下家里和孩子。你们也看到的,我单位工作确实挺忙的,也的确需要这么个人。可哪承想呀,这个败家女人到了我这儿后,非常非常懒惰。她每天早晨很晚都不起床,还得我给她烧火做饭。而且她对我这两个孩子也不是很友好,家里头的事她基本不怎么去做,从不给孩子洗衣服,每天只是跟村里的几个老娘们东拉西扯,有时候还打麻将,一打就是几个小时不回家。这还不算,尤其让人难以忍受的是,这个女人晚上睡觉时,居然还嘴巴张得

· 128 ·

大大的使劲打呼噜,并且她的呼噜声居然比我的还要响,害得我几乎天天睡不好觉,上班老是犯困,无精打采的,人家领导都说了我好几次了。"

听完刘善水的诉说,旁边的人全都捂着嘴笑。

"啊,原来是这样呀!"张美娜微笑着说,"刘叔叔,我看即便是这样,你也没必要生这么大的气呀。行了,别生气了,气坏了身子可不好。再说了,这个女的不行,再找下个嘛,相信你以后会找到称心如意的女人的!"

"行了刘叔叔,她反正已经走远了,你也不必再生气了。"哈斯琪琪格小声道。

"你们知道吗?这个愚蠢的女人,她不但家务活不怎么干,还一门心思地想要控制住我。"刘善水嘴角抽搐着大声说,"这家伙居然几次让我把我每个月的工资都交给她来管理,甚至还让我把我家里的存折也都一并交给她!这个败家女人简直是疯了!我现在想起来都非常后悔,感觉非常可怕!"

"那,是谁这么不负责任,给你介绍这么个女人呀?"张美娜小声问。

"咱不能说人家介绍人不负责任,人家其实原本也是好心好意,要怪也只能怪咱自己眼光太浅,认识不到位。其实开始时就有人告诉过我,但不是那个介绍人。他就曾跟我说,这个女人当初年轻刚结婚不长时间,就毫无顾忌地去跟别的男人勾搭。当她的丈夫把发现的这个情况对女人的妈妈、也就是丈夫的岳母讲了时,谁都不会想到,这个愚蠢的岳母非但不去批评自己那个糟糕的女儿,居然还把自己的姑爷狠狠地抽了一耳光。不仅如此,那个岳母还气急败坏地骂自己的姑爷过于大惊小怪,神经过敏。她说:'当下的年轻女孩跟别的男人偶尔玩一玩不算个啥,根本不是什么了不得的大事,完全用不着大惊小怪。'这个岳母绝情的一掌,不但打丢了自己的尊严和品行,同时也打丢了俩孩子珍贵的婚姻。出现了这种情况,小两口只好很快办理了离婚手续。离婚后,这个女人就再也没有找到男人。你们想啊,谁还敢跟她这样的女人结婚呀!真是无法想象,这娘俩怎么会是这个样呢?"

"既然你事先已经知道了她的这些情况,那还干吗让她来你家里呀?"张美娜笑着问。

刘善水板着脸回答道:

"我寻思着,这个女人如今都已经是中年人了,过了这么多年,她早已是个成熟的女人,应该对过去的不良行为有所收敛,应该懂得婚姻是严肃和值得珍视的,应该早就改掉了那些坏毛病,所以我就以为这个女人在跟了我以后会一门心思过日子。哪承想,这个败家的东西居然还是那个老样子。我算是看走了眼!"

大致情况都知道了,张美娜她们几个在安慰了刘善水几句后,便一块儿唠着嗑往村里小卖店方向走去。

"这个刘叔叔,挺好的一个人怎么会找这么个'羊缸子(新疆土话,意为结过婚的女人)'。"巴哈尔古丽噘着嘴道。

"什么'羊缸子',你说的这个'羊缸子'是什么意思呀?"张美娜瞪大眼睛好奇地问。

看着张美娜发呆的样子,哈斯琪琪格和乌吉娜一阵哈哈大笑。旁边的窦媛媛看着捧腹大笑的两个人,有些不知所措。

"你们两个笑啥?"张美娜不解地问。

"那是我们新疆的土话,就是媳妇、妇女的意思,一般是指结过婚的女人。"哈斯琪琪格笑着道。

"噢,原来是这么个意思呀!"张美娜笑着道。

"那你们就说是媳妇不就得了吗,弄得我们直发蒙!"窦媛媛大声道。

张美娜看着一旁的巴哈尔古丽她们,笑着道:

"如果在我们这里,你们说的那个'羊缸子'就是指家里头烧火的、洗衣的、哄娃的媳妇。"

"各地有各地的方言和风俗。咱们国家国土面积那么大,民族众多,方言自然是丰富得不得了嘛!"乌吉娜微笑着道。

"看来刘善水叔叔找的这个'羊缸子'确实不怎么样,凭他的人品和个人条件应该能找个很不错的女人。"窦媛媛笑着大声道。

听见窦媛媛也提"羊缸子",大家不免又是一阵大笑。

"其实刘善水叔叔这个人挺好的,也很有正义感。"张美娜边走边又回忆起和刘善水一起经历过的一件事来。

就在一个月前的一天下午,张美娜和窦媛媛在刘善水家里用缝纫机做衬衣领,而他在门前小园地里浇水。那天张美娜和窦媛媛干完活从刘善水家里出来时天已经略有些黑了,刘善水执意要送两个姑娘回学校。就在这时,从刘善水家旁的那栋房子里突然传出男人吵架的声音。几个人循着声音望过去,只见两个

第六章 菜地里

中年男人气势汹汹地叫骂着冲出房门。他俩一个手里握着根擀面杖,一个手里攥着一只牛皮单工鞋。两个男人互相叫骂着厮打在一起,打得简直是难解难分。

"这两个败类东西,真不要个脸,又来了!"刘善水握着把水舀子气愤地大声骂道。

"刘叔叔,你认识这两个人呀?"张美娜和窦媛媛不解地问。

"他俩打得好凶啊,都是干啥的呀?"窦媛媛也不解地问。

刘善水气愤地说:

"这两个混账东西我都认识。他俩是附近一个后勤保障服务大队的。那个高个子是大队长,矮些的是下面的一个小队长。他俩去的这家男人姓袁,他们三个同在一个单位。这老袁是个性格懦弱、逆来顺受、不善言语的老实人。他的老婆在家属管理站的酱菜厂上班,性格上与这个老袁完全相反。这个女人平时挺好打扮的,喜欢和别的男人打情骂俏。老袁心里不高兴,但嘴上却是不敢吐出半个不字。他老婆根本瞧不起老袁,认为他就是个窝囊废。这个女人经常因一点儿小事就能把老袁骂得狗血喷头,而老袁却是从来连个屁都不敢放。这两个混蛋干部就是看人家老袁老实好欺负,所以才敢和他的老婆勾勾搭搭、关系暧昧。这两个家伙经常欺骗自己的老婆,常常以上夜班的名义偷偷溜到老袁家里与其老婆厮混,而这个老袁见他们当中任何一个来到家里的时候,居然都是领着自己脑瘫的儿子到另一个屋里去睡觉,简直窝囊死了。"

"他还是个男人吗?老婆被人家搞到家里来,他居然还能忍受得住!"张美娜气愤地说。

"那这两个人怎么还打了起来呢?"窦媛媛疑惑地问。

"这还不明白吗?他俩都想今晚来,但事先又不可能进行沟通商量,所以就在人家家里撞上'牛'了呗!"刘善水气哼哼地说。

就在三个人议论着的时候,打架的两个人突然发出两声惨叫。见状,刘善水再也无法忍耐。他扔掉水舀子,冲出了小园地,气冲冲地来到了两个人跟前。

"你们这两个臭不要脸的败类东西。人家里儿子是脑瘫,生活本来就挺不容易的,而你们却光天化日里搞人家的老婆,在这里添乱子,你俩还是个人吗?"刘善水大声质问,"你们算什么领导!这里这么多人围着看,难道你们一点儿都不知道羞耻吗?你们的脸皮就那么厚吗?难道你们家里就没有老婆吗?"

· 131 ·

丁香花

再看那两个人,一个捂着胳膊,一个捂着出血的脑袋。见有人来管闲事,他俩同时愤怒地看着刘善水。

那个胳膊被擀面杖打断了的大个子说:

"我俩打架,关你啥事?"

"就是,你管多了吧!"头被皮鞋跟打破了的小个子道。

"你骂谁?你再骂一个?"刘善水一边说一边怒气冲冲地挥舞着拳头要打对方。

"刘叔叔,千万不要动手,有事说事,打人可不行!"张美娜挡在刘善水前面大声道。

"说实在的,我原本懒得管这种破烂事,但你们这样欺负一个老实人,我真的实在是再也看不下去了!"刘善水愤怒地说,"你们身为大队长和小队长,都是不同层次的领导干部,却做出这种连畜生都不如的事来,简直就不是个人!你们根本不配当领导,简直就是垃圾,呸……"

"这两个人做这种违反组织纪律的事难道没有人管吗?"张美娜小声问。

"有的,上级纪检部门和有关领导都找过他们谈话,也曾严厉警告过他们。"刘善水看着那两个人回答道。

"那他俩还敢我行我素,真是狗改不了吃屎!"张美娜小声道。

那两个人看着膀大腰圆、一脸怒气的刘善水,又看到周围越来越多的围观群众,他们感到有些不妙,不敢再久留此地,很快狼狈地溜走了。

"美娜,你发什么呆啊?"哈斯琪琪格的一问,打断了张美娜的思绪,"噢,没事儿,就是还在想刚才你说的刘善水叔叔的事。"

幸福村虽然不太大,但服务条件还是不错的。村子里,小学校、卫生所、小卖店、洗澡堂、小邮局、理发店、粮店等一应俱全,这些都是为了方便广大职工、家属的工作和生活而建的,这也体现了油田领导对广大职工及家属们的关心、帮助。张美娜她们几个陪着窦媛媛买了信封,其他人也买了自己需要的东西,之后大家又一同去卫生所陪着巴哈尔古丽开了点儿药。姑娘们在村子里逗留了一段时间后,便向学校方向走去。当她们一路嬉闹着快要到达学校大院门口时,就听见院子里传来女人吵架的声音。

"怎么回事?怪啊,难道学校里也有人吵架了?"张美娜感到很疑惑。

第六章 菜地里

"今天是怎么了？村子里刚刚发生完刘叔叔赶走女人的事,我们这里又有事。"哈斯琪琪格笑着道。

"看样子吵得还挺凶的呢!"窦媛媛大声道。

"快走,看看就知道了!"张美娜她们几个姑娘快步走进了校园里。只见通信工程班的女生宿舍门前,一位四十多岁的中年妇女在那里挥舞着手臂滔滔不绝地高声喊叫着。她的身旁聚集着十来个女同学,大家都在耐心地劝说着她。再往外面,则聚集了更多的男女学生,这些人都是来看热闹的。

"这个中年妇女好像不认识。"张美娜小声道。

"嗯,是好像没见过。"窦媛媛小声回应道。

"好你个没良心的死丫头,现在翅膀硬了是吧?"中年妇女手指着女生宿舍门口大骂,"你个熊丫头,我屎一把、尿一把地把你拉扯大,容易吗?我给你介绍对象为了谁?还不都是为了你!我今天告诉你,这个星期六下午你要是敢不给我回家来,到时你给我试试看,你要敢不答应我,那我就死给你看!我还就不信治不了你这个死丫头了呢!"

"噢,原来是女同学的妈妈呀!"张美娜小声道。

最终,在几个女学生的一再劝说下,中年妇女气哼哼地一路喊骂着离开了学校。中年妇女走后,女生们又赶忙回到屋里去安慰那个早已哭成了泪人的女孩儿。

大家很快就议论着散开了。

回到寝室后,张美娜才从同学那里得知,女孩儿的妈妈通过别人要给自己的姑娘介绍个副指挥的儿子处对象,可认识这个小伙子的姑娘并没有相中他。于是,姑娘就以想等到职工大学毕业后再说为由,拒绝和这个小伙子见面。没想到,女孩儿的这一举动,彻底激怒了女孩儿不善解人意的妈妈。这才有了她到学校里来,不顾自己脸面、不顾对女儿和其他同学的影响在校园里大吵大闹的事。

"这当妈妈的也真是,干吗非得给自己姑娘找个当官家的男生?优秀的男孩儿有的是嘛!"张美娜生气地说。

"一个攀高枝的势利眼妈妈,做得太过分、太武断了!"哈斯琪琪格也生气地说,"甚至连自己和女儿的脸面都不顾,这算个什么妈妈!"

"要是我妈这个样子,我就不管她,就是坚决不答应!"窦媛媛大声道。

"算了吧,你可先别在这里说大话。你是没摊上这个事,如果你也摊上了这样的妈妈、这样事情的话,你也未必不是这个女孩儿一样的结局。"巴哈尔古丽笑着道。

"我看这样子的妈妈毕竟还是少数,孩子的事就应该让孩子自己去做主、去解决,当父母的就不该横加干涉!"张美娜大声道。

宿舍里,几乎所有的人都在议论刚刚发生在通信工程班女生宿舍门前的事,就这样过了半个多小时后才渐渐消停下来。

六月的天,还没有热到让人无法承受的地步。晚饭后,张美娜、窦媛媛和哈斯琪琪格她们三位来自新疆的姑娘各自拿着书本走出了校园。

学校外面土路的两侧,高大的树木遮挡住炎炎的烈日。走在沙土路上,迎面的来风让人感到凉爽而又舒适。张美娜她们有说有笑地沿着土路向南走去,树上偶尔会有残枝败叶随风掉落下来。

"你们说,这是不是所谓'管道效应'的结果?"张美娜看着掉落的枝叶微笑着问。

"我看这应该就是'管道效应'。"哈斯琪琪格向上望着那些高大的树木微笑着回答道。

"我想应该算是。狭窄土路的两侧是高大树木形成的细长的林带管道,因此,这里风的速度会比开阔地方的风速要快一些,那么这里的压强相对来说就会小一些的。所以,那些附着不够牢固的枝、叶自然就会被吸落下来。"张美娜微笑着说。

"听起来还真的有些道理。你俩可真行,散步的时候还要讨论流体力学应用问题。"乌吉娜笑着说。

"看来咱们都是爱学习的好学生啊!"巴哈尔古丽笑着说。

"我说这位同学,谦虚些好不?"窦媛媛笑着道。

"哎,大家快站下,快站住,你们看那里!"乌吉娜手指着前边低声惊呼道。

听到乌吉娜的喊叫,姑娘们停住了脚步。大家顺着她手指的方向看过去。只见前面菜地边的土埂上坐着一对年轻男女。

"那不是咱们学校的菜地吗!那俩人是谁呀?"巴哈尔古丽小声问。

"男的好像是热能动力班的,但那女孩儿不认识。"哈斯琪琪格说。

第六章 菜地里

"我认识,那个男孩叫魏思雨。前几天,我听通信工程班的刘丽说,他刚刚和南六采油队的一名采油女工处上了对象。"张美娜微笑着小声说。

"那,不用寻思,他俩在菜地约会,说明这个星期是他们热能动力班打理菜地了。"哈斯琪琪格说。

"那就是呗。"张美娜回答道。

"好嘛,不好好打理菜地,却利用工作时间和女朋友在这里约会!"巴哈尔古丽沉着脸假装批评道。

"其实这并不影响啥嘛!"乌吉娜笑着小声道。

"咱学校的男生,入学还不到一个学期,就这么急着找对象,还挺有本事的,还能和采油工联系上!"窦媛媛假装不服地说。

"咱们这里是职工大学,学员是先上班,后上学,所以学员年龄参差不齐是很正常的。其实有些男孩子岁数已经不小,也确实该找对象了!"张美娜微笑着说。

"人家找对象没啥毛病,咱们也都有这天嘛!"哈斯琪琪格微笑着说。

"等着向丁彩玲姐姐问问那个女孩儿的情况。"乌吉娜笑着道。

"你问人家那事干啥?"巴哈尔古丽道。

"人家两个人愿意的事,别人谁也管不着。"哈斯琪琪格道。

"我不是要管,只是好奇,想知道些那个姑娘的背景情况。"乌吉娜笑着道。

"这事可以理解,人家乌吉娜不过是想学习点儿谈恋爱的经验罢了,大家不要见怪噢!"张美娜笑着道。

"什么呀?美娜姐你想到哪里去了。"乌吉娜红着脸大声道。

"对头,咱们几个中乌吉娜岁数最小,是该好好学习下嘛。"窦媛媛笑着道。

"该死呀,拿我来调侃!"乌吉娜红着脸狠狠掐了一把窦媛媛。

几个人故意逗乌吉娜,引得大家一阵大笑。

"姐妹们,咱们还是走旁边的小道吧,别打扰人家俩人热恋的美好时光!"张美娜笑着小声道。

"就是,一对恋人正在描绘着幸福美好的明天呢,我们可不能打扰了人家嘛。"哈斯琪琪格微笑着小声道。

几位姑娘毫不犹豫地向右拐进了菜地旁的一条深入树林的小路。

蓝天无云。炎炎烈日下,张美娜她们看见不远处一名男生正在菜地里弯腰拔着杂草,汗水已经湿透了他的白色背心。

"你们看,这两个男生挺有意思的。一个顶着烈日在菜地里辛苦劳作,一个披着绿荫在森林旁男欢女爱!"张美娜笑道。

"多么浪漫的森林恋曲啊,不过,话说回来,结婚前,女孩儿绝对都是皇帝呀!"哈斯琪琪格笑着道。

"可不,结婚前男孩子一般都很小心,情感上如履薄冰。"张美娜笑着说,"稍不小心,可能会失去姑娘的钟爱。"

"我姐夫就是这样的。结婚前,他几乎天天往我家跑,抢着干这干那,忙忙叨叨地在我姐面前点头哈腰大献殷勤。可结婚后,大男子主义马上就显露出来,几乎不再做家务,我姐姐简直成了个奴隶,好可怜呀!"乌吉娜撇着嘴说。

"真的吗?"巴哈尔古丽歪过脑袋问。

"当然是真的了,我还能骗你们!"乌吉娜不太高兴地回答道。

"别说得那么吓人,其实也不都这样。"哈斯琪琪格接过话道,"多数结婚后都是恩恩爱爱、和和美美的嘛!"

"其实那点儿家务活也累不到哪里去的。"窦媛媛小声道。

"不管咋说呀,女孩儿有了对象后,千万别急着结婚。一是要好好考察考察,二是多享受享受当女皇的美好时光,让男生多献几年殷勤!"张美娜笑着道。

"这个主意挺不错的,到时我就要这样做!"乌吉娜笑着道。

张美娜她们沿着菜地边上的小路边走边聊。

"你们看,这地里的土豆苗出得挺齐的呀!"张美娜手指着菜地说。

"那边的油菜、水萝卜、菠菜、小白菜长得也是绿汪汪的,挺大的了!"哈斯琪琪格说。

"豆角也都爬满了架子。"巴哈尔古丽大声道。

"嘿!那边的几位女同学,过来帮忙拔拔草呗。"菜地里的那个男生站直身子笑着大声招呼道。

听到男生在喊,张美娜她们一起看过去。

"你真是个富有牺牲精神的好同学呀!"张美娜笑着大声道,"大热的天自己一个人忙乎,却把宝贵的时间让给同学去会女朋友!"

"这不算啥,给人家提供条件,应该的嘛!"男生笑着大声道,"人家那叫浪漫的恋情,我这是快乐的劳作。"

"你还挺乐观的哈!"哈斯琪琪格笑着道。

"走啊,姐妹们,咱们过去看看去。"张美娜大声建议道。

"行啊,反正也没别的啥事。"乌吉娜积极回应道。

其他姑娘也都没啥意见。于是大家离开了小路,一同走进了菜地。她们跨过一条条地垄,很快就来到了那位男生跟前。

"欢迎啊,你们真够意思。我来介绍下自己吧,我叫徐云茂,今天和魏思雨一起值班管理菜地。"见几位女生真的来到菜地,男生兴奋地说。

"徐云茂,你做事挺讲究的呀!为了同学能够和女朋友约会,宁可自己一个人顶着烈日干活!"张美娜笑着道。

"这不算啥嘛,人家处个对象挺不容易的,咱就是帮了点儿小忙,不值得一提,都是应该的!"徐云茂笑着道。

"人家都处上对象了,那你呢?"窦媛媛笑着问。

"我目前还没有,也没去想这个事,毕业后再说吧。"徐云茂笑着回答道。

"咱这菜长得挺好啊!"张美娜和大家一边拔草一边说。

"相当不错,你们看那边的油菜、菠菜和小白菜都收了好几茬了!"徐云茂兴奋地回应道。

"是啊,自己种的菜味道确实不错。"张美娜笑着道。

"再过段时间豆角就能摘了。"徐云茂笑着道。

"你们那个叫魏思雨的,他是怎么认识那个采油女工的?"张美娜蹲在地上问在她旁边拔草的徐云茂。

"噢,说来也巧。两个星期前的周日晚上,魏思雨乘末班车返校时,当时一起下车的就只有他和那个女的。女孩见下车人这么少,自己还要走很远的路才能到单位,她感到很害怕。就在她犹豫不决的时候,魏思雨主动上前安慰她,向她说明自己是职工大学的学生。听罢,女孩脸上露出了笑容。那天晚上,魏思雨把那个女孩一直送到了单位。就这样,他俩从开始的相互认识,发展到了谈情说爱。浪漫吧?"徐云茂笑着说,"魏思雨这小子真挺有艳福,缘分啊!这样的好事怎么没让我给碰到呢?"

"看来你是羡慕得不行呢!"哈斯琪琪格微笑着说。

"当然了,哪个男生不想有个称心如意的女朋友啊!"徐云茂低着头说。

"我看你一定能行的,你可以通过这个女孩给你也介绍个采油工嘛。"张美娜笑着说,"这么好的人脉你可别错过啊!"

"我还真这样想过。不过,人家俩人也才接触不长时间,现在提这个事好像有点早。"徐云茂说这话时有点儿不好意思,满脸通红。

张美娜她们最后走出菜地时,天还早。虽然太阳早已偏西,但菜地这里仍然显得比较闷热。几个人正要沿着那条土公路回学校去,就在大家要走的时候,巴哈尔古丽突然大声惊呼道:

"你们快看,秦玉林往这边走来了!"

姑娘们不约而同地顺着巴哈尔古丽手指的方向望过去,只见秦玉林从旁边的林子里走了出来。

"秦玉林手里还拎着什么东西呢,好像还挺沉的。"乌吉娜好奇地大声道。

"好像是捕鸟儿的铁夹子。"张美娜阴沉着脸说。

"抓小鸟儿啊?这小子简直'胡里吗汤(新疆方言,意为思想和行为上稀里糊涂)'的,看来这家伙头脑一点都不清醒啊!"哈斯琪琪格气愤地说,"小鸟儿多可爱呀,这个家伙怎么可以随便杀害它们呢!"

"可恶,他怎么会干这种缺德事呢?"张美娜生气道。

没多一会儿,秦玉林拎着一串铁夹子笑眯眯地来到了姑娘们跟前。

"秦玉林,你站住,干啥去了?"乌吉娜大声问。

"我,你们怎么在这里呀?"秦玉林没有回答乌吉娜,他反问道。

"你跑到林子里干啥去了?"张美娜盯着秦玉林问。

"我的妈呀,你们咋都这么严肃呀,怪吓人的。"秦玉林不敢直视眼前几位瞪大眼睛看着他的姑娘们,他胆怯地说,"我看这菜地周围的小鸟儿挺多的。所以,我是来这儿下夹子准备捕杀小鸟儿的。"

"这个时候,正是小鸟儿下蛋、孵卵的季节,你杀死一只鸟儿,就等于杀死一窝小鸟儿。"张美娜气愤地说。

"没你说的那么严重吧,别人也有这么干的呀。"秦玉林噘着嘴说。

"别人干咱没看见,但你作为一名职工大学的学生,就不应该做这种缺德事。"张美娜还是气愤地说。

第六章 菜地里

就在张美娜和秦玉林说话的工夫,乌吉娜突然走过去,她一把将秦玉林手中的那串铁夹子夺到了自己手中。

"干吗呀?给我,我制作这些夹子可是花费了不少时间呢!"秦玉林说着就要去夺回铁夹子。

"你想干啥?"见秦玉林要去夺回乌吉娜手中的铁夹子,巴哈尔古丽生气地站在了秦玉林面前。

"我告诉你秦玉林,"哈斯琪琪格瞪大眼睛对秦玉林说,"在草原上,我们蒙古人从来都把可爱的小鸟儿当作吉祥的使者倍加呵护。你要懂得,杀害小鸟的人,是不会得到好报的!你听明白了没有?"

"你说得也太吓人了。就算我不打鸟儿,别人也会打呀!"秦玉林不服地说。

"行了秦玉林,你啥也别说了。上中学时,老师就说过,野生动物是人类的朋友,你忘了吗?"张美娜认真地说,"你还是把精力多用到学习上,赶快回去吧。"

"那,把铁夹子还给我嘛。你们知道吗?我做这些铁夹子确实费了挺大工夫呢。"秦玉林哭丧着脸央求道。

乌吉娜攥着那串铁夹子藏到了张美娜身后。

"今天这铁夹子肯定是不会给你了,你就死了那条心吧。所以,你也就别磨叽了,赶快走吧。"张美娜喝令道。

"倒霉,偏偏碰到你们这帮母……"就在秦玉林转过身要走时,他不服气地小声嘀咕了一句没有说完的话。

"你说啥,站住秦玉林!你是要骂我们,对吧?"秦玉林的半句话刚说完,张美娜就立刻大声质问道。

姑娘们都知道,秦玉林是想骂眼前这些女生是"母夜叉",只不过他没敢把那话儿全说完。

"好啊你,还敢骂人!"哈斯琪琪格说话同时,一把揪住了秦玉林的一只耳朵。

"我没想故意骂人呀,只是顺口说的,快松手啊!"秦玉林捂着耳朵大声喊道。

"你可真厉害呀,这么难听的话你都能骂得出来。"张美娜气愤地说,"你必须给我们赔礼道歉!"

"啊呀,对不起各位,我错了,我错了,下次再也不敢了,快饶了我吧!"秦玉林歪着头使劲地喊。

"下次再敢骂人,你试试看!"哈斯琪琪格大声道。

"那好,既然你已经保证下次不再骂人,那就得说到做到,不能有过而不改!"张美娜大声道。

秦玉林最后捂着耳朵,头也不回地走了。

"这铁夹子咋处理?"乌吉娜举着手中那串铁夹子问。

"找个坑埋了算了!"张美娜果断地说。

几位姑娘一同走进菜地旁的森林里。她们找到一个小坑,然后将那串铁夹子埋了进去。

第七章 校园恋情

清晨五点多,张美娜照常与哈斯琪琪格、窦媛媛等六七个女同学一同走出了学校大门,她们站在门前的土公路上准备做一会儿跑步前的热身运动。

五点多,太阳才刚刚升起不久,绚丽的彩霞映照着茂密的森林、宁静的湖泊和辽阔的草原。清晨,稀疏的薄雾还未散尽,朦朦胧胧地紧贴着地面,在微风下缓缓地飘逸着,植物的叶片上闪耀着滴滴晶莹剔透的露珠。晨风中,清新的空气让人感到心旷神怡,小鸟儿那悦耳的歌声也早已回荡在森林里、草原上。

"呜……呜……多么美丽宁静的清晨啊……"张美娜双手攥成个喇叭筒放在嘴边兴奋地叫了起来。

"美丽的大自然,我们来了!"窦媛媛也挥起双手激动地大声喊道。

此刻张美娜手里正捏着一枝粉红色的喇叭花,她微笑着看看兴奋不已的窦媛媛,自己也大声吟诵起来:

"春夏的清晨总是那样新奇,我们沐浴在美丽朝霞中,尽情呼吸着清新的空气,深情仰望着如画的森林,瞩目领略着草原风光……"

还没等张美娜吟诵完,大家便大声赞美起来。

"好,简直描绘得太美了!"乌吉娜拍着巴掌大声道。

姑娘们欢快的嗓音在森林中回荡着。

几位姑娘踏着晨雾一路小跑着,伴着欢快的笑声,尽情呼吸着森林里、草原上那特有的清香。

当张美娜她们从森林中跑出来时,辽阔的大草原突然一下子展现在姑娘们

丁香花

的眼前。在朦胧的雾气中,太阳显得又红又圆。姑娘们仰望天空,几只百灵鸟借助气流几乎一动不动地静止在蓝天上,它们那美妙动听的鸣叫声如同清晨里的和声歌唱。

这时,张美娜她们看见远处有七八个人正从草原深处跑步过来。姑娘们很清楚,在这一带,能有这么多人一起在清晨跑步,他们一定是职工大学的学生。其实她们猜对了,远方跑过来的正是晨练返回的刘青海、臧羽寒、秦玉林他们。只见刘青海跑在最前面,七八个男生迈着大步紧随其后。他们穿着或白色或蓝色帆布面、橡胶底的运动鞋,上身着红色、白色等不同颜色的背心。由于长时间奔跑,他们的头发全都湿漉漉的,汗水从头顶顺着额头流淌下来,每个人的背心早已被汗水所浸湿。

看见了对方,大家全都放慢了脚步。

"你们起来得好早啊……"男女双方会面时,张美娜挥着左手臂一边慢跑一边向男生们招呼道。

"你们好……"刘青海同样踮着小步挥着左手臂向女生们问候。

"你们跑到哪里去了?"哈斯琪琪格大声问。

"我们每天都要围着南边那个湖转一圈!"刘青海大声道。

"你们简直太厉害了!"窦媛媛竖起大拇指赞扬道。

"那边湖畔的风光可是魅力无限啊!"刘青海笑着大声道,"不去看看太可惜了!"

"各种各样的花草也很多呢!"臧羽寒笑着道。

"还有各种美丽的小鸟儿!"秦玉林伸展双臂学着小鸟儿飞翔的样子。

"别馋我们了,其实那个湖我们早就去过了!"张美娜笑着大声道。

"确如你们所说,那可真是一个美如童话般的大湖啊!"哈斯琪琪格大声道。

"将来有时间我们一块儿去那儿的湖畔野餐去!"刘青海笑着大声道。

"那好啊,你就筹划吧,我们一定积极响应!"张美娜笑着道。

"湖畔野餐是最美、最浪漫的生活享受了!"哈斯琪琪格兴奋地大声道。

"别光说不做啊,我们可是期待着呢!"巴哈尔古丽笑着大声道。

"放心吧,一定会比上次的野餐更加丰富,更有乐趣!"臧羽寒挥着手臂大声道。

第七章 校园恋情

短暂的会面后,双方挥手告别。

张美娜她们一个跟着一个,沿着刘青海他们跑来的那条草原小道迎着朝霞一路东去。她们跑过三千多米后,一个个全都满头大汗、气喘吁吁。

"嚯,这个热啊。我看咱们在这儿歇会儿吧。"张美娜停下脚步,一边擦着汗,一边喘着粗气对其他姑娘说。

"赶快歇歇吧,确实挺累的。"哈斯琪琪格同样喘着粗气道。

姑娘们全都停了下来。刘青海他们这时已经渐渐远去,之后很快便跑进了森林里。在他们的身旁尽是高大挺拔的杨树、柳树和大榆树,男生们也早已经融入了大森林中。

"不服不行啊,咱们跑这么点儿路就感觉很累了,可人家刘青海他们却跑了那么远的路!"张美娜大声道。

"男女有别嘛!"哈斯琪琪格笑着道。

乌吉娜和窦媛媛一前一后跑进了草地里,在茂密的草丛中采摘起鲜花来。不大一会儿,两个人各自攥着一把各种颜色的花草跑了回来。

"你们看,多么美丽的花朵啊!"乌吉娜高举着手中的花草兴奋地喊叫道。

"这草原上的花儿可真多呀!"窦媛媛晃着手中花束激动地说,"这哪里是草原,我看就是个天然大花园!"

"草原上如果没有了这些美丽的鲜花,那么草原也就失去了应有的活力和魅力!"张美娜笑着道。

"来吧,让我俩给你们每个姑娘的头上插上几朵鲜花吧!"说着,乌吉娜就和窦媛媛一起给每位姑娘的头上都插上了几朵花。大家摸着自己头上的鲜花,调皮地看着对方,然后便是一阵欢快爽朗的笑声。

"好啊,姑娘们更加美丽了!"张美娜笑着道。

"就跟那鲜花一样美丽!"哈斯琪琪格笑着道。

"美丽的姑娘本来就如同鲜花嘛!"乌吉娜笑着道。

几位姑娘欢笑了一阵后,慢慢平静了下来,她们回头望着森林的方向。

"刘青海他们可真行。你看他们,人家早晨跑步的时候,咱们还没起床呢!"张美娜望着远去的男生们羡慕地说。

"真是一群勤劳的小伙子啊!"哈斯琪琪格赞美道。

丁香花

"两位姐姐这是怎么了,竟然如此饱含深情地赞美起这些男生来!"窦媛媛调皮地问,"心中有爱,口中才会有赞。你俩是不是真的有啥别的想法了呀?"

窦媛媛的话立刻引起其他女生一阵咯咯大笑。

"窦媛媛,你乱讲啥!"张美娜笑着大声道。

"我们说的难道不是事实吗?"哈斯琪琪格也笑着问。

"好你个窦媛媛,你的思想咋这么复杂呢?竟然这么说话!"张美娜手指着窦媛媛笑着说,"其实我的意思是说,咱以后也得像人家男同学那样,要跑步,就得早点起来。"

"两位姐姐想多了,就算是你俩有什么别的想法,那也并没有啥不好的嘛。"窦媛媛笑着道。

"你不就是想说我俩是不是相中了某个男孩子了呗!"张美娜微笑着说,"实实在在对你说吧,我目前真的没有那方面的想法。"

"看这魅力无限的大草原吧,它是多么辽阔、多么美丽啊!"哈斯琪琪格望着草原感慨道。

"这要是能有一匹骏马该多好啊,骑上它,奔驰在辽阔的草原上,那该是多么美妙的享受啊!"乌吉娜展开双臂,闭着双眼深情地大声道。

"你俩这么喜欢草原。这也难怪,因为你们的祖辈过去就生活在草原上嘛!都是马背上的民族哇!"张美娜微笑道。

"草原上的生活相当丰富了。放牧就如同战斗和游戏,而辽阔的草原就是战场和舞台!"哈斯琪琪格激动地描绘道。

"那,你们草原上的婚礼也一定很热闹吧?"张美娜好奇地问。

"是的。草原上的婚礼就如同一场热闹的盛大演出。到时候,亲朋好友们从四面八方骑着马儿赶来,大家载歌载舞,不醉不归,一场婚礼庆典往往要进行好几天呢!"哈斯琪琪格笑着大声道。

"有机会真想能目睹一场草原上的婚礼!"张美娜兴奋地道。

"可以嘛。到时候我跟家里人说好,草原上一旦有婚礼就提前打长途电话告诉我,到时候咱们赶去就是了!"哈斯琪琪格笑着道。

"要去也只能是寒暑假期间。"张美娜看着哈斯琪琪格微笑着道。

"好吧,下次写信就跟爸妈说这个事!"哈斯琪琪格笑着道。

第七章 校园恋情

"如果是寒暑假,咱们到时候一起去!"窦媛媛说完后,姑娘们全都兴奋地拍着手掌表示赞同。

职工大学以年轻人为主,而且绝大多数都在二十岁左右,其中有些早已过了二十五岁。所以,同学中间出现男情女爱的故事其实没有什么好稀奇的。自开学以来,在不到半年的时间里,学校已经有好几对男女学生在谈恋爱了。学校领导会上会下曾多次提醒学生们,"谈恋爱是你们的自由,但必须安排好时间。你们上学的机会来之不易,千万不能因为谈恋爱而影响到自己的学习。"每名同学都知道校领导的真情善意,但恋情的力量毕竟无法阻挡,学生中的男情女爱并未因此而有所收敛。不过,那几个同学都能够把握好自己,从未因为谈恋爱而使自己的学习成绩有所下降。然而不久后所发生的一件事,竟然与张美娜有关,这却是令她万万没有想到的。

自入学以来,二十二岁的秦玉林就一直暗恋着张美娜,甚至到了痴迷的状态。有一回上课时,别的同学都在认真听老师讲课,而秦玉林则趴在桌上歪着脑袋直勾勾地看着旁边桌的张美娜。女生对情感问题一般比较敏感。所以,对于秦玉林的这一行为,张美娜当然能够感受得到,但她压根没想在上学期间处男朋友。于是,她很快就做出了反应,用眼睛狠狠地瞪了秦玉林好几回。然而秦玉林竟然不顾张美娜那愤怒的眼神和表情,依然目不转睛地看着。直至他的这一愚蠢举动被身后的乌吉娜给发现并用格尺狠狠地戳了他背部一下后,他才罢了。为此,张美娜特别生气。下课后,张美娜把秦玉林叫到了教室外面,她毫不客气地将他上课不看黑板、注意力不集中,眼睛盯着女生的行为狠狠地训斥了一顿。虽然秦玉林当场表示并没有什么恶意,并且保证以后不再那样做,但实际上他并未以此为戒,仍然固执地以为是自己情感表达得还不够充分,方式可能也有问题,所以才未被对方所接受。于是,他别出心裁,固执地想要自己创造条件,创造一次能够面对面地向对方表白自己诚意的机会。他先是写了张纸条偷偷夹在张美娜的书本里,同样遭到张美娜的严词拒绝。然而这也没有能打消秦玉林固执的想法。其实秦玉林不是不知道,他自己和张美娜在学习、才艺、组织能力、人际关系等方面的差距还是比较大的这一事实。这方面也曾使他在心里面对张美娜顾虑重重,但最终还是没能阻挡住他不明智的选择。正因为如此偏执的念头,才使得在开学几个月来,这个古怪的想法一直主导着秦玉林,几乎成了他的一块心病。在他看来:"只要敢去做,就会有机遇。"就这样,经过几天来的再三斟酌后,秦玉林终于下定决心,准备跟张美娜来一次当面摊牌。他知道张美娜有在中午去教室里学习的习惯。于是,这天中午,秦玉林破例没有午睡,他独自来到了教室。当看见教室里果然除张美娜外并无其他人时,他心中暗喜:

"真是天赐我良机啊!"

"怎么,你不睡午觉了?也是来学习的呀?"正在看书的张美娜看见秦玉林进来后,她扫了一眼然后又低下头,一边翻着书本一边问。

"噢,睡不着觉,过来坐一会儿。"秦玉林一边往教室里走,一边小声回答道。

秦玉林并没有走去自己的座位上,他径直朝教室后面正在低头看书的张美娜走去。

听着渐渐走近的脚步声,低头看书的张美娜下意识地抬起头来,她疑惑地看着对方。

"莫非这家伙也是想要到后面来看书?可他的座位并不在这边啊!另外他的手里头可是空空的呀!"张美娜心里嘀咕着。

张美娜没有再看书,而是继续严肃警觉地盯着秦玉林。

"张美娜,我……"秦玉林小心地走到张美娜的跟前,坐在了她的对面,支支吾吾道,"我……"

看着秦玉林欲言又止的样子,张美娜紧皱眉头,她大声问:

"难道你不是来看书学习的吗?"

"我……"本来秦玉林想回答对方,但看着张美娜严肃的样子,他又显得很有顾虑。

"哎,看你那支支吾吾的样子吧,你到底想要说啥?"张美娜看着对面坐着的秦玉林,不解地大声问,"你今天有什么事吗?"

"我,我想跟你说……"秦玉林还是支支吾吾的。

"怎么,大中午的你不学习跑到教室来干吗?你坐在我跟前究竟想要干啥?有话快说,别磨磨叽叽的!"看着秦玉林支支吾吾的样子,张美娜将书本使劲拍在桌上,她站起身来生气地说,"中午时间挺紧的,你有什么话快说!真烦人!"

这时,秦玉林也从座位上站了起来。他迈步站在了过道上,面对座位上正生气地看着他的张美娜突然双膝跪在了地上。

第七章 校园恋情

毫无心理准备的张美娜被眼前突然出现的这一情景惊呆了。她瞪大眼睛看了看窗户外,然后大声问:

"秦玉林,你这是要干什么?"

秦玉林仰着脸看着张美娜,双眼透露出祈求的目光。

"张美娜,你是咱们学校、咱们班级里最有才、最漂亮的姑娘。入学以来,我好几次想要对你表白,可一直没有机会,也是缺乏勇气。我是真心地希望你能答应我,咱俩处对象吧,你看好吗?求求你了!"

这下张美娜终于明白了秦玉林今天中午到教室里来的真实目的。这简直令她气愤至极,此刻的张美娜心跳加快、呼吸急促。

"秦玉林,你给我站起来!我看你是昏了头!你是不是脑袋里塞进'发面起子'了?我告诉你,我们读职工大学的机会非常难得,那么多人参加招生考试,最后只有很少一部分人被录取。难道你不明白吗?我们到这里是来学习的,不是来谈情说爱的!我奉劝你,赶快放弃你这种不切实际的歪主意,把心思多用到学习上,你明白吗?"

"我不管这些,反正你要不答应我,那我今天就不站起来!"秦玉林看着张美娜固执地继续大声道。

看着跪在地上的秦玉林,这个让张美娜意想不到的偏执的男生的举动让张美娜气得满脸涨红,嘴唇不停地抖动着。

"你赶快给我站起来,赶紧的!"张美娜声嘶力竭地大声喊叫着,同时照准秦玉林左肩头使劲踹了过去,当场将对方踹翻在地。毫无防备的秦玉林四脚朝天地躺在地上,捂着肩膀直愣愣地望着张美娜。

秦玉林躺在地上,两眼泪汪汪的,显得非常委屈。

张美娜一点儿没有消气,她依然非常激动和愤怒。

"秦玉林,是不是还没睡醒呢?"

张美娜连骂带踹,似乎让固执的秦玉林多少清醒了点儿。他慢慢地爬了起来,拍打拍打双膝上的尘土,双眼仍然直勾勾地看着张美娜。

"张美娜,你别生气。我真的一点儿恶意都没有,我是真心的!"

张美娜再次向窗户外看去,她特别害怕这时候突然有人进教室里来,如果那样的话会很尴尬的。

· 147 ·

"我怎么能不生气。我说秦玉林,你为什么不能冷静一下?我告诉你,咱俩根本就是不可能的事。"张美娜激动而又愤怒地说,"虽然在咱们班里你也算是比较优秀的男孩子,但我现在根本就没有想要和任何人处对象的意思。处对象,那是我职工大学毕业后才要考虑的事情。我这样讲你该听明白了吧?"

张美娜希望通过这样的讲述,能让眼前这个固执的男生彻底清醒过来,尽快结束这场由一个愚蠢的男孩子导演的闹剧。然而令张美娜没有想到的是,她并没有说服对方。此刻,刚才的那点理智似乎又被秦玉林丢掉了,他的两只眼睛依然像两把锋利的二齿钩子紧紧地搭在张美娜的身上。只见他两眼通红,直愣愣地看着张美娜。

"美娜,我真的特别喜欢你,你就给我一次机会吧。你看我,这么执着、这么真诚,难道你就不为我所动吗?难道你就这么冷酷吗?难道你就不能接受我这颗热烈而又期待的心吗?就算不处对象也行,那你就让我吻一下你,或抱一下你好吗?仅仅就一下!"秦玉林一边央求着,一边朝张美娜扑过去。

看着秦玉林猥琐的样子,张美娜既恶心又愤怒,简直要把她气炸了。

"秦玉林,你站住,别不要脸!我警告你,别干蠢事!"

"美娜,我的确是真心喜欢你,真的,求求你了,就让我吻你或抱一下你吧,就一下行不?"秦玉林并没有站住,他说话的同时,继续向张美娜扑过来。

张美娜此刻已经气得浑身发抖,她突然觉得眼前的秦玉林似乎变成了另外一个人,一个极其丑陋的人,一个令她想象不到、近乎大傻子般的人,一个令她无法忍受的恶魔。她知道此刻说什么都不能阻止住秦玉林如同打了鸡血似的偏执狂热行为,看见已经到了近前的秦玉林,张美娜终于用尽全身力气抡起了右胳膊,一巴掌狠狠地掴在了他的脸上。

这一掌响亮的声音在教室里回荡着,就连张美娜自己都感觉到两只耳朵在嗡嗡作响,而且右手掌也非常麻木和疼痛。

突然挨了对方有力的一掌,秦玉林猛地愣了一下,他终于站住了。他捂着被掴得又痛又热的左脸,呆呆地看着张美娜,双眼噙满委屈而又失望的泪水。

"你,你……"秦玉林磕磕巴巴地想要说什么,但最终没有说出来。

张美娜平生还是第一次打人。她惊恐地张着嘴巴、瞪大了双眼看着秦玉林。片刻后,张美娜搓着酸麻疼痛的右手掌愤怒地问:

第七章 校园恋情

"这会儿你清醒点儿了吧？"

秦玉林没有回答，还是委屈而又失望地看着张美娜。

此刻的张美娜依然很生气，她看了下窗外，转过头来大声问：

"秦玉林，你简直太过分了，你还像个大学生吗？有你这么做人的吗？"

秦玉林动了动嘴唇，还是没有回答，依然呆呆地看着张美娜。

就在两个人互相对视的时候，教室门突然开了。哈斯琪琪格、巴哈尔古丽和乌古娜三人哼着歌欢笑着先后走了进来。当看到眼前的情景时，她们的声音戛然而止。仔细观察后，她们似乎多少明白刚刚发生了什么。她们认为，先前在这只有两个人的教室里，这个左脸明显有着红红手掌印的男生秦玉林，有可能欺负了她们的好朋友张美娜。所以此刻，三个人都愤怒不已。

"秦玉林，你做什么坏事了？"哈斯琪琪格第一个走到了秦玉林的面前，她愤怒地大声质问道。而巴哈尔古丽和乌吉娜也站在了哈斯琪琪格身旁，她们全都怒气冲冲地看着此刻有些呆傻的秦玉林。

"快说，你大中午的一个男人跑到只有一个女同学的教室里来，你到底做啥了？"乌吉娜手指着秦玉林的鼻子大声问。

"美娜，秦玉林做啥了？"哈斯琪琪格看着张美娜大声问。

"他……"张美娜欲言又止，看着秦玉林没有再说什么。

见张美娜不说话，巴哈尔古丽转过头更加气愤地看着秦玉林大声问：

"秦玉林你快说，今天中午做了什么坏事情？"

"我……不……"秦玉林看着三张熟悉而又愤怒至极的脸，他支支吾吾地一时说不出话来。

"好哇，你这个坏家伙，今天肯定没干什么好事情！"巴哈尔古丽也手指着秦玉林的脑袋愤怒地说。

"啥也别说了，这家伙肯定没干什么好事！"哈斯琪琪格气得一边说，一边上去揪住了秦玉林的一只耳朵。见状，乌吉娜赶紧上前揪住了他的另一只耳朵。

"哎呀、哎呀，快饶命啊！"秦玉林皱着眉头、闭着眼睛大声喊叫，"我真的没干什么坏事呀……"

"好了，姐妹们，别说他了。"已经消了气的张美娜走到几位来自新疆的姑娘跟前，她平静地说，"其实没啥大事，就是唠起上次他偷人家黄瓜的事，我们吵了几句。"

张美娜不得不考虑这件事如果传了出去,将会对自己、对秦玉林产生很大的负面影响,所以她有意隐瞒了事实真相,跟大家撒了个谎。

"真的是这样?"哈斯琪琪格瞪大眼睛怀疑地看着张美娜问,她显然并不相信张美娜的话。

"确实真的是这样!"张美娜沉着脸回答道,同时冷冷地看了眼秦玉林,大声对他说,"秦玉林,今天这事就算过去了,我们都尽快忘掉它,你赶快走吧!"

秦玉林抬起头望了一眼大家,内心里非常感谢张美娜没把事情的真相对哈斯琪琪格她们几位女生说。他尴尬地看着几位姑娘冷冰冰的面孔和很不友好的眼神,无奈地点了点头,然后转身离去。

星期六下午,张美娜和哈斯琪琪格、窦媛媛、刘青海、臧羽寒等约好了一块儿去龙萨图书馆借书。巴哈尔古丽和乌吉娜要洗衣服,所以没有一同前往。

张美娜他们行走在森林的树荫下,微微潮湿的空气中略带着特有的芳香。

"你们谁能说清楚,这空气中的芳香味是从哪里来的?"走在最后面的刘青海笑着问大家。

刘青海问过后,没有人马上回答,此刻每个人都在用心想。片刻后,张美娜首先答道:

"我觉得这不应该是什么难题,首先森林中有无数棵丁香树,还有就是每种树木都有自己特有的味道,树下的腐烂枝叶也会散发出别样的气味。另外这周围还有辽阔的大草原,草原上各种鲜花的芳香气味也可以随着空气飘进林子里来,所有这些味道组合在一起,就成了咱们现在所能嗅到的气味。不知道我这样回答是否准确?"

"土壤也会散发出特有的芳香。"哈斯琪琪格微笑着道。

"哎呀!"大家正在热烈讨论着的时候,走在最前面的窦媛媛突然喊叫起来,同时两只手在头上脸上胡乱扑腾着。

"怎么了窦媛媛?"张美娜紧张地大声问,大家都站在了原处疑惑地看着窦媛媛。

"蜘蛛网罩住我的头了!"窦媛媛一边撕扯着蜘蛛网一边大声道。

"森林里蜘蛛网确实比较多。"刘青海大声道。

第七章 校园恋情

"赶快把它弄掉吧。"张美娜说这话的同时便和哈斯琪琪格一同走上前去帮着窦媛媛撕扯她头上的蜘蛛网。

"真烦人,恶心死了,网上还有那么多的小虫子!"窦媛媛噘着嘴大声道。

没用多一会儿,窦媛媛头上的蜘蛛网便被清理干净了。

"咱们的窦媛媛长得太漂亮,被森林里蜘蛛精相中了,所以它用蜘蛛网来罩你!"张美娜笑着大声道。

"对呀,蜘蛛大王要把窦媛媛抓去做压寨夫人呢!"哈斯琪琪格抓着窦媛媛的肩头笑着道。

"两个姐姐说啥呢!"窦媛媛满脸通红地大声道。

两个人的调侃引得大家一阵哈哈大笑。

森林中欢笑声不断,大家愉快地行走在林中小道上,不知不觉地很快就走出了森林,开始行走在草原上。

蓝天上朵朵的白云时不时地遮挡一下灼热的阳光,多少让人感到些许的阴凉。草原上一个个散落的白色油井房、一眼望不到尽头的高压送电线路和缓缓移动的羊群等,它们与绿色的大草原融为一体,形成一种特有的景观。

"多么美丽啊,就像一幅美丽的风景画!"张美娜手指着大草原感慨道。

"你们听,百灵鸟叫得多好听啊!"哈斯琪琪格手指着高空中的一只百灵鸟兴奋地喊叫道。

"它好像停在天空中一动不动,像个歌唱演员在独唱悦耳的情歌!"窦媛媛激动地描述道。

几位姑娘如此动情,刘青海和臧羽寒不知道该怎样插嘴,他俩笑而不言,只是静静听着。

一行人一路笑谈着,不知不觉中来到了公共汽车站。公路上来来往往的主要是些油田工程车辆,小车大都是帆布棚的军绿色吉普车,还有马车那节奏不变的声响。

"听说从明年六月一日起,乘坐公共汽车就得买车票了。"张美娜微笑着道。

"听说票价不论路途多远,一律都是五分钱。"刘青海接话道。

"还真不贵。"臧羽寒道。

"看,车来了。"窦媛媛手指着公路西边一辆红色的公共汽车喊道。

151

听见喊叫声,大家停止说话,都不约而同地望了过去。

这趟车上人不算太多,但他们上来时已经没有空座位。两站地后,又上来几个人,其中一位三十多岁的妇女带着一个五六岁的小女孩挤到了张美娜他们跟前。一位中学女生把自己的座位让给了那位小女孩。女孩的妈妈老是手捂着嘴巴不停地咳嗽,好像是感冒了。突然,行进中的车在一个交叉路口为了躲避一辆马车来了个急刹车,惯性使得车上的人猛然身体向前倾斜。那位女孩的妈妈下意识地双手紧紧抓着顶棚的栏杆,可能由于汽车突然刹车使她过于紧张的缘故,她咳嗽得似乎更厉害了些,并且没有腾出手来及时捂住嘴巴,结果咳出的痰落在了一位坐在座位上的年轻小伙子的皮鞋上。

"你眼瞎呀!"小伙子大声骂道。

"实在对不起,我不是故意的!"女孩的妈妈一边手捂着嘴巴咳嗽,一边道,"我感冒了,老是咳嗽,要不是急刹车,我不会把痰弄到你鞋上的。我现在马上给你擦掉。"

说着,女孩的妈妈赶紧从衣兜里掏出一块白色印花的手绢来,她轻轻地蹲下身子就要擦那痰渍。可没想到的是,那个小伙子将女孩妈妈的手用力挡开去,他站起身来说:

"擦什么擦,你知道我这皮鞋多少钱买的吗?"

"不知道呀!"女孩妈妈瞪大眼睛歉疚地说。

"我要说出来能吓死你!"小伙子死盯着女孩妈妈大声道。

小伙子凶狠的样子吓着了她的小女儿,小姑娘从座位上跳下来紧紧抱着妈妈的大腿。

"好孩子,别怕,没事的!"妈妈轻轻抚摸着女孩的头小声道。

张美娜蹲下身子把小姑娘拥到自己怀里,轻声道:

"好姑娘,不怕噢。"

"那你告诉我多少钱,我现在就给你买皮鞋的钱!"女孩妈妈沉着脸大声道。

"买,你买得起吗?"小伙子瞪大眼睛问。

"那你到底要怎样?你看,我要给你擦,你不让;我要给你钱,你又这么说。你到底想要我怎样?"女孩妈妈终于再也无法忍耐,她大声质问道。

见小伙子如此张狂耍赖,张美娜他们几个和周围许多乘客都非常生气,大家全都愤怒地看着那位小伙子。

"我说这位兄弟,你看人家大姐确实是感冒了,所以她才咳嗽不止。大家也都看到了,她不是故意要往你鞋上吐痰的,给你擦掉就算了吧。"张美娜抱着小女孩沉着脸轻声劝道,"得理饶人天大路宽,心胸广大望见天边,你何必为这点儿小事儿过分计较呢!"

小伙子狠狠地白了一眼张美娜,然后转过头继续大声对女孩妈妈说:

"我的鞋很贵的。所以,没啥说的,你得用舌头给我舔了,否则这事没完!"

"你这要求太过分了吧!"刘青海气愤地说。

小伙子冷冷地看着刘青海。这时,张美娜已经站在了女孩妈妈前面,她愤怒地看着小伙子大声说:

"兄弟,你的这种要求就是强人所难,是不人道的行为!"

"这事与你们没关系,你们少管闲事!"小伙子大声道,"她今天必须得用舌头给我舔了,否则别想走!"

听见小伙子居然提出这样的无理要求,女孩妈妈愣住了。片刻后她从张美娜身后站到了小伙子面前,她两眼放光,微笑着看着小伙子。见状,大家都感到非常疑惑。

"好吧,我答应你的要求。"

女孩妈妈说完后,大家全都惊讶地看着她。

"不过,我不能当着我女儿的面给你舔皮鞋!"女孩妈妈神态平静地大声道。

小伙子脸上露出得意的笑容。

女孩妈妈鄙视地看了眼小伙子,然后语气坚定地大声道:

"司机同志,请停下车!"

车停下了,车上所有人都瞪大眼睛愤怒地看着小伙子,同时更为女孩的妈妈担心。

"这位姐姐,他是强人所难,是无理要求,你可不能这么做啊!"张美娜盯着女孩妈妈愤怒地说。

"没事的。"女孩的妈妈把手搭在张美娜肩上轻声道。

女孩妈妈大声对小伙子说:

"你先下去,我刚才说了,我不能当着我孩子的面做这种事!"

小伙子沉思片刻,他看了看女孩妈妈,嘴角露出诡异的笑容,然后转身走下了车。

见小伙子下了车,女孩妈妈大声对车上乘客们说:

"各位兄弟姐妹,你们都看到了,这个人简直太欺负人、太无赖了,你们有谁下去帮我教训下这个地痞无赖,我当场给他一百元钱!"

听到这话,所有乘客无不为女孩妈妈的智慧所折服。

张美娜瞪大眼睛直视着刘青海和臧羽寒,沉着脸道:

"你俩下去吧!"

"这个畜生,早就想收拾他了!"说完,刘青海拉了把臧羽寒先后跳下车去。

小伙子见两个高大的年轻壮汉下车来,他疑惑的目光里显露出掩饰不住的恐惧。

"你欺负一个生病的女同志,你还是个人吗?我看你连个畜生都不如!"刘青海手指着小伙子大声骂。

"这关你们啥事?"同样身材高大的小伙子不服地说,"你们少管闲事!"

刘青海步步逼近小伙子。

"你俩少管闲事,一边儿去!"说话同时,小伙子使劲推了把前面的刘青海,刘青海不由得后退了两步。

"我就是要管!"刘青海不服地大声道,同时又向小伙子靠近。

"走开,少管我们的事!"小伙子再次使劲推了把刘青海,这下子更加激怒刘青海。

"我今天就是要好好管一管你这个不要脸的畜生!"说话同时,他一个右手勾拳打在了小伙子左脸部。小伙子重重地摔倒在了地上,刘青海照准小伙子的臀部又狠狠地踢了好几脚。小伙子双手紧紧地捂着脸部,他的鼻子和嘴角都流出了血。

"小子,你记着,做人不要太张狂,做事不要太缺德,劝你以后还是多做点儿人事吧,否则还会有人收拾你的!"刘青海望着躺在地上的小伙子大声道。

刘青海和臧羽寒跳上了车。女孩妈妈感激地拿出一百元钱就要塞给刘青海,被他婉言谢绝了。满车的人都对他俩投来敬佩的目光。

职工大学自今年3月开学至今已经四个多月了。高中阶段的文化课强化补课任务早已在 4 月末就结束了,专业基础课教学正在按计划稳步推进。这些在生产一线已经工作了好几年的年轻职工们,也很快转变角色,完全适应了职工大学新的生活。就像这郁郁葱葱的绿色森林,年轻的学子们个个都充满活力、信心满满,对自己的未来心怀美好的希望。

"现在看来,学校给咱们补习高中数、理、化课程真的是太有必要了。"中午在教室里学习的乌吉娜对张美娜小声说,"要不然的话,后来学的这些新课里的一些计算题和大量的基本概念等等,不知会有多难应付呢。"

"其实学校领导和老师们都了解咱们这些学生的文化基础情况。大家现在也都清楚了,要是不补课的话,大学的那些课肯定不会像现在进行得这么顺利!"张美娜看着乌吉娜小声回应道。

"开始那段时间的强化补习,真的是为后来的学习打下了良好基础。这真的应当感谢学校领导和老师们啊!"哈斯琪琪格感慨道。

"就是啊,想一想,在人生的路上,一个人能够有所成就,一定不要忘记那些曾经关心帮助过自己的人!我们要永远感谢这些领导和老师!"张美娜显得比较激动。

"我说姐妹们,咱们都学了一中午了,现在教室里实在是太热,不如我们出去凉快一会儿吧。"巴哈尔古丽压低声音提议道。

听了巴哈尔古丽的话,张美娜看着哈斯琪琪格,俩人微笑着点了点头。

几个同在教室里学习的男同学,看到几位女同学轻手轻脚地走出了教室,他们也有所动心。

"噢,好累啊!"一位男生两只胳膊使劲向上抻了抻,同时大声喊了几嗓子。

"这学习呀,是很枯燥的事,真还得有些毅力才行呢!"后面另一名男生笑着对身旁的其他男生说,"走吧,咱们也出去透透气。"

张美娜她们几位姑娘从教室出来后,一同来到了学校大门口。

"好晒呀,怎么连一点风都没有啊?咱们上哪儿去啊?"乌吉娜望了一眼天空,一只手掌举在双眉前问。

"我看这会儿咱们也别去森林里了。现在风这么小,树叶都一动不动,森林里头一定是密不透风,肯定闷得不行。"张美娜望着眼前的密林说,"干脆,咱就顺着这土路往前走吧,好在路南侧高大的树木正好可以遮挡住热辣辣的阳光。"

丁香花

"行啊,要不这实在太热了!"哈斯琪琪格说完后,巴哈尔古丽和乌吉娜也都表达了同样的意思。

"我看还是你们这里好,不管白天多么热,可一到了晚上就比较凉爽!"哈斯琪琪格笑着说。

"你说对了,我们这儿的气候,就是有这样的特点,不像南方,温差那么小,又潮又热的,让人感到很不舒服。"张美娜一边走一边问,"你们新疆的气候也是这样吗?"

"我们喀什属于南疆,没有你们这边冷。夏天的时候,不管白天有多热,可一到了晚上就像你们这里,也算比较凉快,这一点和你们这边差不多。但我们那边特别干燥,这点与你们这里完全不一样。"巴哈尔古丽回答道。

"哎,你们快看,那里有一只好漂亮的野鸡!"乌吉娜突然停住脚步,手指着前面激动地小声喊道。

听到乌吉娜的喊叫,大家都不约而同停下了脚步。顺着乌吉娜手指的方向,姑娘们看到前方五六十米处,一只披着艳丽羽毛的野鸡不慌不忙地从路南边的森林走出来后,已经走到了土公路的中央,正准备进入路北边的森林里去。

"咱们都轻点,别惊吓着它。"张美娜哈着腰小声提醒道。

"太漂亮了!"巴哈尔古丽小声道,"我在喀什很少能看到野鸡的!"

"你在城里当然不容易看到野鸡了。在我们察布查尔,可是经常能看见这样的野鸡。"乌吉娜满不在乎地小声说。

"野公鸡虽然很漂亮,但它的叫声实在是不敢恭维,简直太难听了!"张美娜笑着小声道,"不光是难听,甚至还有些恐怖。"

"野鸡能抓到吗?"巴哈尔古丽小声问。

"不太清楚,我没抓过。"张美娜小声说,"我们这里,到了冬天有用猎枪打野鸡、野兔的,我就看见过被打死的野鸡、野兔。"

在几位姑娘的注视下,漂亮的野公鸡最终消失在了密林中。

野公鸡不见了身影,几位姑娘继续漫步在森林的土路上。

"哎,你们听说了吗?"乌吉娜神神秘秘地突然来一句。

"听说啥呀?瞧你神神秘秘的样儿。有什么好消息吗?"巴哈尔古丽笑着问。

"昨天晚自习前,窦媛媛对我说,城市给排水班的一个男生写了个条子给她,

第七章 校园恋情

说要跟她处对象。"乌吉娜微笑着对大家说。

"真的吗?"哈斯琪琪格惊异地问道。

"当然是真的了,她还能骗我吗。"乌吉娜瞪大眼睛说。

"才刚第一学期,有的男生就不把心思放到学习上,眼睛都去盯着这些漂亮的姑娘!"张美娜生气地说。

"那有啥奇怪的,漂亮姑娘谁不盯!"乌吉娜笑着说,"不过窦媛媛并没有答应他。她说自己还小,要等到毕业以后再说。"

"其实女孩岁数大了就应该抓紧时间找对象。"哈斯琪琪格微笑着说,"要不变成了黄脸婆,到时候可就没人要了!"

"说的也是。从妙龄少女,到憔悴黄脸,虽然无可奈何,但却是必然规律。"张美娜笑着说,"所以呀,我们这些个美女们,千万别错过大好的青春时光啊。如果有合适的小帅哥,可一定要抓住啊!"

"看来美娜姐一定是早有意中人了!"乌吉娜笑着说。

"你可别乱讲啊,我现在可是真的没有。"张美娜沉着脸对大家说,"我的意思是等到毕业后再说,现在就是专心学习,不去想什么谈对象的事。人生短暂,我们千万不能认为属于自己的时间很多很多。一定要珍惜生命、珍惜时间,努力学习,用丰富的知识让自己变得强大而又自信,这是人生路上必不可少的重要条件!"

这天是星期六,中午一放学,张美娜和哈斯琪琪格、巴哈尔古丽、窦媛媛、乌吉娜等几位姑娘急匆匆地跑到龙萨镇的照相馆照了儿张合影,之后还在饭店每人吃了碗面条。

"这可是咱们入学以来的第一张合影啊!"从饭店出来后,张美娜笑着道。

"洗出来后赶紧寄回家去,省得父母老是惦记!"巴哈尔古丽兴奋地道。

"得十多天后才能来取呢,时间也太长了!"乌吉娜大声道。

"镇上总共才这么一个照相馆,来照相的人又挺多的,还都是人工洗相片,时间自然要长些嘛。"张美娜大声道。

"不过今天中午汤面条的味道可真不错!"哈斯琪琪格笑着道。

"那是了,可比咱们食堂里的窝窝头和玉米面发糕好吃多了。"窦媛媛大声道。

157

丁 香 花

几个人唠着唠着就来到了交通车站。

"我已经两个星期没回家了,今天得回趟家。你们几个都去我家吧。"张美娜微笑着对几位姑娘说,"在我家吃过晚饭后咱们一起回学校。"

"我不去了,我就直接回家了。"窦媛媛小声道。

"我们也不去了吧。我想回去洗洗衣服,一大堆要洗呢。"哈斯琪琪格看着巴哈尔古丽和乌吉娜小声道。巴哈尔古丽和乌吉娜也都表示要回学校去。

和姐妹们告别后,张美娜急匆匆地赶回到了家里。她刚一进家门,邻居尤俊玲阿姨就急匆匆地随后跟着进了屋里。

"美娜呀,你可算回来了,我都来你家好几趟了,每次来你妈都说你没回来,我都急死了。"尤俊玲沉着脸大声道,"我是有事要问你!"

"什么事呀,阿姨?"张美娜瞪大眼睛问。

"美娜呀,我问你,你们班里是不是有个叫秦玉林的男孩子?"尤俊玲贴着张美娜耳边问,"这个人咋样呀?"

"是有叫秦玉林的啊,怎么了阿姨?你问他干啥?"张美娜瞪大眼睛疑惑地问,"出什么事了吗?"

"能出啥事。"尤俊玲笑着小声说,"是这样,就在前几天,你们学校那个叫秦玉林的来我家了。"

"来你家了,来你家干啥呀?"张美娜不解地问。

看着张美娜紧张的样子,尤俊玲笑着道:

"前段时间啊,跟我家吴月娟一个单位的同事介绍这个秦玉林跟她处对象,到现在俩人已经接触半个多月了。开始时我和她爸一点儿都不知道呢,后来小娟才跟我们说的。我们当父母的都希望自己的孩子能找个有文化又懂事的正经人,这方面意思我们以前跟小娟也说过。所以,当小娟告诉我们说这个男孩子是正在读职工大学的学生时,我们自然是非常满意,但由于不太了解这个人,我们多少还有些不太托底,所以想跟你了解下情况。"

"噢,是这样呀,既然你们做父母的都感到挺满意的,那你刚进我家时怎么还那么紧张呢?"张美娜瞪大眼睛问。

"噢,是这样,前天晚上,小娟把那个叫秦玉林的男孩领到家里来了。可令人没想到的是,这孩子第一次见面就把我给吓了一大跳!"

"他做啥了？怎么还能吓你一大跳呢？"张美娜不解地问。

"你可不知道啊,这孩子一进门就管我叫妈,你说,这难道还不吓人吗？"尤俊玲瞪大眼睛道。

"啊,还有这事？"张美娜微笑着说,"看来这家伙胆子不小啊,还没结婚登记就敢跟人家母亲叫妈,我这可是头回听说呢。"

"你知道吗？他当时这么一叫,简直把我惊呆了,我好半天才缓过劲来。你说这是啥事？这八字还都没一撇呢,哪有刚见面就叫妈的？这事我以前听都没听说过！"尤俊玲沉着脸大声问。

"阿姨,你放心,我敢担保,我班这个秦玉林的脑袋绝对没有问题。"张美娜笑着大声道,"不仅如此,他的思想意识也没啥问题,也就是说,他绝对没有精神方面的问题。"

"既然都正常,那他怎么还能这么做呢？"尤俊玲微笑着问。

尤俊玲问过后,张美娜并没有马上回答她。两个人微笑着互相看着对方,然后俩人一阵哈哈大笑。

"秦玉林和吴月娟处朋友的事,我事先怎么一点儿都不知道呢？这也太神速了呀！"张美娜心里嘀咕道,"这离上次秦玉林找我要处对象才过去多长时间啊？这个秦玉林也太着急了吧！"

"说实话,虽然有你这样的保证,但我对这个秦玉林多少还是有些不太放心,毕竟以前都不认识嘛。"尤俊玲沉着脸道。

"头次到女朋友家就敢管人家母亲喊妈,胆子确实不小。我也是第一次遇到你说的这种事,以前根本就没听任何人说过！"张美娜边笑边说。

于是,尤俊玲开始向张美娜详细描述了那天事情的经过,以及先前听吴月娟所说的有关秦玉林其他方面的情况。

原来,就在半个多月前,吴月娟经人介绍,结识了正在职工大学读书的秦玉林。初次见面后,俩人都互有好感,于是两个人就初步确立了继续相处的特殊朋友关系。

经过短暂的接触,吴月娟对秦玉林有了进一步的好感。于是,她决定把秦玉林带回家里让父母见上一面,也算是把把关吧。

当听到吴月娟让自己去她家里的这个决定后,秦玉林自然是兴奋不已,他还特意让父母给准备了两瓶二锅头和两条"葡萄"牌香烟。但谁承想这个秦玉林一进吴月娟家门就管尤俊玲喊"妈",当时令吴月娟跟她父母非常惊讶。吴月娟当时特别生气,她认为秦玉林是故意出洋相,是对自己母亲不够尊敬,是对和老人见面这样重要的事情不够严肃,于是当即将秦玉林赶出了自己家门。经过秦玉林这么一出,吴月娟和她父母都开始怀疑这个秦玉林的精神是不是有什么问题,或者他是不是有什么不良的企图。也正因为如此,尤俊玲才要找张美娜来了解一下他的情况。

"这个秦玉林,这么迫切地要谈恋爱。"张美娜再次想起不久前秦玉林要和自己谈对象的事来,她心里嘀咕着,"这小子,不光是着急,而且胆子也比一般人都大,头回去人家就敢叫'妈'。"

"我说美娜呀,你跟我说说,你们的这个秦玉林同学,他人品究竟怎么样啊?"尤俊玲着急地问。

尤俊玲这一问,打断了张美娜的思绪。

"噢,阿姨。说实在的,秦玉林这个人总的来说还是不错的。"张美娜微笑着说,"他在我们班男同学中也算是比较突出的一位。首先,这个人在学习上的确比较用功,另外学校和班级的各项活动他也都能够积极参加。还有,班里哪个同学有啥需要办的事情,他也都能够积极靠前。在我们班里,他是一个性格开朗、好说、好动的男生,平时为人处世也算可以,他周围朋友也比较多。总之,我觉得这个人挺好的。"

"噢,原来是这样。那他就没什么缺点和不足吗?"尤俊玲低声问。

"哪个人都会有缺点的,秦玉林也一样嘛。他的毛病就是有时不太拘小节,大大咧咧的,个别时候会显现出憨的样子。"张美娜微笑着说,"他有时做事就像个没有长大的小孩子,挺有意思的。"

"噢,是这样呀,这些倒不算啥大毛病嘛。我还以为他精神上不太正常呢。"尤俊玲笑着道。

"阿姨,我刚才不是说过了嘛,秦玉林的精神是很正常的,这方面他确实是一点儿问题都没有,这你就放心好了。"张美娜严肃地说,"阿姨,我认为吧,他到你们家,突然管你叫'妈',可能一是他特别喜欢小娟,二是想向你们证明他是非常尊敬长辈的,只是他的这种方式让人一时无法接受。"

"美娜,你说得还真是挺有道理的。"尤俊玲沉着脸说,"我们家所希望的,就是只要人好就行。小娟是个女孩子,我们就怕她将来在婚姻方面吃亏。你可能还记得,咱们家属管理站做豆腐的那个霍香兰吧。她姑娘结婚后,就因为生了个女孩儿,那男的就跟她离了婚。你说这人,多缺德的一个男人呀!还有,家属管理站养猪场的那个范美颖。她家姑爷才结婚不到半年就去跟别的女人瞎乱搞,简直是一个花心的臭男人。为此,他们小两口几乎天天吵架,有时甚至还动起手来。范美颖老两口简直闹死心了。有一天中午,就在花心姑爷睡午觉的时候,他们忍无可忍的女儿抄起根木棍狠狠地砸向了他的下体。那个后果非常严重,做男人的生育功能基本完全丧失。就为这个,范美颖的姑娘最后因伤害罪被检察机关批准逮捕了。从那以后,这老两口几乎天天以泪洗面,好可怜啊。我们家小娟是个单纯的姑娘,我们就怕她也找到像前面说的那两个坏品行的男人。到时候她要是吃了亏,也会弄得我们当父母的寝食不安,如果真要那样的话,我们会痛苦一辈子的!"

美娜的爸爸妈妈都还没有下班,妹妹也不知干啥去了。张美娜礼貌地倒了杯开水端到了尤俊玲面前。

"阿姨,我特别理解你刚才说的那些话。但我想,小娟找这个秦玉林,应该不会吃啥亏的。我们班的窦媛媛和他生活在同一个村子里。听窦媛媛说,秦玉林的父亲是个参加过解放战争的老干部,他对子女们的要求是很严格的。秦玉林平时花钱有些大手大脚,如果管理不严的话,他那几十块钱工资根本不够他用的。有时候他身上钱不够用,就只好跟父母去要,但父母一般不会轻易给他,因为要为他以后结婚成家积攒出一笔钱来。所以秦玉林每次跟父母要钱时,父母都要求他打欠条,并且必须先把上一次借的钱还上后才再借钱给他。而且我还听窦媛媛说,在秦玉林读初中以前,他爸爸在家里专门备有一把竹木戒尺,上面写有几句话,'此尺专戒不思学道的懒惰之徒、不求进取的庸散之流、不专教化的顽固之辈'。听说这个秦玉林曾被他爸爸用那把戒尺打过好几次手掌心呢。你就放心吧阿姨,等我有时间也去找秦玉林唠一唠。"张美娜沉着脸说,"我跟小娟是从小一块儿长大的,又是最要好的朋友,秦玉林要是敢欺负小娟的话,我一定不会轻饶了他!阿姨,这你就放心好了!"

"看来他们家的家教还真是挺严的。不错,我就是喜欢这样的人家。当父母的,可不能惯着孩子,惯孩子,就是害孩子。美娜呀,今天听你这么一说,我也就真的放心了!"尤俊玲笑着道。

"阿姨,自从那次小娟把秦玉林赶出你家之后,他们之间还有过接触吗?"张美娜微笑着问。

"噢,来过好几回呢,一个劲儿地赔不是呀。不过我们家小娟从没让他进到屋里来,两个人都是在门口唠那么一会儿。小娟对他挺冷淡的。"尤俊玲板着脸道。

"噢,是这样。"张美娜沉着脸道,"秦玉林这个人其实挺不错的。你想啊阿姨,能够考上职工大学的,应该都是出类拔萃的人。职工大学多难考啊!"

"这些我们都知道的。那样吧,等小娟回来你再跟她好好唠唠。既然男孩儿不错,就让他们继续相处去吧!"尤俊玲大声道。

"没问题,我肯定会跟小娟详细说说这个秦玉林的。"张美娜点头道。

"之前小娟去过你家几次,可是你一直都在学校,就连你爸妈都说不准你啥时候能回家来。"尤俊玲小声道。

"学习实在是太紧,我一般很少回家的。"张美娜小声道,"我们学校里好多人星期天都不回家,同学们学习的热情都很高的!"

尤俊玲深情地看着张美娜,她激动地说:

"说实在的美娜,我是看着你长大的。所以,我对你一直是最信任的了!可惜我们家小娟没福气,她没能考上那个职工大学,要不你俩在一起上学该多好啊!"

"我何尝不想跟小娟一起上职工大学啊!"张美娜回应道。

"嗐,还不知她以后能不能考上呢!"尤俊玲叹着气说。

"阿姨,你可别这么想。小娟是个聪明执着的姑娘,她这次没考上,不等于下次考不上。"张美娜沉着脸说,"小娟曾经跟我表白过,她说她一定要考上职工大学。一年考不上,第二年再考,第二年考不上,第三年再考,直到考上为止。她有这样的决心和意志,你还担心什么呢!"

"是的,这些话小娟跟我也说过多次,可她到底能不能考上,我心里还是一点儿底都没有。"尤俊玲叹着气道,"不好考啊!"

见尤俊玲对自己姑娘考职工大学这么没信心,张美娜微笑着说:

"放心吧阿姨。小娟是个说到做到的好姑娘。据我所知,她一直都没有放弃复习。我觉得,一个人只要他做事的决心大,那么他一定会付出自己巨大努力的。小娟就是这么做的,相信她将来一定能考上的!阿姨,你可能不太清楚,我为了考这个职工大学,也是付出了很多努力的。我之前差不多复习了半年多时间,那段时间里,我几乎每天都要复习到半夜,否则不大可能考上的。"

"现在又要考职工大学,又要处对象的,都是挺重要的事情,这到底顾哪头哇?"尤俊玲沉着脸问。

张美娜看着尤俊玲微笑着说:

"阿姨,小娟已经是成年人了,已经到了谈恋爱的年龄。我觉得,只要她目标明确、态度坚决、安排合理的话,那么考职工大学和处对象这两者之间一点儿都不会冲突。我认为,有时我们付出的努力也许得到的是不尽如人意的结果,但如果我们不去努力做的话,那很可能连一点儿希望都不会有的。我相信,你家小娟只要持之以恒、刻苦努力,就一定能实现自己的大学梦想!"

第八章　篝火晚会

  六月下旬,炎炎烈日烘烤着大地,白天着实让人备感难耐,到了傍晚以后,人们才会感受到北国夏季特有的凉爽。
  接近期末,各学科教学任务已近尾声,老师们已经开始给学生们布置期末复习任务,学生们已经初步感受到临近期末考试阶段那紧张的气氛。
  星期六下午,大多数同学都已经放学回家了,张美娜却和以往一样,继续陪伴着来自新疆的几个姐妹。当同学们大都走了以后,她们拿着书本和复习资料,带着自己的坐垫又一同来到森林中的那个珍珠湖畔。张美娜她们还是春天来到这儿后,才第一次亲眼见到森林中这个美丽的叫作"珍珠湖"的小湖。确如所说,这个被森林所包围着的小湖真的像镶嵌在绿色大地上的一颗美丽耀眼的珍珠。
  "张美娜,这半年来你一直陪伴关心着我们几个,休息日还要牺牲自己的时间和我们在一起。想来真有些过意不去,太感谢了!"哈斯琪琪格深情地说。
  "可不嘛,美娜姐,你简直太够意思了,像我们的亲姐姐一样!"巴哈尔古丽同样感慨道。
  "真不知道怎样才能报答你!"乌吉娜拉着张美娜的手轻声道。
  "说啥呀你们,你们今天这是怎么了?咋都这么外呢!咱们能在一起学习生活,那是咱们相逢相处的缘分啊。再说了,我也是从内心里特别喜欢跟你们在一起啊!"张美娜拉着哈斯琪琪格的手,深情地看着三位姑娘,她微笑着说,"三年时间并不长,三年后你们还得回到新疆去,到那时我们再想见面该有多难啊!所以,我们要珍惜这宝贵的三年美好时光,天天在一起,好好相处、好好学习、好好

第八章 篝火晚会

生活！以后就不要再说这些外道话了。"

"我们几个永远都不会忘记你和你们全家人对我们的关心爱护。在你家里，我们平生第一次尝到了你妈妈亲手做的那个马齿苋鸡蛋馅的饺子，真好吃呀！"哈斯琪琪格激动地说。

"就是，不光是马齿苋鸡蛋馅的饺子，还有用那个曲麻菜和着玉米面蒸的那种面食，简直好吃得不得了呢！"巴哈尔古丽兴奋地说。

"我在新疆生活了二十多年，还从没见过有人用它和鸡蛋做馅包饺子吃的！"哈斯琪琪格摇着头说。

"你妈妈简直太厉害了！能用好几种野菜做出美味的佳肴来！"乌吉娜竖起大拇指赞美道。

"其实这几种野菜食品的做法一点儿都不复杂，在我们这里，许多人家都会的。"张美娜微笑着说。

"还有让我们所不能忘记的就是春天那次咱校同学挖回来一大堆的各种野菜，然后食堂给咱们做的那些玉米面野菜蒸面、野菜发糕、野菜稀粥和野菜馅的大包子等。好家伙，这些野菜大餐简直太丰富、太好吃了！"哈斯琪琪格显得更加兴奋。

"说实在的，这几个月的经历简直太令人难忘了！单位的食堂居然能用野菜做出这么多花样的食品来，这在我们那边可是从来没有见过的事！"乌吉娜激动地说。

"野菜虽然有些貌不惊人，但只要做好了还是挺好吃的，再说野菜同样也是很有营养的食材。在我们这边，差不多家家都喜食野菜。"张美娜微笑着说，"野菜可以随时做着吃，可以用盐腌着吃，还可以晒干了留着冬天炖着吃。总之，只要你用心去做，就会品尝到可口的野菜美食！"

"几个月的经历，让我觉得在这儿的学习生活实在是太有意思、太难忘了！尤其是咱们几个，使我感觉我们在一起的每一天都是非常愉快、非常有价值的，真是终生难忘啊！"哈斯琪琪格感慨道。

"我也是同样的感受。咱们天南海北的，能天天在一起，真是缘分啊！"张美娜深有感触地说。

"我们就是亲姐妹，甚至比亲姐妹还要亲！"乌吉娜激动地大声道。

"对的,我们就是世上最亲最亲的姐妹!"巴哈尔古丽同样激动地说。

"美娜,眼看就要放暑假了,我看到时你就跟我们一块去新疆玩吧。"哈斯琪琪格拉着张美娜的手诚恳邀请道。

"真的,美娜姐,到时候咱一块走呗!"巴哈尔古丽也急切地邀请道。

"我们三家,你每家都住上一段时间,然后咱再一起回到龙萨油田嘛!"乌吉娜说话时更显得兴奋不已。

"真的非常感谢你们的盛情邀请。说实在的,我从内心里都想着能有机会去美丽的新疆看一看。不过,我家里妹妹还在上学,放假后我还要帮助父母忙忙家务。再说新疆那么遥远,父母暂时也不大可能放心让我去。但我相信,只要我们心中有彼此,以后咱们一定会有在新疆相会的那一天的!"张美娜心情激动地说。

"一定的,一定会的!"巴哈尔古丽拉着张美娜的手激动地说。

"我们新疆地域广大、景色优美、民族众多、文化多样、特色美食名扬天下!你真的应该去好好看一看!"哈斯琪琪格看着张美娜兴奋道。

"真的美娜姐,这三年里你一定要去一趟新疆!"乌吉娜同样激动地说。

"不去会后悔的噢!"巴哈尔古丽笑着道。

"我决心找时间去一趟!"张美娜微笑着大声道。

几位姑娘站在湖水边,一边唠着嗑,一边欣赏着周围的美景。平静的珍珠湖里,一只神情紧张的母鸭正带领着五只才孵出不久的黄毛小野鸭游荡在清净的湖水中。母鸭不时地钻入水中,衔只小鱼,或叼撮嫩草塞进小鸭的口中。湖边的芦苇丛中,几只苇莺不停地鸣叫着,混合成一曲夏季湖畔交响乐,绿色茂密的森林里也不时地传来各种小鸟儿动听的鸣叫声。湖面上,无数只蜻蜓和豆娘绕着圈地飞来飞去,还有些落在芦苇、蒲棒上休息。湖岸边,几只艳丽的大蝴蝶扑扇着翅膀穿梭在花草丛中。

四位姑娘最终来到被当地人奉为神灵的大榆树下,树上一条条或旧或新的红布条在微风下缓缓地悠荡着。大榆树浓密的枝条和叶片遮挡住热辣辣的阳光,为她们送来难得的凉爽。她们各自找好位置,把自己的坐垫放在地上,然后开始认真看书、做题,这期间免不了相互解答和讨论问题。

学习的时间过得很快,两个小时后,姑娘们都感觉有些疲劳。

"咱们休息一会儿吧。"张美娜把书本放在坐垫上后对哈斯琪琪格她们三个说,"感觉有些乏了,咱们轻松一会吧。"

哈斯琪琪格她们三个也都把书本放下,然后站起身来,伸伸胳膊、踢踢腿。

"确实有些疲惫,腿都坐麻了,胳膊也有些酸痛。"巴哈尔古丽一边使劲摇着自己的右手臂一边大声说。

"我感觉有点困,想睡觉。"乌吉娜皱着眉头小声道。

"连续长时间看书,谁都有这种感觉的。"哈斯琪琪格微笑着大声道。

就在这时,宁静的周围突然传来断断续续敲击树木的声音,姑娘们顿时神情紧张地四处张望着。

"什么声音这么响?"巴哈尔古丽小声问。

没有人回应,大家还是警惕地四处张望着。

"看,就在那里,那边树上有只花羽毛的啄木鸟!"乌吉娜手指着不远处的一棵大杨树小声叫道,"它在那儿使劲啄着树干呢!"

大家随着乌吉娜手指的方向看去,只见附近一棵大杨树的树干上,一只漂亮的啄木鸟正在用它尖又长的喙使劲敲击着树干,还时不时地停下来,转动着它那灵巧的小脑袋四处张望一会儿,然后再继续敲击。

"多么漂亮的啄木鸟啊!"哈斯琪琪格动情地说,"感觉这只鸟儿比以前看见的要大许多!"

"是呀,是挺大的。"乌吉娜回应道,"看来啄木鸟也是品种不一啊!"

"这只大啄木鸟是怕我们几个姐妹学习太枯燥、太乏味,所以特意过来陪伴我们的!"张美娜笑着说,"我看这里景色宜人,咱们欢迎哈斯姐姐给我们唱首蒙古族民歌怎么样?"

"好啊,热烈欢迎哈斯琪琪格姐姐给我们来一首!"巴哈尔古丽和乌吉娜拍着巴掌大声喊道。

"哎,咱们本来是说啄木鸟的事嘛,现在怎么要我来唱歌?我看这次就算了,以后再说吧,好吗?"哈斯琪琪格大声道。

姑娘们的声音惊吓到了那只啄木鸟,它停下工作警惕地看着张美娜她们,之后便很快张开翅膀飞走了。

"明天是星期天,学校也快放暑假了,我看咱们几个抽时间把教室的玻璃擦一擦吧。"张美娜微笑着建议道。

"这个主意好啊!"哈斯琪琪格笑着大声道。

"好主意,劳动光荣!"巴哈尔古丽拍着手掌大声道。

"你就说啥时候干吧?"乌吉娜大声问。

"我看咱明天一大早就开始干!"张美娜微笑着说,"早上干活正好凉快些。"

"明天肯定还有其他没有回家或者早早返校的同学,到时候叫上他们一块干!"哈斯琪琪格建议道。

"对,到时候一定都得叫上!"张美娜笑着说,"咱们要干干净净迎接期末!"

"这也是非常有意义的一次义务劳动啊!"哈斯琪琪格激动地说。

周末义务劳动的建议得到大家一致通过,姑娘们全都沉浸在一种自豪与期待的热烈氛围中。

"你们看,森林、湖泊、草地,还有鸟语花香,这儿的景色多美呀!"张美娜环顾四周,她激动地建议道,"我看咱们就请哈斯姐给大家表演个节目吧!"

还不等别人反应,哈斯琪琪格抢先道:

"安校长前天中午在食堂里不是说放假前要举办一次篝火晚会吗,我要好好准备准备,等到那个时候再表演节目不行吗?今天呀,我看还是请张美娜给咱们来一个节目吧。"

"对对对,早该轮到美娜姐给咱们表演节目了。"巴哈尔古丽拍着手说,"以前你都是和我们一起唱、一起跳,还从没有看到你单独表演过呢!"

"谁说没有表演过,我以前不是朗诵过几首小诗嘛。"张美娜马上为自己争辩道。

"那都不能算,都太短了!"巴哈尔古丽不服气地大声道。

"美娜姐,你就来一个嘛!"乌吉娜晃着张美娜的手央求道。

"那好吧,我就给你们朗诵下几天前才写得一首小诗吧。"张美娜微笑着说,"写得不太好,你们可别笑话我啊!"

"诗歌,多好啊,我特别喜欢!"哈斯琪琪格拍着手掌兴奋地说。

"那你就快朗诵下给我们听听吧!"巴哈尔古丽大声道。

"欢迎,欢迎!"乌吉娜拍着手掌大声喊道。

"我的这首小诗呀,叫作《一片小树叶》。"张美娜微笑着道。

"听名字就知道,这一定是首非常美妙的森林诗歌!"哈斯琪琪格笑着大声道。巴哈尔古丽和乌吉娜只管使劲拍着手掌。

张美娜涨红着脸颊,一双大眼睛深情地看着三位姑娘,她开始微笑着吟诵起来:

一片小树叶,
萌发着春的渴望,
摇曳着清凉的担当,
虽然生命那样短暂,
却始终甘于无私奉献!

一片小树叶,
历经着由绿变黄,
虽然生命不再鲜亮,
却能闪耀金色的光芒,
飘落下的也是春的期盼!

一片小树叶,
大自然中小小的一片。
没有靓丽的张扬,
也没有悦耳的歌唱,
但绿色世界有它的一份闪亮!

"太棒了,真是一首非常好听的诗歌嘛!"哈斯琪琪格拍着手掌大声道,"如果能把它谱上曲子,那一定是首非常优美的歌曲啊!"

"美娜姐可真的是一位美才女呀!"巴哈尔古丽同样拍着手掌大声赞美道。

"美娜姐不光人长得漂亮,而且还多才多艺呢!"乌吉娜笑着说,"哪个小伙子如能娶到咱们的美娜姐,那他一定是世界上最幸福最幸运的男人!"

"乌吉娜,你乱说些啥?"张美娜假装生气地要去抓乌吉娜,乌吉娜则咯咯大笑着跑开了去。

"真的不是忽悠。美娜,你不光是人美、心美,而且还很有才!我和乌吉娜有同感,我想巴哈尔古丽跟我们的想法是一样的。"哈斯琪琪格微笑着说。

听了大家的话,张美娜深有感触地说:

"要说有点儿啥才能的话,那还得感谢自己的老师呀。上中学时,我们班主任是位女老师,她是哈尔滨师范大学汉语言文学专业毕业的。在那个社会上流传着'读书无用论'的特殊年代里,她顶着逆流经常教导我们要树立远大理想、珍惜宝贵时间、发奋努力学习,要使自己成为有用之才,将来好能为国家建设贡献出自己的力量!在两年的高中学习期间,我们的班主任经常给我们讲解毛主席的诗词,并鼓励我们写诗歌,因此使班里的同学受益匪浅,好多同学都能创作诗歌,虽然水平有限,但大家都喜爱诗歌,也都非常感谢我们的这位班主任老师。"

"你真幸运,当时能遇上这样优秀的老师!"哈斯琪琪格表情严肃地说。

正当几个人热烈谈论着的时候,窦媛媛忽然气喘吁吁地跑了过来。见状,张美娜她们赶忙围了上来。

"怎么了窦媛媛?出什么事了吗?"张美娜紧张地大声问。

"我看你们没在宿舍,就知道你们一定会在这里……"窦媛媛断断续续地说。

"慢点儿说,到底怎么了?"张美娜抓住窦媛媛肩膀继续大声问。

"简直就是个畜生!昨天我姐夫把我姐姐给打了,打得好惨啊!你们得跟我去一趟,我一定要帮我姐出这口恶气!"窦媛媛激动地大声道。

"出口气?是要我们去和你姐夫打架吗?"张美娜看着几位姑娘大声问,她有些犹豫,因为她还是第一次面对这样的问题,不知道该如何应对。

见张美娜她们瞪着眼睛没有明确表态,窦媛媛更加急切和激动。

"美娜姐,你们可一定要帮我这个忙啊!你们没看见我姐呢,那可是惨不忍睹啊!"

"窦媛媛,我不是不想帮你,而是不知道如何帮。我从来没有经历过这样的事啊!"张美娜低声道,"咱得好好想一想,得有个对策才行!"

听了张美娜的话后,窦媛媛还是急得哭了起来。

"我姐姐好可怜啊!"

见窦媛媛哭得伤心,张美娜拉起她的双手道:

"别哭媛媛,我答应和你去。我们要研究研究,想要达到怎样的目的。你们

第八章 篝火晚会

看这样行不？咱们大家可以一起去和你姐夫讲道理，让他认错，并保证以后不再打你姐姐，你看这样行吗？"

窦媛媛一边擦眼泪，一边轻轻地点了点头。其他人也都表示赞同张美娜的建议。

"我看这样，咱们不要去太多人，不能让你姐夫认为咱们是去找他打架的。"张美娜看着几位姑娘大声道。

"我看你那个姐夫就不是个人！居然对自己的妻子下狠手！"哈斯琪琪格大声骂道。

"咱们干脆找上几个男生一块儿去，狠狠地揍他一顿算了！"乌吉娜愤怒地大声道。

窦媛媛瞪大眼睛看着乌吉娜。实际上她只是要去找她姐夫，但去做什么、怎样做，她自己并未计划好。

"不行，咱们绝对不能去动手和他打架，因为打架是违法行为。"张美娜沉着脸说，"我看那样，我和哈斯姐陪你去，再叫上刘青海，他正好还没回家呢。"

听张美娜这样讲，窦媛媛长长地舒了口气，终于平静了下来。

张美娜他们坐了一个多小时的交通车，于下午四时左右赶到了窦媛媛她姐家的土坯房前。窦媛媛一把将门拉开，率先走了进去。

窦媛媛姐姐家共有两间房，其中一间大屋里放着一张双人床和一些简单的家具。另外一间屋的一半做厨房，另一半小间里放着一套上下铺的铁架床，是两个孩子的卧室。此刻，窦媛媛的姐姐正躺在大屋的床上，盖着被子休息。她的左脸和左眼又红又肿，头发也是乱蓬蓬的。两个孩子都有事出去了。窦媛媛的姐夫穿着一件白色的背心躺在小屋的床上翻看着一本小说，当听见有人推门进来时，他赶忙下床来到了外间厨房。当他突然看见窦媛媛和她身后的几个陌生青年时，他感到有些疑惑和恐惧。见姐夫突然出现在面前，窦媛媛心中的怒火顿时喷发出来，只见她上前一步，猛地抡起右掌狠狠地打在了姐夫的脸上，刹那间，五条红红的指印清晰地显现了出来。现场所有人都被窦媛媛意想不到的举动惊呆了。姐夫捂着左脸，瞪大眼睛傻呆呆地看着窦媛媛。情况来得实在太突然，最后还是张美娜反应快，她怕姐夫还手，赶紧站在了姐夫和窦媛媛中间。

"冯晓锋，你这个恶魔，你干啥打我姐姐？是她找了野汉子了，还是野汉子找了她?"窦媛媛愤怒地大声问。

冯晓锋没有回答,他还是捂着脸呆呆地看着面前的几个年轻人。

"她是你的老婆,不是你的仇人。她能犯多大的错误,致使你去下这么狠的手?"窦媛媛继续愤怒地大声问。

"都是一点儿小小的误会。"冯晓锋放下手来小声道。

"有误会你不能用嘴说吗?为什么非要动手打人?"窦媛媛大声问。

"姐夫,两口子天天在一起生活,难免有些磕磕碰碰。这种情况下,可以讲道理,以理服人,但动手打人肯定是下下策。再说了,你一个男人动手打自己的妻子算什么本事呀!"张美娜心平气和地说,"你家孩子都在上小学,你这样下狠手打姐姐,对孩子幼小的心灵肯定是一种深深的伤害,你知道吗?你以后可不能再打姐姐了呀!"

"打自己的爱人,是最让人瞧不起的恶劣行为,你懂吗?"哈斯琪琪格大声问。

"姐夫,你的这种行为特别让我们瞧不起你!"张美娜气愤地大声道。

这时,大屋里传来窦媛媛姐姐的哭泣声,窦媛媛赶紧走了过去,见状,哈斯琪琪格也随后跟了过去。两个人一起小声安慰和劝说着姐姐。

"姐夫,有了过错而不去改正,那才是最大的过错。你的这种行为是对夫妻感情最大的伤害,希望你能真的知错改错,以后再不能犯类似的错误了!"张美娜小声却威严地问,"你能保证今后不再动手打姐姐吗?"

刘青海自始至终都是冷冷地看着,一句话都不说。在他看来,劝说这种事最适合女生来做,自己今天的责任就是保护几位女同学不被那个做了坏事的姐夫所攻击。

冯晓锋羞愧地看着别处,嘴唇动了动,看样子想说话,但最终还是什么都没有说。

"姐夫,你看姐姐多伤心呀。"张美娜认真地说,"我说姐夫,既然你已经做错了事,就应该勇敢地承认自己的错误,一个男人必须勇于改正错误。"

"昨天因为孩子学习的事,我俩吵了起来,我一急眼,没压住火,就动手打了她几下。不管咋说,都是我的不对,当时确实做得太过,不该动手!"冯晓锋小声道。

见冯晓锋认识到自己的错误,张美娜心里很高兴。她趁热打铁,小声建议道：

"好哇，既然你已经承认自己做错了事，那你是不是应该过去安慰安慰姐姐，向她认个错，保证以后不再打姐姐了呀？"

冯晓锋轻轻地点了点头。见状，张美娜拉了冯晓锋衣袖一下，两个人一同向大屋里走去。

大雨一连下了两天，到了第三天的早晨，雨终于停了下来。森林里空气清新，林子里不时传来小鸟动听的歌声，湿漉漉的树叶在清晨的阳光下闪烁着耀眼的银光，东方森林的上空，一道绚丽的彩虹弯弯地横跨南北。

张美娜和哈斯琪琪格她们几位来自新疆的姑娘早餐后兴致勃勃地来到了食堂门外，站在潮湿的沙土地上，她们大口呼吸着潮湿清新的空气，观赏着秀丽的美景。

"快看呀，那边天空上的彩虹多美丽啊！"乌吉娜手指着东边的天空兴奋地喊道，"多像是一座艳丽的彩虹大桥哇！"

"蔚蓝天空中美丽的彩虹，闪烁绚丽光芒的七色光环，真是太美了，多像一幅美丽的空中图画呀！"望着蓝天中美丽的彩虹，张美娜也激动地喊道。

几位姑娘兴高采烈地边唠边向土公路的东边走去。

"好美丽的清晨美景啊！"乌吉娜望着森林和彩虹激动地喊了起来。

"也就是在这里吧，如果是在高楼林立的大城市里，那绝对难得见到如此美丽的景色啊！"巴哈尔古丽同样激动地大声道。

"今晚学校将要安排集体会餐，之后还有隆重的篝火晚会。从明天开始，学校就该放暑假了，你们也将要回到新疆的家里。"在学校大门外的树林旁，张美娜对三位来自新疆的姑娘深情地说，"时间真快啊！分别方感到在一起时的那些美好时光的珍贵。想到明天你们就要登上回家的火车，我这心里面还真有些舍不得啊！"

"都是一样的感受嘛。这一个学期里，就咱们姐妹在一起的时间最多了。"哈斯琪琪格看着张美娜感慨道，"这半年来，你和咱班的许多同学一样，对我们三个外地学生一直都是非常关心，倍加呵护，我们一辈子都不会忘记的！"

巴哈尔古丽和乌吉娜一人挽着张美娜的一只胳膊听着哈斯琪琪格的表述。

"我们真不知道该怎样报答龙萨职工大学的老师和同学们！"哈斯琪琪格激

动地说,"这种师生和同学友情我们永远都不会忘记的!"

"其实也没有为你们做什么,大家在一起应该就是互相关心、互相支持嘛。"张美娜微笑着说,"其实最应该感谢的还是你们三个。正是你们,带来了边疆少数民族的多元文化,让我们感到无比新奇和快乐,也让我们增长了知识、大开了眼界。"

"不管怎么说,同学们对我们几个的友情,我们会牢记一辈子的!"巴哈尔古丽激动地说。

"咱们能够在一起,那是咱大家的缘分。就让我们一起珍惜那些应该珍惜的,牢记住我们曾经在一起时那些美好的时光,共同编织未来我们自己美好的幸福生活吧!"张美娜望着天空中的彩虹激动地说。

7月15号是个快乐并且令人难忘的日子,学校这一天的活动安排得非常紧凑。为了学生们的这次会餐,食堂师傅们早在一个月前就开始筹划了。今晚的餐桌上,每桌都要摆上八道菜、十瓶啤酒,另外还有一个放在窗台上的铁皮桶,那里面装着二十斤散白酒,愿意喝白酒的可以自行方便。会餐实行AA制,每名学生都要象征性地交给食堂一元钱。会餐当晚更重要的活动是要隆重举小学校首届篝火晚会,有关通知早在一个多月前就下达了。各班级的节目都由团支部牵头组织排练,所以这段时间里,张美娜和窦媛媛一直在筹划和组织排练自己班级的节目,真是把她俩忙活得够呛。

上午时间,首先公布了学生期末考试成绩,有异议的学生可以由班主任带领去查阅自己的试卷。然后以班级为单位召开会议,由班主任对班级学生学习、参加劳动、遵守纪律、思想进步等方面情况进行认真总结,之后是评选三好学生。张美娜、哈斯琪琪格和刘青海三人,被同学们一致推选为电气自动化班的三好学生。下午,学校召开全校总结表彰大会,由安校长对学校教学计划完成情况、教师授课情况、学生综合管理工作、学校后勤服务工作、学生学习情况,以及存在的问题和下步打算等进行了全面细致的总结,接着便是对各班级评选出的"三好学生"进行了表彰奖励,颁发了证书和奖品——日记本。最后是打扫卫生,做好参加晚上活动的各项准备。

下午四时三十分,大家期待的期末大会餐终于开始了。

"尊敬的老师、同学们,在大家的共同努力下,职工大学第一学期教学及管理

第八章 篝火晚会

工作圆满结束!并得到上级领导的肯定和表扬!"会餐开始时,安洪山校长手里把着倒满啤酒的二大碗,无比激动地说,"我们第一学期期末考试及格率达到了98%,这是非常不错的成绩,上级有关领导也非常满意。所以在这里,我要代表学校,首先特别感谢那些为职工大学教学与管理工作做出了巨大贡献的全体教职员工们。同时,对于珍惜时间、刻苦钻研、勤学好问、不断进步的全体同学,我们也必须给予充分的肯定和表扬……下面我提议,让我们全体共同举杯,为那些为了我们教学、管理做出艰辛努力的所有教职工同志们干杯,也为我们这些立志未来、刻苦钻研的全体同学干杯!"

安校长刚一讲完,全场便响起热烈的掌声。

望着那一张张甜美的笑脸,伴着雷鸣般的掌声,安校长将酒碗高高举起,然后他一口将碗里的啤酒干掉。安校长的祝酒词令每一名在场的老师激动不已,同时也让在座的每一名学生心潮澎湃,每个人的眼里都饱含着深情。这种深情,来自于老师们对工作的那种敬业的精神和无私的奉献;来自于广大同学们放眼未来、立志成才所做出的分分秒秒的刻苦努力和取得的进步;来自于半年以来同学之间在互帮、互助中所建立起的深厚友谊。

在欢快和热烈的气氛中,学生代表们纷纷前去给各位领导和老师敬酒,把会餐的气氛推向了高潮。长时间忙于紧张学习的广大同学们,好久没有像今天这样放松和开心。在一轮一轮的碰杯中,许多男同学都喝醉了。没有人会看笑话,也没有人会去埋怨,今天晚上在场的每名老师和学生都非常激动。大家在推杯换盏中交流着一个学期里刻苦学习的经历,感谢老师们辛勤的付出,回味着同学间珍贵的友谊。

就在所有的人都在开怀畅饮、叶露心声、情谊交融的时刻,张美娜端着盛满啤酒的白瓷碗站了起来。或许是由于酒精的作用,她的脸颊透着红晕,长长的睫毛下,一双大大的眼睛明亮而又多情,犹如月下闪着银光的一汪湖水。她那飘逸的长发、一对浅浅的酒窝和她那甜甜的微笑,犹如绿色森林里那吐露着芬芳的丁香花。此刻的张美娜已经成为晚会场上一朵美丽、娇艳的花朵,吸引了全场人的目光。

"尊敬的各位领导、老师和亲爱的同学们,今晚,在这个令我们无比开心、无比欢乐和万分激动的时刻,我们每名同学都想表露自己真挚的心声!"张美娜一

· 175 ·

只手贴在胸前,另一只手端着酒碗,她身体微微前倾,微笑而又激动地说,"开学一学期以来,我们最想要感谢的是那些为我们成长进步付出了无数心血和努力的各位领导以及敬爱的老师们!正是你们,让我们在人生的路上懂得了学习是前行的风帆、学习是成功的基石、学习是打开知识大门的钥匙、学习使我们对工作与生活更加自信、学习使我们的人生观和价值观更加完善等一条条深刻的道理。我们深深懂得,三年大学生活,是我们人生的闪光点和新的里程碑,也必将改变我们的人生和命运。我们相信,我们的未来一定是充满阳光的希望之路。然而这一切都要感谢我们的党和国家,感谢我们所在的这个时代,感谢我们的领导和老师!为此,我代表我们电气自动化班的全体同学,以这碗饱含着深情和感激的美酒,敬谢学校各位尊敬的领导和老师!祝福你们身体健康、全家幸福、事事如意!"

说完话,张美娜一口气干掉了碗中啤酒,全场也立刻响起热烈的掌声和喊叫声。

学生代表相继发言,主动敬酒,这是五个班级的班委会事先商量拟定好的。每个班级的团支部书记和班长都要代表本班同学发言,并向领导和老师们敬酒。

张美娜代表自己班级发言、敬酒过后,其他四个班的团支部书记和班长也依次发言、敬酒。再之后,学生们也开始以个人的名义,纷纷向学校领导和自己班级的班主任以及任课老师敬酒。

就在同学们给领导老师们敬酒的时候,张美娜端着酒碗来到食堂的操作间,只见七八个炊事员围在圆桌旁吃饭。见张美娜端着酒碗过来,食堂管理员兼炊事班长陈准首先站了起来,他笑着说:

"张美娜这是来给咱们大家敬酒来了。学校领导敬酒才刚走,之前还有几个男生也来过。"

这时炊事员们全都站起来表情祥和地看着张美娜。来到桌旁后,张美娜端着酒碗微笑着道:"各位尊敬的师傅,请允许我代表我们电气自动化班的全体同学,向半年来为了全校同学学习生活默默奉献的食堂师傅们表示衷心的感谢!并祝你们健康快乐、事事如意。我干了,你们大家随意。"说完,张美娜将碗中的酒一饮而尽。

"我们表示感谢了噢!"陈准笑着道,"酒我们就不喝了,还要随时照看着大厅

第八章 篝火晚会

里,有的菜没了还要添一些。"

食堂里的气氛轻松、热烈,欢快的大聚会一次次掀起新高潮。秦玉林等五六个男生喝醉后全都趴在各自的餐桌上,看到这种情况,几个男同学主动过去将他们一一搀扶到靠墙用椅子拼成的长椅子上躺下。他们醉得那么开心,那么自然,今晚绝对不会有谁去笑话他们。聚餐的食堂大厅里,一次次碰杯、一次次畅饮、一声声欢笑和祝福中,流露出的是每个人成功的喜悦,是学生对老师们深深的感激之情,是同学间那真挚和纯洁的友谊。

学校要举办一次以活跃校园文化生活,增进师生、班级间、同学间团结友谊为主要目的的篝火文艺晚会的通知早在一个多月前就已经下达给了全校师生。为此,学校还专门成立了由各班级文艺委员、团支部书记和班长等参加的篝火文艺晚会筹备小组,张美娜被学校领导任命为筹备小组组长。接受任务后,从来没有做过这项工作的张美娜,感受到很大的压力。但在学校领导和同学们的热情支持与鼓励下,她终于下定决心,要竭尽全力筹备好这台夏日晚会。筹备小组成立后,张美娜首先与小组成员一起,仅仅用了一个晚自习的时间,就制定完成了篝火晚会策划书草稿。第二天一大早,策划书草稿就交到了学校领导手中,领导审议后,很快批准了这个策划书。方案被批准后,张美娜立刻就主持人台词、歌舞、乐队、服装、节目收集审定、排练、彩排、会场布置、桌椅摆放、演出前后的安全与卫生等一系列工作进行了细致分工和责任落实。之后,在长达一个多月的时间里,张美娜和小组成员,以及全体参演的同学们,牺牲大量休息时间,一边上课、一边排练,终于为学校首届篝火晚会筹备了一台高质量的文艺节目。

晚上会餐过后,受到学校首届篝火晚会消息的吸引,幸福村的许多村民和休班的采油工全都满怀期待地陆续来到了校园里。学校大院的中央早已堆起一大堆干树枝,四周摆满了桌、椅。下午散会后,男生们立即把两个篮球架搬到了一起,在两个篮球架中间挂上了红布条幅,上面用大头针别着十几个用白色厚纸剪成的大块字——"龙萨职工大学一九七八年森林之夜篝火文艺晚会"。

篝火晚会由各班级文艺委员轮流交替主持,各班级的节目也都是打乱顺序交替进行。这样就不会影响文艺委员自己参加本班级节目的演出,同时也使得各班级演员有充分的准备时间。

十八时三十分,学校首次篝火晚会正式开始。安洪山校长站在醒目的红布

条幅前,他激动而又热情地大声道:

"全体老师、同学们,大家晚上好!夕阳映照天半红,丁香花艳吐芬芳。师生同乐亲如海,森林放歌情无限。今天,有万亩大森林做证,有辽阔的大草原做证,有天上的星月做证,这里将是夏季最美好的时刻,这个广场将会成为欢乐的舞台,这个夜晚也必将是一个热情奔放的夜晚!半年来,教师教学,学生学习,艰辛的努力,实在的付出,终于取得喜人的大丰收……老师、同学们,江河东去不回返,攀上峰顶看得远。让我们大家心向未来,蓄势待发,期待着新的起航……下面我宣布,龙萨职工大学一九七八年森林之夜篝火文艺晚会现在开始!"

安校长下达演出开始的命令后,篝火晚会便正式拉开帷幕。

担任整个篝火晚会歌舞类节目伴奏的,是由各班级十多个会使用乐器的学生组成的小乐队。乐队乐器主要有两台手风琴、一支单簧管、三把二胡、两把小提琴、一架木琴、一支小号、一个萨克斯和一管竹笛。乐队规模虽然不大,但乐手们都是经常参加所在指挥部各次演出活动的乐队演奏员,有一定的表演经验和水平。

篝火晚会节目主要以歌舞为主,并兼有乐器演奏、三句半、诗朗诵、相声、小品、小魔术等等。全校师生都知道,这些节目是学生们利用业余时间精心排练出来的,凝聚了同学们一个多月来的真心、真情、真诚和辛勤的汗水。

今晚演出的第一个节目,是由学校领导和教职工组成的小合唱队表演的歌曲联唱。演唱的主要歌曲有《歌唱祖国》《我为祖国献石油》《没有共产党就没有新中国》等等。

演出场上,演员竭尽全力,节目精彩,观众掌声、欢呼声接连不断。

"如果不是这台篝火晚会,你无论如何都看不出来,咱们学生中居然能有这么多的文艺人才,能有这么多会演奏乐器的人,真是太了不起了!"看着演出场上演员们精彩的表演,张美娜兴奋地对坐在身旁的哈斯琪琪格说,"真是想象不到,咱这职工大学里可真是人才济济呀!"

哈斯琪琪格也饶有兴致地说:

"可不嘛。他们简直太厉害了!没想到咱学校的学生,还能组织起这么一个高水准的小乐队来,而且这一个乐队里居然还能有两台手风琴!"

"依我看呀,那些会演奏乐器的人都是平时比较喜好学习钻研的人,要不然,像演奏乐器这么高难的技术是不会在短时间里能掌握好的!"张美娜微笑着说,"我问过,有些同学在原单位时就经常参加所在会战指挥部的文艺演出。"

"你说得对,我们单位里就有不少有文艺表演特长的年轻职工,也有不少会使用乐器的人。他们这些人,白天上班努力工作、钻研技术,下班业余时间就练习乐器,他们都是素质比较高的员工。"哈斯琪琪格回应道。

节目演出精彩过半,西天只剩下一抹淡淡的晚霞,而满满的圆月已经映入人们的眼帘,银色的月光洒落在神奇的大地上。

张美娜面带微笑地从人群中轻盈地走到演出场地中央的树枝堆旁。作为今晚节目的一个重要环节,她将在月亮升起的时候,亲自点燃现场所有人期待已久的篝火。

"尊敬的各位领导、老师,亲爱的同学们:森林草原做大幕,银色月光送真情。篝火熊熊伴我舞,满天星月同我歌。在这个欢乐、幸福的时刻,让我们大家一起倒数十个数,共同点燃这堆寄托着我们每个人心中期待的熊熊篝火吧!"

张美娜话音刚落,周围几百个人便开始齐声倒数:"10——9——8——"就在大家倒数的同时,娇媚的窦媛媛双手举着一支用干草扎成并点燃了的火把,一路小跑着到了场地中央。她将火把小心地递到张美娜的手中,张美娜双手将火把高高举起,原地缓缓地转了一圈,然后在众人数到"1"的时候,她弯腰点燃了树枝堆下的干草。只见,轰的一下,熊熊大火带着细小的火星和炭灰直冲天空。篝火顿时照亮了夜空,映红了一个个欢笑激动的脸庞,也让会场周围的树木披上一层艳丽的光彩。全场顿时响起热烈的掌声和雷鸣般的欢呼声,热情奔放的篝火晚会再次推向一个新的高潮。

在人们的期待和热烈的欢呼声中,精彩的节目继续进行。人们巨浪般的欢呼声在森林里久久回荡,熊熊燃烧的篝火吸引来无数的小虫,它们围绕着篝火疯狂地上下飞舞,仿佛也在为这场盛大的晚会献上自己的节目。

演出还在热烈、欢快地进行着,张美娜轻轻拉住哈斯琪琪格的手,她真切地问:

"哈斯姐,明天早上你们三个就要启程踏上回家的旅途了,你们是不是都准备好了?还有什么需要我来做的吗?"

"我们这点儿事可是让你操心了,你都问过好几遍了。没啥了,真的都准备好了。被罩、床单前几天就洗好晾干了。"哈斯琪琪格深情地看着张美娜,紧紧握着她的手,对着她的耳朵轻声说,"美娜,真的特别感谢你。这半年来,你和同学们一直对我们倍加关心,真的让我们很受感动啊!"

张美娜谦虚地说:

"哈斯姐,你千万别这么客气,我们都是好朋友,这都是应该的呀。啥是朋友?朋友就是相遇、相识、相知过程中能够彼此信任、相互关爱、真情相处、携手前行的好伴侣。事实上你们几个平时对同学们也都非常关心,你们为生病的同学按摩、打饭、洗衣、送药等,也都没少帮助别人。大家既然生活学习在一起,又都是好朋友,所以彼此互相帮助、相互关心自然都是应该的嘛!"

"领导、老师和同学们都那么关心、照顾咱们这些同学,我们大家都感到特别温暖!"哈斯琪琪格激动地说,"我们真是生活在一个温馨、快乐的大家庭里啊!"

"哈斯姐,你们回家的路途那么遥远,中途还要换车,真是挺辛苦的。"张美娜关切地说,"路上你们要多保重,要多注意安全呀。我让我爸妈提前给你们准备了些治疗感冒、晕车和胃肠疾病方面的药,除此之外,还有两瓶我妈妈用鸡蛋炸的大酱,给你们带着路上吃。再就是,路途遥远,容易感到枯燥单调,所以我让妹妹从她同学那里给你们借了三本小说,让这些书来陪伴你们在火车上度过漫长的旅途吧。你们去的时候看一半,回来时看剩下的一半,三本小说都是挺不错的书,你们几个轮换着看吧。一本是《伊索寓言》,一本是《豺狼的日子》,一本是《牛虻》。三本书的封皮都没有了,有的前面还缺几页。不过总的来说,还算完整。这已经很不错了,现在能借到这样的书,也算是挺有本事的了。我妹妹可是费了挺大劲才借到的。"

听了张美娜的话,哈斯琪琪格双手紧紧握住张美娜的手,两眼噙满感激的泪水,深情地说:

"美娜,你考虑得这么周到,比我们自己想得还要细致,真是太感谢了!代我们谢谢你爸妈和小妹!"

"还是咱们晚上会餐那会儿,我爸爸就将这些东西送了过来。等会儿演出结束后,就把这些东西给你们,就算是我家的一点儿心意吧。"

张美娜和哈斯琪琪格俩人谈话时的表情和举动,引起坐在她俩身后的巴哈尔古丽和乌吉娜的注意。

第八章 篝火晚会

"两位姐姐唠啥呢,那么动情?"巴哈尔古丽探过身子问。

"没啥,随便唠唠嗑嘛。"哈斯琪琪格回答道。

"看你们俩唠得那么亲切,可不是一般的谈话。"乌吉娜一只手搭在张美娜的肩膀上,脑袋探过来道。

"我看你们俩是想多了。我俩就是随便唠嗑嘛。"张美娜转过头去笑着说,"明早你们就要回家了,你想,我能不和你们唠一唠吗?"

听了张美娜的话,巴哈尔古丽和乌吉娜都坐回到了座位上。俩人若有所思,表情严肃,看着前面坐着的两位姐姐,没有再说话。

看着巴哈尔古丽和乌吉娜 脸严肃的样子,张美娜心里也很不好受。她很清楚,她们明天就要乘上回家的火车,要与朝夕相处近半年的同学们暂时告别了,她们三位新疆姑娘的心情一定都很不得劲儿。

张美娜侧着身子对哈斯琪琪格她们三个说:

"没关系的,不要难过嘛,咱们也就暂时分开一个多月嘛!"

"大家在一起相处得那么好,说不难受那肯定是假话!"哈斯琪琪格沉着脸说。

"明天早上,全班同学都要送你们到火车站的!先别想别的了,现在还是好好看演出吧。"张美娜安慰道。

就在一个节目又刚刚结束后,窦媛媛微笑着快步走到了场地中央,迅速转过身来面对着大家。全场这时出现了短暂的安静。

"各位领导、老师,同学们,现在请允许我向大家隆重地介绍一位特别的演员朋友……"窦媛媛的话一下子吸引住全场人的目光,大家期待着她把话赶紧说完,以尽快看到那位特别的演员朋友。

窦媛媛稍稍停顿一下,她笑盈盈地环顾了下全场,然后大声道:

"这位特别的演员朋友,她就是我们邻居单位南六采油队美丽的姑娘、特邀嘉宾于彩玲。"

窦媛媛话音刚落,全场立刻响起热烈的掌声。

绝大多数同学不明白,一个外单位的人怎么会来参加职工大学的文艺演出。其实窦媛媛早已从大家的目光中看出了他们的疑惑。她微笑着大声说:

"大家都知道,南六采油队在我们学校用水、用电和用气方面一直对我们关照有加,我们两个单位早已经亲如一家。而于彩玲姐姐经常不厌其烦地给我们到她那里去的同学介绍配电装置及配电在采油系统中的应用,使我们在专业学习方面大开眼界、受益匪浅。另外据我们所知,于彩玲姐姐还是单位里的文艺骨干。那么大家说,于彩玲姐姐是不是最应该作为我们今晚晚会的特邀嘉宾?"

全场再次响起热烈的掌声,许多人一遍遍地大声喊道:"欢迎于彩玲表演节目……"

场上观众热情高涨,窦媛媛微笑着大声道:

"下面就让我们以热烈的掌声欢迎于彩玲为我们大家表演精彩节目!"

原来,早在一个星期前,张美娜和窦媛媛就专门来到了南六采油队,找到她们的好朋友于彩玲,恳请她参加学校的篝火晚会,并为此出一个节目。见好朋友亲自来单位邀请参加篝火晚会,于彩玲一点儿都没有犹豫,当即就答应了。

随着热烈的掌声,身材高挑的于彩玲如同夕阳里的彩霞和绚丽的云朵。只见她迈着轻盈的脚步,面带微笑地来到了篝火旁。

"尊敬的各位领导、老师和现场的同学们,此刻我的心情非常激动,我也曾有过自己的大学梦,也曾步入过招生考试的考场。但令人非常遗憾的是,我落榜了,最终没能被职工大学所录取……我羡慕你们的大学生活,敬佩你们通过自己的努力圆了自己的大学梦……但我并没有放弃学习,因为学习是通往'成功'的路,而'成功'是有志个体通过自己艰苦的努力将美好的梦想变成美好的结果……我相信自己,终有一天会通过不懈的努力,也能够像你们一样坐在大学的学堂里。今天,我被这热烈的气氛所感染。为了表达我的真情,以及对现场所有人的祝福,我要为大家演唱一首电影《地道战》的主题歌——《毛主席的话儿记心上》。"

于彩玲嗓音清亮、歌声甜美,如同绿色草原上的百灵鸟。

看着于彩玲精彩的表演,听着她那甜美的歌声,张美娜激动地对身旁的哈斯琪琪格说:

"你看人家,一个别的单位的人来参加咱们的演出,而且说得那么好、唱得那么甜美。太令人感动,这也说明咱们学校在外界的影响力还是比较大的呀!"

"就是,其实有无数的年轻人都是很想来读职工大学的!彩玲姐的话其实代表着许多年轻人共同的想法呀!"哈斯琪琪格激动地说,"我们能在这令人向往的大学里学习,真是太幸运、太幸福了!"

一曲终了,于彩玲在掌声和欢呼声中向观众们深深鞠躬。

窦媛媛从人群中走了出来,她和于彩玲会面时,两位靓丽的姑娘紧紧拥抱在一起。

"彩玲姐,你唱得真好!"窦媛媛两眼噙满激动的泪水说,"以后我们再搞这样的活动时,一定还要请你来。"

"谢谢,好妹妹,真羡慕你们能在这么好的学校里读书学习,我衷心地祝福你、祝福你们全体同学!"于彩玲同样深情地表达了自己的心声。

"你好好复习吧,明年如果考上了职工大学,那咱们就可以天天在一起了!"窦媛媛激动地大声道。

"我一定好好努力,力争明年取得成功!"于彩玲握着窦媛媛的手大声道。

窦媛媛深情地目视着于彩玲在一片热烈的掌声中缓缓走回到人群中,然后转过身来,她激动地大声道:

"尊敬的校领导、老师和全体同学,我们的篝火晚会已经进行了两个多小时了。每一曲优美的舞蹈,每一首深情的歌唱,都表露着我们对校领导和老师的尊敬和爱戴,表露着我们对大学生活深深的眷恋。星月过去迎朝阳,歌毕曲终心不散。欢乐激情的晚会终会结束,但我们热爱生活,勤奋进取的真情永远不会淡漠。我们的晚会已近尾声,下面,就让我们用热烈的掌声,热烈欢迎来自新疆克拉玛依油田而且故乡在巴音布鲁克大草原的美丽姑娘——哈斯琪琪格同学为大家演唱优美的歌曲《巴音布鲁克草原》!"

在热烈的掌声中,靓丽的哈斯琪琪格微笑着从人群中走了出来。她站在场地中央,深情地望了眼大家,并且深深地向观众们鞠了个躬。然后她挺直身体,左手搭在右手掌上,两手很自然地放在腹部。这时,一名男生怀抱着一大捆粗树枝投到了篝火中。刹那间,火势蹿起两米多高,熊熊篝火使得宽广的校园更加明亮,周围的树木也更加鲜艳。同样,在那跳动的火焰的映照下,一张张欢乐幸福的笑脸也更加妩媚动人。

哈斯琪琪格亮开嗓子,以蒙古族民歌中特有的长调开始,婉转、低沉、悠扬,并带有持续颤音的曲调,将辽阔秀美的巴音布鲁克大草原展现给在场的人们。

就在哈斯琪琪格开始歌唱的同时,巴哈尔古丽首先走到哈斯琪琪格跟前,她

183

舒展四肢,跟着节奏伴起了新疆舞,她的舞姿犹如天上旋转的彩云。而紧随其后的乌吉娜则跟着节拍跳起了锡伯族描述日常渔猎、生产等生活场景的古老舞蹈——贝伦舞。

三位新疆姑娘们知道,明天她们将要踏上回家的旅程,将要与相聚半年的亲爱的老师和同学们暂时分别。所以,她们都在用心来表演,要把自己最美好的情感送给在场所有的老师和同学们。

看着场上三位新疆姑娘认真热情的歌舞表演,此刻的张美娜非常清楚她们三位内心里的情感。其实这个时候,大家的感受是相同的。虽然分别是短暂的,但每个人的心里依然不好受。姐妹们在相处中建立起的真挚的友谊,使得她们连一刻都不想分开。

虽然明天将要与哈斯琪琪格她们三个好朋友暂时分别,张美娜心情有些沉重,但她不想让这种沉重的情感被她们三个看到。张美娜心里想:"今晚,自己心里再难受,也不能让哈斯姐她们三个看出来,一定要让她们三个与班里所有同学们一起,共同度过一个欢乐幸福的夜晚,要让她们带着灿烂的笑容登上回家的火车。"想到这些,张美娜和窦媛媛也紧随其后快步走到了演出场地中央,一起跳起了从巴哈尔古丽那里学来的维吾尔族舞蹈。再之后,各班众多的女同学都纷纷上场,她们有的跟着巴哈尔古丽模仿着跳维吾尔族舞蹈,有的则模仿着跳锡伯族的舞蹈。再后来,一些男生和采油队的年轻职工们也都走上场来大胆模仿着跳起舞来。上场跳舞的人越来越多,场下欢呼声、掌声一浪高过一浪,演出活动达到空前的高潮。这时,受篝火晚会热烈气氛的感染和鼓舞,几个从农村走亲戚来的农民大叔、大妈,也笑哈哈地走上来,激情地扭起了东北大秧歌。

看着演出场地上跟着自己歌唱旋律激情跳舞的众人们,哈斯琪琪格的心情无比激动。她不想让这令人激动难忘的情景曲终人散,她想通过歌唱来表达对半年来一直关心她们三位新疆女孩的老师同学们的感激之情。在跟乐队的同学们沟通后,她便一曲接一曲地反复歌唱着家乡的那首人人都会唱、都爱唱的歌曲——《巴音布鲁克草原》。

在那遥望天山的巴音布鲁克草原,
九曲十八弯的开都河静静流淌,

犹如镶嵌在草原上的玉飘带。
秀美如画的天鹅湖畔,
勇敢的巴特尔呼唤着美丽的姑娘!

在那如诗如画的巴音布鲁克草原,
成群的羊儿似那天上飘着的白云,
奔驰的骏马犹如疾风闪电。
土尔扈特东归的史诗永远不会忘,
雄伟的额尔宾山守护着草原人的梦想!

在那承载希望的巴音布鲁克草原,
蒙古汉子的套马杆挥洒着热烈的企盼,
草原上回荡着姑娘那甜美的歌儿。
幸福的生活如同马奶酒那般醇香,
勤劳的草原儿女把美好的未来开创!

晚上九点多,演出已经进行了三个多小时。至此,节目单上所有的节目都早已经进行完,领导、老师和外单位来的人也都恋恋不舍地相继离去了,但场上还有不少的同学仍然在唱歌、跳舞,根本没有要马上结束的意思。这场融合了对领导、老师关心施教的感恩,对同学互帮互助的感谢,对自己在学习上取得进步所带来的欢喜和自信,以及对自己未来所持有的美好憧憬的篝火晚会,实际上成了同学们挥洒激情、尽情浪漫的狂欢之夜。

月光下的篝火还在熊熊燃烧,银色的月光洒满夜晚的大地,闪耀的火光映红了每个人的笑脸。从半年来紧张、枯燥的学习氛围中走出来的同学们,从来没有像今天这么开心、这么浪漫、这么放纵。压抑已久的情感也终于在今晚得到了完全释放。

次日深夜两点多,熊熊的篝火早已经熄灭,场地上的杂物全部清理干净,同学们也将最后一张桌子搬进了教室里,意犹未尽的同学们三三两两地一路谈笑着向宿舍走去,欢腾的小广场上渐渐平静下来。

圆圆的月亮高悬在深邃的夜空中,银白色的月光下,无数小虫吱吱的鸣叫声汇成悦耳的小夜曲。

张美娜和哈斯琪琪格、巴哈尔古丽、乌吉娜、窦媛媛站在空旷的场地上,望着天上放射着银光的明月,她们一边唠着,一边向宿舍缓步走去。

"再有不到两个小时天就亮了。"张美娜充满深情地说,"明天的这个时间,你们几个正乘着飞驰的列车在回家的路上!"

夏天夜短,遥远的天边,一线光亮已经显现在东方。

"狂欢了一夜,天也快亮了,咱们回去睡一会儿吧。"窦媛媛打着哈欠小声建议道。

"怎么样?回去睡一会?"乌吉娜问大家。

张美娜抬手看了看手表,小声说:

"快三点了,我看算了吧,再过几个小时你们就该在列车上了。"张美娜笑着道,"就陪着你们再多待上一会儿吧。"

"我看可以。不睡了,咱姐妹几个多唠一会儿吧,等我们上了火车有的是时间睡觉。"哈斯琪琪格回应道。

"既然如此,我看咱也别回寝室了,就到外面去走走吧。"巴哈尔古丽笑着道。

对于巴哈尔古丽的建议,大家全都表示赞同。

这时,天比先前又亮了些。姑娘们顺着门前的土路一直往前走,她们边走边唠,似乎有说不完的话。就这样,她们一路欢笑着向前走,不知不觉中走出了大森林,辽阔的草原突然展现在大家的面前,草原上飘着薄薄的水雾,给人一种神秘、梦幻的感觉。

"咱们走得好快啊,一下子就站在草原上了!"张美娜兴奋道。

"噢……噢……"大草原突然展现在眼前,几位姑娘全都兴奋地双手捂成了喇叭筒,她们一起向着辽阔的草原大声呼喊起来。

这时,东方朦胧的朝霞中,一轮火红的太阳正在冉冉升起。望着薄雾笼罩的天空,变幻的霞光更加色彩斑斓……